KB082579

세상에 없는 세상수업

지은이 **이훈범**

남들이 못 보는 세상을 보고 싶어 기자가 되었고, 기자로 살며 본 세상을 칼럼에 녹이고 있다. 역사 속 인물에서 혜안을 얻는 게 삶의 기쁨이다. 얽매이지 않고 세상을 떠다니는 구름을 동경하는 철없는 남자이기도 하다. 1989년 중앙일보에 얽매여 기자로 산 지 30년째. 그중 10년 이상을 칼럼니스트로 활동하고 있다. 이 책은 2010년 5월부터 2011년 9월까지 연재되었던 '미래세대를 위한 세상사 편력'을 새롭게 다듬은 결과물이다.

파리에서 프랑스 문학을 공부하고 기자가 된 뒤 4년간 파리특파원을 지낸 인연으로 번역서 《파리지앙 이야기》(2013), 《파리 역사 기행》(2013)을 냈다. 저서로 《역사, 경영에 답하다》(2009), 《대한민국 국격을 생각한다》(2010. 공저)가 있다.

세상에 없는 세상수업

초판 1쇄 발행_ 2014년 9월 12일
초판 2쇄 발행_2019년 6월 20일

지은이 | 이훈범
펴낸이 | 이성수
주간 | 김미성
편집 | 황영선, 이경은, 이홍우, 이효주
마케팅 | 김현관

펴낸곳 | 올림
주소 | 03186 서울시 종로구 새문안로 92 광화문오피시아 1810호
등록 | 2000년 3월 30일 제300-2000-192호(구:제20-183호)
전화 | 02-720-3131
팩스 | 02-6499-0898
이메일 | pom4u@naver.com
홈페이지 | http://cafe.naver.com/ollimbooks

값 | 15,000원
ISBN | 978-89-93027-64-8 03810

이 도서의 국립중앙도서관 출판예정도서목록(CIP)은 서지정보유통지원시스템 홈페이지
(http://seoji.nl.go.kr)와 국가자료공동목록시스템(http://www.nl.go.kr/kolisnet)에서
이용하실 수 있습니다.(CIP제어번호 : CIP2014024753)

막막한 청춘의
바다 앞에 선 그대에게

세상에
없는
세상수업

이훈범 지음

세상은 평평하지 않다

그야말로 '힐링(healing)'이 대세입니다. 트렌드에 민감한 TV 프로그램은 말할 것도 없고, 신문 기사와 칼럼, 서점 진열대의 책, 여행 상품, 지방자치단체들의 축제 구호… 어디에서나 '힐링'이란 단어가 넘쳐 납니다.

힐링의 사전적 의미는 다 아는 그대로입니다. '몸이나 마음의 치유 또는 치료'지요. 그렇다면 치유하고 치료할 게 그렇게 많다는 얘기일까요? 현대인들이 그만큼 정신적 육체적으로 많은 상처를 입고 산다는 뜻일까요?

세계화와 신자유주의 사상이 지구촌에 범람하면서 사람들이 무한경쟁에 내몰리게 된 게 사실입니다. 그만큼 개인이 자기계발에 노력해야 한다는 의미지요. 경쟁에 뒤쳐지면 고스란히 개인 책임으로 돌아옵니다. 피로와 스트레스가 가중될 수밖에요. 그런 삶에 지친 현대인들이 조금이나마 정신적 위로와 안식을 찾아 헤맨 결과가 힐링 열풍으로 나타난 게 아닐까 싶습니다.

하지만 과연 어디서 힐링을 얻을 수 있을까요? 현대인의 지친 몸을 누가 치유해줍니까? TV 프로그램을 보고, 책이나 칼럼을 읽고, 여행 또는 지방 축제를 가보니 치료가 되던가요? 아닐 겁니다. 휴식이나 기분전환은 될지 몰라도 치유가 되는 건 아니지요.

어쩌면 우리 사회의 힐링 담론은 사회구조적인 문제를 개인의 책임으로 전가하는 잘못을 범하고 있는지도 모르겠습니다. 원인 치료가 어렵다 보니 대증요법에만 기대는 셈이지요. 거기서 상업자본이 끼어들 틈새가 생깁니다. 온갖 분야에서 힐링이란 듣기 좋은 말로 포장된 효과 없는 건강보조식품들을 광고하고 팔아댑니다.

노신의 『아Q정전』이 생각납니다. 주인공 아Q의 '정신승리법' 말이지요. 아Q는 한평생 멸시와 능욕을 받으며 살았습니다. 하지만 그는 자신의 모든 객관적 실패를 바로 주관적 승리로 바꾸는 재주가 있습니다. 이를테면 남이 자신의 머리통을 주먹으로 때리면 내 머리가 단단해서 그 사람의 손이 더 아팠을 거라고 생각하는 것이지요. 아Q에게는 그것만으로도 충분한 승리였습니다. 그렇게 믿음으로써 아Q는 스스로 힐링을 한 것입니다. 그렇다고 머리통에 난 혹은 사라지지 않습니다. 그는 늘 패배자로 남고 말지요.

세상 살기가 더욱 가팔라진 것은 사실입니다. 경쟁이 치열해지고 그만큼 피로와 스트레스가 커진 것도 사실이지요. 그렇다고 힐링을 먼저 찾는 건 아Q가 정신승리법에 의존하는 것과 다를 게 없습니다.

지금 필요한 건 힐링이 아닙니다. 가파른 세상을 살기 위해선 보다 강해져야 합니다. 피로와 스트레스에 내성과 면역력을 키워야 하지요. 힐링을 먼저 찾다가 타이밍을 놓치면 정작 힐링이 필요할 때 백약이 무효할 수도 있을 겁니다.

그렇다고 무슨 '스펙'을 키우기 위해 애써야 한다는 말이 아닙니다. 스펙이란 다른 방향의 힐링일 뿐입니다. 내공과 짝을 이루지 못한 스펙은 아무 소용이 없습니다. 당장은 통할지 모르지만 금방 들통나고 말 겉포장이란 말이지요. 『주역』에 "군자는 표범처럼 변한다(君子豹變)"는 말이 나옵니다. 어린 표범은 털이 보잘것없습니다. 하지만 자라면서 털 빛깔이 점점 윤택해지고 아름다워집니다. 가장 강할 때 가장 아름답습니다. 이런 표범처럼 하루하루 새로워지고 강해져야 한다는 겁니다.

이 책의 후반부에 나오는 조선의 명신 김정의 얘기로 결론을 대신해도 되겠습니다. 그가 스무 살의 나이에 스스로 경계하기 위해 지은 「십일잠(十一箴)」의 서문에 이른 말입니다.

"검은 표범이 안개 속에 숨어 있을 땐 여우나 너구리가 업신여긴다. 그러나 한번 울부짖고 긴 파람을 하면 온갖 짐승이 놀라 간을 떨어뜨린다. 대저 무늬를 번득이며 산에서 나오는 것은 표범의 신령이요, 어렴풋하다가 날로 빛나는 것은 군자의 도(道)이다."

이훈범

:차 례:

Chapter 2
사회에는 룰이 있다

Chapter 3
역사가 우리에게 전하는 말

Chapter 4
내가 먼저일까, 우리가 먼저일까?

Chapter 5
머리보다 가슴을, 욕망보다 재능을

Chapter 6
분노하기 전에 준비하라

같은 현상이라도 이를 바라보는 시각은 제각각이다.

인간의 심리는 그만큼 복잡 미묘하다.

Chapter 1

사람을 알면
세상이 보인다

성공한 사람들은
두 갈래 길을 걷는다

●

옛날 중국 송나라에 송씨 형제가 살았습니다. 형 송교와 동생 송기는 가난한 집안에서 태어났지만 열심히 공부했습니다. 그래서 한꺼번에 과거에 급제해 세상에 이름을 날렸지요. 그런데 이후 두 사람의 태도는 뚜렷한 차이를 보였습니다. 송교는 재상이 되고서도 스스로를 채찍질하며 청렴하게 살았습니다. 반면 한림학사였던 송기는 허구한 날 기생을 옆에 끼고 음주가무로 세월 가는 줄 몰랐습니다.

형은 동생이 걱정되었지요. 어느 정월 대보름날 형은 사람을 시켜 말을 전하게 했습니다.

"옛날 어느 해 정월 대보름날 우리 둘이서 부추전을 부쳐 먹던 일이 생각나지 않는가?"

올챙이 시절을 잊지 말고 초심을 간직하라는 당부였지요. 하지만 학사 동생은 이 말을 듣고 웃음을 터뜨렸습니다. 그리고는 말했습니다.

"부디 재상께 전해 주시게. 그때 부추전을 부쳐 먹은 게 무엇 때문인지 모르시냐고."

가난해서 부추전 밖에 먹을 수 없었던 과거를 잊고 부귀영화를 누리자는 얘기였지요.

같은 핏줄, 같은 처지, 같은 시기에 벼슬을 해도 사람 마음가짐에 따라 이토록 큰 차이가 나는 겁니다. 세상을 잘살게 하기 위해 벼슬을 하는 사람과, 자기가 잘살기 위해 벼슬을 하는 사람의 행동이 같을 순 없겠죠. 오랜 세월이 흐르고 무대를 이 땅으로 옮겨도 달라지지 않는 이치입니다.

정녕 세상에는 재상 형 같은 공직자들이 더 많을 터입니다. 하지만 물을 흐리는 데는 미꾸라지 몇 마리면 충분하지요. 학사 동생처럼 사복(私腹)을 채우기 위해 공복(公僕)되기를 자처한 사이비 공인들 말입니다.

금융감독원, 감사원처럼 부정과 비리를 감시해야 할 기관에 생선 냄새를 맡은 고양이들이 현관을 지킵니다. 다수 국민을 위한 정책을 펴야 할 정부 부처에는 이익 단체라는 부뚜막에 먼저 올라가는 강아지가 있습니다. 국민을 대표한다는 국회와 지방의회에도 어물전을 망신시키겠다고 작심한 꼴뚜기들이 고개를 듭니다. 이들은 노는 물이 달라도 하는 짓은 한가집니다. 국민이 국민을 위해 쓰라고 맡겨 놓

어렵게 공부해서 과거에
급제한 형제가 있었습니다.
형은 청렴하게 살았는데 동생은
흥청망청 보냈습니다.
형이 말했습니다.
"부추전 부쳐 먹던 일이 생각나지 않는가?"
동생이 웃었습니다.
"부추전 부쳐 먹은 게
무엇 때문인지 모르십니까?"

은 권력을 제 것인 양, 제 잘난 듯, 저만 위해 사용한다는 거지요. 크면 큰 대로 작으면 작은 대로 가진 권력을 다해 공리민복이 아닌 사리사욕을 만족시킨다는 겁니다.

〈목민심서〉에서 이들이 제일 싫어할 공직자의 자세를 설파한 정약용 선생은 그래서 이렇게 개탄했습니다.

"백성은 곡식과 피륙을 제공해 수령을 섬기고, 가마와 쌀을 제공해 수령을 송영한다. 결국 백성은 피와 살과 정신까지 바쳐 수령을 살찌게 하는 것이니, 이로 보자면 백성이 수령을 위해 존재하는 것 아닌가."

송 학사 같은 부류들은 이를 당연하게 여깁니다. 특혜와 특권이 없다면 뭐하러 고생해서 벼슬하고 출세하느냐는 말이지요. 국민이 안중에 있을 리 없지요. 뵈는 게 없으니 거리낄 것도 없습니다. 특권 의식이 100퍼센트 부패와 비리로 이어지는 이유입니다.

주목할 것은 송 학사 부류들이 특정한 시기나 시대에만 나타나는 게 아니라는 사실입니다. 그들은 어디서나 늘 존재합니다. 과거에 그랬듯, 현재는 물론이며 미래에도 존재할 거란 말입니다. 중국 작가 임어당이 근대 중국의 고민을 담은 소설 『북경호일(北京好日)』에서 한 말이 그겁니다.

"관리가 모두 탐욕스러우면 탐욕이란 말을 쓸 필요가 없다. 관리가 모두 오탁(汚濁)하면 오탁이란 말을 쓸 필요가 없다. 어떤 훌륭한 정치 밑에서도 청렴한 관리도 있고 부패한 관리도 있다."

이 말을 주목해야 하는 이유는 다른 게 아닙니다. 송 학사 부류가 언제 어디서건 존재한다는 것은, 달리 말해 누구나 송 학사 부류가 될 수 있음을 의미하는 까닭입니다. 송 학사 역시 부추전을 먹을 때는 형과 생각이 다르지 않았을는지 모릅니다. 하지만 권력의 단맛이 부추전 맛을 잊게 만든 거지요.

권력의 칼자루는 날카롭습니다. 함부로 휘두르다가는 내 손도 다칠 수 있다는 말입니다. 칼이 길면 길수록, 즉 권력이 크면 클수록 내가 입을 수 있는 상처도 커집니다. 특히나 사적인 이익을 위해 쓰는 권력은 치명적일 수 있습니다. 그 칼끝이 나를 향하고 있기 때문입니다. 작고한 김준엽 전 고려대총장의 좌우명인 '현실에 살지 말고 역사에 살라'도 같은 의미로 해석될 수 있을 겁니다. 역사를 두려워한다면 권력의 칼을 함부로 휘두를 수 없겠지요.

역사란 백성의 눈입니다. 감은 듯 보이지만 속까지 꿰뚫어 보는 눈입니다. 절대 그 눈을 속일 수 있다고 믿지 마세요. 착각의 대가는 너무도 큽니다. 때로는 목숨과 맞바꿔야 하는 경우도 있습니다. 그러고도 이름에 묻은 얼룩은 지워지지 않습니다.

실패를 대하는
두 가지 태도

폴 앨런이란 사람을 아시나요? 빌 게이츠와 마이크로소프트를 공동 창업한 인물입니다. 앨런은 게이츠보다 두 살 많은, 시애틀 레이크사이드 고등학교 선배지요. 고교 시절 두 사람은 마침 학교에서 새로 들여놓은 PDP−10이라는 컴퓨터로 베이직 언어에 입문합니다. 그러다 앨런이 먼저 졸업하고 워싱턴 주립대에 진학합니다. 하지만 2년 만에 때려치우고, 고 3이던 게이츠를 꼬드겨 벤처기업을 만듭니다.

그 회사가 마이크로소프트는 아닙니다. 두 사람이 처음 시작한 사업은 업체와 계약을 맺고 도로 교통량을 조사해 주는 일이었습니다. 요즘도 가끔 길에서 눈에 띄지요. 압력감지 고무 튜브를 도로에 깔고 그 위를 지나가는 자동차 바퀴를 세어 교통량을 측정하는 것 말입니다. 그런데 압력 감지 기계가 15분마다 특수 제작된 종이테이프에 구멍을 뚫어 교통량을 표시하면, 사람이 일일이 수작업으로 컴퓨터 카드에 재입력해 대형 컴퓨터에 넣어야 했다는 겁니다.

우리의 빌 게이츠가 그런 걸 보고 넘길 사람이 아니죠. 사람이 하는 일을 컴퓨터, 그것도 소형컴퓨터가 대신할 수 있을 거라 확신합니다. 당장 전기공학도의 도움을 받아 당시 갓 출시된 인텔의 마이크로프로세서 8008칩을 사용하는 컴퓨터의 설계도를 만들지요. 1978년 출시되어 x86 시대를 연 8086칩에 비해 100분의 1에 불과한 성능이었으니 처리 속도가 어땠을지 상상이 갑니다.

아무튼 두 사람은 '트래포 데이터(Traf-O-Data)'라는 회사를 설립하고, 가진 돈을 털어 360달러로 8008칩을 구입합니다. 2년 뒤인 1974년 드디어 총비용 1,500달러를 들여 교통량 측정 컴퓨터를 만들어 냈습니다. 이듬해에는 앨런의 설득에 게이츠까지 하버드대를 중퇴하고 사업에 전념합니다. 시장을 남미로까지 확장한다는 야심찬 계획을 세웁니다.

하지만 곧 난관에 부딪히고 말지요. 자신들의 획기적 신제품에 관심을 보이는 회사가 아무데도 없었던 겁니다. 시당국을 뚫어 보지만 시로부터 구매결정을 얻어내기란 하늘의 별 따기란 사실을 깨닫는 걸로 만족해야 했고요. 80년까지 트래포 데이터는 3,494달러의 손실을 기록합니다. 결국 사업을 접어야 했지요. 시장 조사도 없이 섣불리 뛰어든 데 대한 처절한 대가였습니다.

폴-빌 콤비의 좌충우돌 실패담을 자세하게 설명한 것은 우리와는 조금 다른, 실패에 대한 그들의 시각 때문입니다. 서양과 동양은 실패를 바라보는 눈에도 그 거리만큼이나 먼 시각차가 있어 보입니다. 서양에서 실패를 성공에 이르기 위해 거쳐야 할 과정이라고 생각한다면, 동양에서는 실패를 끊임없이 경계해서 피해야 할 손실로 보는 경향이 있지요. 그래서 서양에서 실패가 '성공의 어머니'가 되었다면, 동양에서는 '공을 들이지 않아 무너진 탑'으로 전락하고 맙니다.

동서양의 전설적인 기업가 말에서도 그런 사고의 차이가 나타납니다. IBM을 창업한 토머스 왓슨에게 학생들이 "어떻게 해야 성공할 수 있느냐?"고 물었습니다. 미소를 지으며 왓슨이 하는 말은 이랬습니다.

"실패를 두 배로 늘려라. 그러면 성공한다."

반면 마쓰시타 전기의 창업주인 마쓰시타 고노스케는 언젠가 이렇게 말했지요.

"나는 실패한 적이 없다. 어떤 어려움을 만났을 때 거기서 멈추면 실패가 되지만 끝까지 밀고 나가 성공을 하면 실패가 아니기 때문이다."

이처럼 같은 이야기도 다르게 하는 미묘한 시각차가 느껴지지요? 다시 폴 – 빌 콤비에게 돌아가 볼까요. 만약 성공했다면 두 사람은 교통량 측정업체를 계속하고 있을지 모릅니다. 하지만 실패는 그들에게 더 큰 것을 안겨 줬습니다. 마이크로프로세서로 동작하는 최초의 프로그래밍 언어를 개발해 퍼스널컴퓨터(PC)의 시대를 여는 선구자가 될 수 있었던 거지요. 대학까지 그만두고 7년 넘게 투자한 기업의 참담한 실패를, 폴 앨런이 「뉴스위크」에서 '가장 마음에 드는 실수 (favorite mistake)'로 꼽은 것도 다른 이유가 아닐 겁니다.

실패를 이기는 방법은 하지 않기 위해 조심하거나, 두려워하지 않고 즐기거나 둘 중 하나입니다. 저는 후자가 더 나아 보입니다. 한 발 한 발 조심하면 넘어지지 않고 안전하게 걸을 순 있을 겁니다. 하지만 더 빠르게 달리려면 넘어져 봐야 합니다. "넘어지면서 안전하게 걷는 법을 배운다"는 영국 속담은 그래서 바뀌어야 합니다. "넘어지면서 더 빨리 뛰는 법을 배운다." 이렇게 말이지요.

실패를 놓고, 떠느냐 즐기느냐 그것이 문제입니다. 무엇을 선택하겠습니까?

신이 도와주고 싶을 정도로…

'에우티프론의 딜레마'라는 게 있습니다. 에우티프론은 소크라테스와 동시대를 살았던 젊은 귀족입니다. 젊은이들을 미혹했다는 혐의로 기소된 소크라테스가 법원에 출두했다 그를 만나지요. 그는 노예에게 벌을 주다 죽게 한 자기 아버지를 고소하고 나오는 길이었습니다. 신에 대한 경외심이 깊었던 겁니다. 아버지라 할지라도 살인죄를 저질렀으면 고소해서 죗값을 치르게 하는 게 신의 뜻에 맞는 처사라는 거지요.

이처럼 흥미 있는 토론 주제를 소크라테스가 그냥 넘어갈 리 없습니다. 자기 코가 석자이면서 그를 붙들고 논쟁을 벌입니다. 논쟁의 초점은 '신의 뜻에 맞는 행동', 즉 경신(敬神)이 무엇이냐에 모아집니다. 여러 사람 열 받게 했던 – 자신의 죽음과도 무관하지 않은 – 소크라테스 특유의 말꼬리 잡기 식 '송곳 질문'이 이 불행한 젊은이에게도 퍼부어지지요. 에우티프론은 곧 딜레마에 빠지게 됩니다. "어떤 행위가 선하기 때문에 신의 뜻에 부합하는 것인가, 아니면 신의 뜻에 부합하기 때문에 그 행위가 선한 것인가?" 하는 질문에 그는 슬그머니 달아나고 맙니다.

2011년 이웃나라 일본에 대지진이 났을 때 망령되이 '신의 뜻' 운운하는 사람들이 있었습니다. 그들에게서 에우티프론의 뒷모습을 봅니다. 이번 지진 해일이 "미신을 믿는 일본인들에 대한 하나님의 경고"라고 설교하는 종교 지도자도 있었고, "일본에선 지진 나고 원자력발전소가 폭발하는데 한반도는 안전하게 지켜주는 하느님께 감사한다"는 정치 지도자도 있었습니다.

발언의 효과를 높이려다 무심코 튀어나온 말이었으리라 믿습니다. 나보다 더 큰 피해를 입은 사람에게 상처 줄까 소리 내 울지도 못하는 일본인들을 신이 유별나게 미워한다고는 아무래도 믿을 수 없으니까요. 그토록 엄청난 피해가 우리에게까지는 미치지 않아 천만다행이란 말을 강조한 것뿐일 겁니다. 이처럼 경솔한 우리를 신이 특별히 편애할 이유를 아무리 따져 봐도 찾지 못하겠으니까요. 그 신이 하나님인지 하느님인지 구분하는 건 여기서 의미가 없습니다. 대자연 앞에서 인간이 얼마나 무기력한 존재인지 깨달은 것만으로도 삶에서 겸허해야 할 이유를 충분히 찾았으니까요.

흔히 사람들은 겸허하지 못할 때 신에게 기댑니다. "신의 뜻에 부합한다"는 이유로 겸허하지 못한 주장이나 행동을 정당화한다는 말

신의 뜻은 무엇일까요?

선한 행동은 모두 신의 뜻일까요?

신의 뜻에 맞기 때문에 선한 행동일까요?

입니다. 중세 기독교의 마녀 사냥도, 2차 대전 때 히틀러의 유대인 학살도, 오늘날 이슬람 급진주의자들의 자살 테러도 모두 신의 이름으로 자행되었습니다. 그래서 마크 트웨인(『톰소여의 모험』을 쓴 미국 소설가)은 말했지요.

"인간의 죄를 뒤집어쓰는 속죄양들은 많다. 그중에서도 가장 흔하게 쓰이는 것이 신의 섭리다."

하늘을 떠난 신의 섭리는 사람들의 입맛에 따라 구부러지고 색깔이 덧입혀집니다. 조지 버나드 쇼가 그래서 비꼽니다.

"성경을 성경 문구 그대로 이해하는 사람은 없다. 자신이 읽고 싶고 듣고 싶은 얘기를, 읽고 듣는다."

중세 로마 가톨릭은 한때 평신도들에게 아예 성경을 읽지 못하게 하고 성경 보급을 금지한 적이 있었습니다. 성경의 자의적 해석을 막는다는 명분이었지만, 자신들만이 신의 뜻에 대한 배타적 해석권을 갖는다는 오만이 부른 난센스였습니다.

그렇다면 신의 뜻을 올바로 판단하는 방법이 있을까요? 소크라테스가 에우티프론에게 하고 싶은 말이 무엇이었는지는 분명합니다. 무엇이 신의 뜻인지는 결국 행위의 주체인 인간의 판단이라는 겁니다. 더 중요한 것은 신이 모든 것을 초월한 지고(至高)의 존재인 만큼, 인간이 추구할 수 있는 최고의 지혜와 지성을 통해 최상의 수준에서 그 판단이 이뤄지도록 노력해야 한다는 것입니다. '진인사대천명(盡人事待天命)'이 그 말이요, '하늘은 스스로 돕는 자를 돕는다'는 속담이 그 뜻입니다. 그렇지 못하다면 함부로 신의 뜻을 들먹이지 말라는 거지요.

제가 하고 싶은 얘기의 결론으로 삼아도 좋을 말이 있습니다. 일본에서 살아있는 '경영의 신'으로 추앙 받는 일본항공인터내셔널 이나모리 가즈오 회장의 말입니다.

"그 후로 나는 어려운 문제에 봉착할 때마다 나 자신은 물론 직원들에게 이렇게 말한다. '신이 손을 뻗어 도와주고 싶을 정도로 일에 전념하라. 그러면 아무리 고통스러운 일일지라도 반드시 신이 손을 내밀 것이고 반드시 성공할 수 있을 것이다.'"

친구는 스마트폰 속에 있지 않다

　　　　　　　　　　　　　　인간의 언어는 어떻게 만들어졌을까요? 수렵, 목축 같은 생산 활동을 위한 필요에서 언어가 탄생했다는 게 일반적 정설입니다. 사냥감을 발견했거나, 위험을 알리는 신호가 필요했을 테니까요. 하지만 옥스퍼드대 인류학과 로빈 던바 교수 같은 이는 다른 주장을 합니다. 인간의 언어가 침팬지나 고릴라 같은 영장류의 털 손질이 발전한 결과물이라는 거지요.

　　던바 교수는 침팬지나 고릴라들끼리 서로 털을 골라 주고 이를 잡아 주는 그루밍(grooming)에 주목했습니다. 그것이 위생상 필요해서라기보다는 기분 좋은 신체 접촉을 통해 집단의 친밀성을 키우고 유지하는 게 주목적이라는 거지요. 그런데 영장류 집단의 개체 수가 크게 늘어나면서 그루밍으로 집단의 친밀성을 유지하기가 힘들어졌다는 겁니다. 그래서 우리의 조상들은 성대를 사용해 의사 전달을 하는 방법을 창안해 냈고 그것이 언어로 발전했다는 결론입니다.

그다음 얘기도 재미있습니다. 털 손질 대신 만들어 낸 최초의 언어는 어떤 내용이었을까요? 집단의 친밀감을 유지하기 위해 만들어진 만큼 처음의 언어는 대부분 집단 속의 '남 애기'였다고 던바 교수는 설명합니다. 그런 기능이 쭉 이어져 오늘날에도 인간들의 대화는 결국 남에 대한 잡담, 즉 가십(gossip)이 대부분이라는 겁니다.

던바 교수의 이 같은 주장은 트위터나 페이스북 같은 SNS 이용자들의 행태를 살펴볼 때 더욱 설득력을 갖습니다. 얼핏 쓸모없어 보이고 때론 공허하게 느껴지기까지 하는 SNS에 현대인들이 그처럼 열광하는 것은 우리의 DNA에 남아 있는 사회적 그루밍의 아련한 추억 때문이 아닐까요? 자기 얘기도 아닌 책이나 신문·잡지에서 본 명언 명구들을 부지런히 퍼 나르는가 하면, 자신이 아닌 다른 사람 – 대체로 유명인 – 이름으로 그 사람이 한 애기나 할 법한 애기들을 지어내 옮기는 걸 달리 설명하기 어렵습니다.

일상에서 겪었거나 느꼈던 가십 수준의 잡담으로 팔로어나 친구들의 털을 가볍게 쓸어 주면, 상대는 또 다른 잡담으로 댓글을 달아 보답을 합니다. 그것이 귀찮으면 그저 '리트윗' 또는 '좋아요' 단추를 꾹 눌러 주는 것만으로도 상대의 엉킨 털을 풀어 줄 수 있습니다. 오래전엔 편지, 이후엔 문자와 이메일이 그 역할을 했지만, SNS는 훨씬 덜 수고를 들이고도 훨씬 많은 이들의 털을 한꺼번에 골라 줄 수 있는 효율적인 사회적 그루밍인 거죠.

사람들이 SNS에 열광하는 이유는

서로를 보듬어 주던 과거의 아련한 추억 때문입니다.

하지만 거기서 얻을 수 있는 게 뭘까요?

수백 명의 팔로어보다

속내를 털어놓고 고민을 나눌 수 있는

단 한 명의 친구가 소중합니다.

하지만 늘 함정은 걷기 편한 길에 있기 마련입니다. 함정을 피하려면 던바 교수의 얘기를 더 들을 필요가 있습니다. 집단이 커져 버려 불가능해진 그루밍의 역할을 대체한 언어라도 한계가 없을 순 없지요. 던바 교수는 어떤 종(種)의 개체가 이루는 집단의 크기는 사고 작용에 관계하는 대뇌 신피질의 크기와 비례한다고 주장합니다. 이에 따르자면 한 인간 개체가 꾸릴 수 있는 집단의 크기는 150명 정도라는 거지요. 현대인 한 사람이 면식을 트고, 잡담을 하며 지내는 사람 수가 그 수를 넘기 어렵다는 얘깁니다. 그래서 이 150을 '던바의 수'라고도 하지요.

그런데 SNS의 세계에서는 그렇지 않습니다. 적어도 수백 명, 수천 명을 후딱 넘기고, 수만, 수십만 명의 팔로어를 가진 사람도 적잖습니다. 하지만 그 수가 함정입니다. 사회적 관계가 넓어질수록 관계의 질은 떨어질 수밖에 없으니까요. 꼭 던바의 수가 진리는 아닐지라도 그 수 많은 팔로어나 이웃들 중에는 내 그루밍을 호의적으로만 받아들이지 않는 사람도 있을 수 있습니다. 어쩌면 오히려 불쾌하게 여길 사람도 있을지 모릅니다.

트위터에 올린 짧은 글이 일파만파 퍼져 나가는 걸 감당 못해 짧은 생을 스스로 마감하는 젊은이들 마저 있습니다. 그들도 그루밍해 주던 손가락을 물린 경우가 아닐까요? 혼자서는 견디기 힘든 고통 속에서, 한 줄기 위안을 얻고 힘이 되는 한마디를 듣고자 절망적인 털 고르기 언어에 매달렸다가, 도리어 더 큰 상처를 받고 돌이킬 수 없는 지경까지 내몰린 게 아닐까요? 그런 사회적 그루밍이 아니라, 단 한

명이라도 얼굴을 맞대고 속내를 털어놓고 함께 고민할 수 있는 '실물 친구'를 – 어쩌다 이런 표현까지 써야 할 지경이 되었는지 모르지만 – 찾았더라면 안타까운 비극은 막을 수 있지 않았을까요?

허수의 함정에 빠지지 마세요. 내 고민을 듣고 진정으로 관심을 기울여 줄 사람은 1,768번째 팔로어가 아닙니다. 내가 불특정 허수들에게 신경을 쓰느라 잠시 한눈을 팔아도 내 앞에 앉아 물끄러미 나를 바라보고 있는 내 친구가 바로 그 사람입니다. 허상을 좇느라 진실을 잃는 우를 범하지 말아야겠습니다.

움켜쥔 손으로는
아무것도 받을 수 없다

폭풍우가 몰아치는 밤입니다. 당신은 차를 운전하고 있습니다. 버스 정류장을 지나는데 세 사람이 버스를 기다리고 있는 게 보입니다. 서 있기도 힘든 병약한 노인, 당신의 생명을 구해 줬던 의사, 그리고 당신이 꿈에 그리던 이상형의 여성(또는 남성)…. 불행하게도 당신의 차에는 딱 한 명밖에 태울 수 없습니다. 누굴 선택할까요? 노인을 구하자니 생명의 은인을 저버리게 되고, 은인을 구하자니 평생 한 번 만나기 어려운 이상형을 놓치게 되며, 이상형을 구하자니 죽을지 모를 노인을 외면한 죄책감에 시달리게 될지도 모릅니다.

난감하지요? 하지만 방법이 있습니다. 정답은 당신의 차 키를 의사한테 주어 노인을 태우고 병원에 가도록 하는 겁니다. 그리고 당신은 꿈에 그리던 이상형과 함께 버스를 기다리는 거지요.

썰렁할지도 모를 이야기를 괜히 꺼낸 게 아닙니다. '버려야 얻는다'는 얘기를 하려는 겁니다. 꼭 쥔 손으론 아무것도 받을 수가 없지요. 손가락을 펴 잡고 있는 걸 놓아야 새로운 걸 받을 수 있는 겁니다. 차를 버림으로써 은혜도 갚고 생명도 구하며 사랑도 얻을 수 있는 것처럼 말이지요.

하지만 많은 사람들이 그렇지 못하죠. 손에 쥔 건 결코 놓지 않으려 하면서 새로운 걸 받겠다고 입을 벌립니다. 사회 전반이 그렇습니다. 대표적인 게 정치권입니다. 유권자의 심판을 받아 선거에 지고서도 남 탓만 하는 경우가 많습니다. 바꿔야 한다고 외치기도 하지만 개혁을 위해 자기가 가진 걸 버리겠다는 목소리는 듣기 어렵습니다. 정치권에 처음 발을 들여놓은 초선 의원들도 크게 다르지 않습니다. 다음 공천 못 받을 각오하고 소신 발언하는 사람이 보이지 않습니다. 여당과 야당이 다르지 않습니다. 집권할 때 추진하던 일도 야당이 되면 사사건건 발목을 잡습니다. 언제나 국민을 위한다는 말이 따르지만 잇속 계산이 앞서 보입니다. 야당 때는 기를 쓰고 비난하던 낙하산 인사가 집권하면 소신 인사가 되는 것도 매한가지입니다.

내 밥그릇 지키려고 비정규직 근로자 문제를 외면하는 노동계나 교육계도 그렇고, 자신들이 받은 향응이나 접대에 대해서는 일반인들에게 들이대는 것보다 훨씬 너그러운 잣대를 꺼내 드는 검찰과 언론계도 그렇습니다. 모두들 차 키는 꼭 쥔 채 누굴 택할까 고르고 있습니다. 그래서 하나를 얻는다 해도 나머지 둘은 잃고 맙니다. 소탐대

실(小貪大失)의 전형이지요.

버려야 얻는 겁니다. 종교의 가르침도 그런 거잖아요. 아브라함이 조카 롯과 함께 가나안 땅에 도착했을 때 목자들끼리 서로 많은 목초지와 물을 차지하기 위해 싸웠습니다. 아브라함은 삼촌으로서의 특권을 버렸습니다. 롯을 불러 먼저 가고 싶은 곳을 선택하라고 했지요. 롯은 소돔과 고모라를 택해 떠났고 아브라함은 홀로 산지에 남았습니다. 그때 하나님이 말합니다.

"눈을 들어 동서남북을 바라보라. 보이는 땅을 너와 네 자손에게 주리니 영원히 이르리라."

작은 것을 버려 더 큰 것을 얻은 겁니다. 그물에도 걸리지 않는 바람과 같은 불교의 '무소유'는 말할 것도 없고 노자 역시 "크게 버려야 크게 얻는다"고 말했습니다. 그런데 사람들은 종교에 귀의해서도 쥔 손을 펴지 않습니다. 교회에서도 절에서도 오로지 바라기만 합니다. 그래서 교회에서도 절에서도 얻지를 못합니다.

버릴 줄 알아야 합니다. 지도자일수록 더 그렇습니다. 큰일을 하려면 먼저 버리는 법부터 배워야 하는 거지요. 명나라 때의 개혁가 장거정이 어린 황제 신종을 교육할 때 가장 중점을 두었던 것도 바로 그겁니다. 장거정은 신종에게 『대보잠(大寶箴)』을 가르쳤습니다. 당나라 문신 장온고가 지은 글로 천자로서의 마음가짐을 경계한 책이지요.

신종은 열심히 공부했다고 자랑하려고 책을 장거정에게 주고 그 앞에서 큰 소리로 전문을 외웁니다. 신종은 마지막 구절인 '종심호담연지역(縱心乎湛然之域)'에 이르자 "사람은 당연히 마음을 비우고 일을 처리해야 한다는 말이지"라고 해석을 했습니다. 장거정은 너무도 기쁜 나머지 눈물을 흘리며 당부했습니다.

"마음을 비운다는 것이 바로 이 글의 핵심입니다. 사람이 마음을 비우지 못하는 것은 욕심에 흔들리기 때문입니다. 물은 맑지만 모래가 섞이면 탁해집니다. 거울은 밝지만 먼지가 앉으면 흐려집니다. 황상께서는 이 마음을 기르시어 명경지수처럼 유지하시면 자연히 분명하고 공평하게 모든 일을 처리하실 수 있을 것입니다."

울림이 있나요? 속는 셈치고 버려 보세요. 분명 더 큰 게 얻어집니다. 그래도 의심이 나면 노무현 전 대통령이 어떻게 대통령까지 될 수 있었는지 생각해 보세요. 지역주의 타파를 위해 당선 가능성을 포기한 그런 '버림'이 있었기 때문입니다. 그런 걸 본받진 못하고 득이나 보려고 그를 앞세우는 무리들을 배우지는 말고요.

서 있기도 힘든 병약한 노인,

당신의 생명을 구해 줬던 의사,

그리고 당신이 꿈에 그리던

이상형의 여인(또는 남성)이 있습니다.

당신의 차에 한 명밖에 태울 수 없다면

누구를 선택하겠습니까?

부끄러움을 모르면
안전하지 않다

●

대한민국의 총체적 부실을 고스란히 드러낸 사건이 있었습니다. 어처구니가 없다 못해 한국인이라는 게 부끄러울 정도입니다.

수학여행 가는 학생들이 탄 대형 여객선이 침몰했는데, 그 이유가 화물을 많이 싣기 위해 배가 균형을 잡는 데 꼭 필요한 평형수를 뺐기 때문이었습니다. 여객선을 운항하는 해운사는 말 그대로 비리 종합 세트였고, 감독 책임이 있는 관계 당국들은 그와 한통속이 되어 비리를 눈감아 주었습니다.

한밤도 아닌 아침에, 먼바다도 아닌 근해에서, 한 시간 이상 선체가 물 밖에 나와 있는 상황이었는데도 배 안의 승객들을 구하지 못했습니다. 선장을 포함한 선원들은 승객들에게 선내에 대기하라고 방송해 놓고 자기들만 살겠다고 탈출했습니다. 출동조차 늦었던 해양 경찰은 우왕좌왕하다 귀중한 시간을 허비했습니다. 그나마 바다에 뛰어내린 승객들을 구한 건 민간 어선들이었습니다.

시신을 수습하는 과정에서도 정부의 무기력은 극에 달했습니다. 관료들은 남의 집 불 보듯 행동해 국민적 분노를 샀습니다. 유족들한테 물벼락을 맞은 총리는 나 몰라라 사표를 던졌습니다. 대통령까지 현장에 달려갔지만 유족들의 아픔을 달래지 못했습니다.

이게 다 뭘까요? 한마디로 정리할 수 있습니다. 모두 염치(廉恥)가 없는 까닭입니다. 염치란 부끄러워할 줄 아는 마음입니다. 자기 할 일을 안 하면서도 부끄러운 줄 모르는 겁니다. 부끄러운 줄 모르니 몰염치하고 파렴치한 짓을 거리낌없이 하는 겁니다. 그렇게 할 일 안 하는 사람들이 모여 부실 공화국을 만듭니다. 이 땅에 재난이 그치지 않는 이유입니다.

"예의염치(禮義廉恥)는 나라의 네 벼리입니다. 이 벼리가 펼쳐지면 인심이 깨끗하고 정치가 맑아서 나라를 밝고 창성하게 이끌어 올리고, 벼리가 늘어지면 인심이 더러워지고 정치가 타락해 나라를 어둠 속으로 떨어뜨립니다. 예의는 사람을 다스리는 큰 법이 되고, 염치는 사람을 바로잡는 큰 절개로서 국가 정치의 요체가 됩니다. 예의를 준수하고 염치를 소중하게 여기는 자는 안녕과 영화를 보전해 그 아름다운 이름을 후세에 전할 것이요, 예의를 포기하고 염치를 저버리는 자는 마침내 재앙과 패망에 빠져 더러운 냄새가 만대에 흐를 것입니다."

『세종실록』29년 5월 22일자에 보이는 사헌부의 상소문입니다. 벼

부끄러움을 모르는 사람은 위험합니다.

자신만이 아니라

사회와 국가를 망치기 때문입니다.

당신은 어떤 사람인가요?

리는 네모난 그물의 모서리 줄을 말합니다. 네 벼리를 모두 당겨야 그물이 펼쳐지겠죠? 예절과 곧음, 청렴함, 부끄러워함 이 네 가지가 나라를 지탱하고 정치를 바로 펼치는 요체라는 얘깁니다. 내친김에 좀 더 볼까요?

이 예의염치는 사실 국산 철학이 아닙니다. 관포지교(管鮑之交)로 명성을 날린 중국 제나라의 재상 관중이 우리 사헌부보다 1,300년 전에 한 말이지요. 그는 예의염치를 나라를 당겨 세우는 네 가지 줄로 꼽았습니다. 이른바 '사유(四維)'인데 그중 하나가 없으면 나라가 기울어지고, 둘이 없으면 위태로워지며, 셋이 없으면 뒤집어지고, 모두 없으면 나라가 파멸을 면치 못한다고 했습니다. 역시 예의염치가 국가를 지탱하는 기둥이라 본 겁니다.

이후 세월이 흐르면서 사유에 효제충신(孝悌忠信)이 보태져 팔덕(八德)이 됩니다. 앞의 네 가지가 나라를 떠받치는 데 필요한 덕목이라면, 뒤의 네 가지는 인간관계에서 지켜야 할 필수 덕목이라는 거지요. 그래서 중국에서는 이 팔덕이 없는 사람을 '왕바(忘八)'라 부르며 사람 취급을 하지 않았다고 합니다. 같은 발음이면서 '오쟁이 진 남편'을 뜻하는 왕바(王八)만큼이나 심한 욕인 거죠.

그런데 유의해서 볼 게 있습니다. 충성을 개인적인 덕목으로 본 반면, 염치를 국가적인 덕목으로 봤다는 거지요. 군신 관계가 철저했던 왕조 시대조차 국가를 유지하는 데 충성보다 염치를 우선적인 가치로 삼고 있는 겁니다. 돌려 말하면 국가 경영에 직접 참여하는 사람일수록 수치를 알아야 하고, 염치없는 사람이 충성만 하는 것만큼 국가

기틀을 흔드는 것도 없다는 뜻입니다.

염치를 중요시하는 건 동양뿐만이 아닙니다. 고대 그리스의 시인 호메로스는 『일리아드』에서 말합니다.

"수치를 아는 사람들은 구원되는 자가 많다. 하지만 수치를 모르는 자들에게는 명예도 안전도 없다."

탈무드 역시 유대인들에게 이렇게 가르칩니다.

"인간이 갖고 있는 유일한 가치는 부끄러움을 아는 것이다. 창피함을 아는 사람은 쉬이 죄악에 떨어지지 않는다."

전쟁이 일상이던 사회건 종교가 삶 자체인 사회건, 염치가 받쳐 주지 않으면 유지될 수 없다는 말입니다.

염치가 없는 사람은 자신뿐만 아니라 사회와 국가를 망친다는 사실을 잊지 마세요. 혼자 염치를 차리느라 손해 본다고 생각하지 마세요. 결코 그렇지 않습니다. 눈 감고 귀 막아야 할 패악에도 이 나라가 망하지 않고 굴러가는 건, 그보다 많은 사람들이 자기 자리에서 염치를 살피며 일하고 있는 까닭입니다. 그들은 지금 이 시간 남들이 대수롭지 않게 생각할 수 있는 일도 스스로 부끄러워하며 삼가고 있습니다.

야한 사람,
촌스러운 사람

•

　　'문질빈빈(文質彬彬)'이란 말이 있습니다. 공자님 말씀입니다. 문(文)은 외양을 말합니다. 질(質)은 내면을 의미하고요. '빛날 빈(彬)'자가 두 개입니다. 그러니까 문질빈빈이란 외양도 아름답고 내면도 충실해 조화로운 상태를 일컫습니다. 공자는 내면에 비해 외양이 지나치면 야하고, 내면은 좋아도 외양이 떨어지면 촌스럽다고 했습니다. 외양과 내면을 모두 갖춰야, 즉 문질빈빈해야 비로소 군자답다는 겁니다.

　　그런데 야하고 촌스러운 모습들이 참으로 많이 보입니다. 촌스러운 건 여기서 얘기하지 않겠습니다. 겉모습만으로 내면을 짐작하기는 섣부르니까요. 공자조차 외모로 판단했다 낭패를 겪은 일이 있잖습니까? 큰 길이 아니면 가질 않았다는 '군자대로행(君子大路行)'의 주인공 자우 말입니다.

자우는 외모가 아주 추했다지요. 제자가 되겠다고 찾아왔지만 공자는 못생긴 얼굴을 보고 탐탁지 않게 여겼습니다. 하지만 훗날 자우는 강남 일대를 주유하면서 여러 제후들한테 명성이 자자했습니다. 따르는 제자만 300명에 달했답니다. 그 소식을 들은 공자는 "용모로 사람을 얻다 자우를 잃었다"고 탄식했다지요.

잘못 말하고 탄식하느니 아예 입을 다무는 게 상책입니다. 하지만 야한 건 말할 수 있겠습니다. 반쯤만 눈을 떠도 수없이 보이니까요. 화려하고 튄다고 야한 게 아닙니다. 제 자리서 과한 것, 제 주제 제 분수에 어긋나는 게 바로 야한 거지요. 둘러보세요. 너무나 많습니다. 자기 지위에 넘치는 권력을 탐하고 행사하려는 권력형 인간들 모습이 야합니다. 제 주머니 것 아닌 걸 가지려고 숨기고 속이고 감추고 빼앗는 재물형 인간들 모습이 야합니다. 주인은 안중에도 없이 제 밥그릇 싸움질하는 종들의 모습이 야합니다. 백성의 대리자를 자처하고 나서서 파벌의 사익을 위해 핏대를 올리는 위정자들 모습이 야합니다. 그렇게 야한 외양을 뒤집어쓰고도 야한 줄 모르는 군상들이 참으로 야하고 또 야합니다.

왜 모를까요? 이 사회 파워 그룹에 끼어 있는 똑똑한 사람들이 왜 그것도 모를까요? 바로 어린 나이 때부터 훈련이 되어 있지 않았기 때문입니다. 문질빈빈하기 위한 훈련 말이지요. 저들만 야한 게 아닙니다. 야한 젊음은 미래가 보이기에 더 딱합니다. 교과서, 전공 서적 말고는 일 년에 책 한 권 안 읽으면서 브이 라인, 초콜릿 복근에 목숨

공자가 낭패를 본 적이 있습니다.

겉모습만 보고 판단했다가

자우라는 사람을 잃었던 거지요.

잃어버린 개를 찾는 일보다

잃어버린 내 마음을 찾는 일이 먼저 아닐까요?

거는 모습이 야합니다. 분에 넘치는 명품 백, 명품 가방을 탐하면서도 (럭셔리를 명품으로 번역하는 상술의 희생자이긴 하지만) 스스로는 명품이 되려는 노력을 하지 않는 모습이 야합니다. 부모가 요금 내는 온갖 스마트 기기로 바보 놀이를 하면서 젊음을 낭비하는 모습이 야합니다. 부모가 사준 외제 스포츠카로 야밤 도로에서 생쇼를 벌이다 경찰에 연행된 정신 나간 젊음은 야하다 못해 천박하기까지 합니다.

그런 젊음이 나이 먹는다고 절로 속 차는 게 아닙니다. 노인이 되어서도 내세울 건 나이밖에 없는 사람들이 허다합니다. 몇 해 전 자기 성질 못 이겨 숭례문에 불 지른 사람이 적은 나이였나요? 그처럼 노추한 인생이 되도록 내버려 둬서야 되겠습니까?

아름다운 외양에 걸맞도록 내면을 다듬어야 합니다. 공자의 180년쯤 후배인 맹자는 "사람들이 닭과 개를 잃으면 찾을 줄 알면서도 마음을 잃어버리면 찾을 줄 모른다"고 개탄했습니다. 그러면서 "학문의 도란 다른 게 아니라 잃어버린 마음을 되찾는 것"이라고 설파했습니다.

젊을 때 열심히 공부하는 것이 바로 그래서입니다. 아름답게 포장된 외양에 부끄럽지 않은 내면을 되찾기 위해서란 말입니다. 그래서 나중에 파워 그룹에 끼었을 때 백성들에게 부끄럽지 않고, 그렇지 않더라도 스스로에게 부끄럽지 않은 삶이 되도록 마음을 단련하는 게 공부란 말입니다. 잃어버린 마음이 더 멀리 달아나기 전에 서둘러 되찾아 다잡아야 합니다.

그러기 위해서는 지금부터 부끄러워하는 마음을 가져야 합니다.

외양에 비해 모자라는 내면을 부끄러워해야 한다는 겁니다. 맹자가 말한 수오지심(羞惡之心)이 다른 얘기가 아닙니다. 서양식으로는 이렇게 표현됩니다. 맹자보다 2,000년 가까이 후배인 17세기 영국의 철학자 토머스 홉스가 그의 국가론을 정리한『리바이어던』에서 한 말입니다.

"수치란 정념은 얼굴 붉힘으로 나타난다. 불명예스럽다고 느꼈을 때 생긴다. 젊은이들에게 이런 정념이 나타나면 평판을 소중히 여기고 있다는 증거이며 칭찬할 만한 일이다. 좋은 평판을 경시하는 것은 몰염치라고 한다."

오만이 앞서면
치욕이 뒤따른다

•

　　　　　　　　　몇 해 전 도미니크 스트로스칸 IMF
총재의 성폭행 사건이 있었습니다. 미국 뉴욕에서 호텔 여종업원을
성폭행하려 했다고 알려지면서 체포와 전자발찌 착용 등 온갖 수모
를 당하고 결국 총재직에서도 물러나고 말았지요. 이해하기 어려운
일입니다. 무엇이 아쉬워서 그런 짓을 했을까요? 설령 아쉬운 게(?)
있었더라도, 물불 안 가리는 애들도 아니고 한치 앞도 못 볼만큼 머리
나쁜 사람도 아닌데 어찌 뒤탈을 생각하지 않았을까 말이지요.
　　진화심리학계의 거두인 데이비드 버스 텍사스대 교수가 그의 저
서『욕망의 진화』에서 인용하고 있는 연구들에 따르면 대다수 남성들
은 잠재적인 성폭행범이 아닙니다. 성폭행 사실이 도중 또는 사후에
발각될 가능성이 없고, 병이 옮거나 사회적 평판에 금이 갈 가능성도

전무하다는 전제 아래서도 70퍼센트가 넘는 남성들이 성폭행을 하려는 의도를 나타내지 않았다는 거지요.

성폭행범들은 대체로 자존심과 수입, 사회적 지위가 모두 낮은 계층에 속한다는 게 여러 연구의 결론입니다. 여성을 유혹할 만한 지위나 돈, 기타 자원이 없는 남성들이(물론 그들 중에서도 극히 일부겠지만) 성적 강제를 대안으로 선택하기 쉽다는 얘기지요.

스트로스칸 총재의 경우는 이러한 결론을 비켜 갑니다. 그는 샴페인 좌파(호화로운 생활을 하는 좌파)라 불릴 만큼 돈이 많고, 세계 경제 대통령으로 통하는 지위를 누리고 있었습니다. 차기 프랑스 대통령 자리에 가장 가깝게 다가선 사회당 후보기도 했지요. 게다가 발각될 가능성도 많고 그만큼 평판이 무너질 위험도 컸습니다. 그런데 어째서 그가 지금 함께 갇혀 있는 잡범들이나 생각할 수 있는 무모하고도 추잡한 범죄를 저질렀을까요?

이해하기 어렵다 보니 정신병이라는 얘기도 나오고 음모론도 등장합니다. 화려한 유사 전력과 그것을 정치적으로 이용하려는 반대파의 의도를 생각하면 그럴 법도 합니다만 제 생각은 다릅니다. 한마디로 권력의 오만이 초래한 필연적인 파멸이라는 게 저의 결론입니다.

흔히 권력을 쥔 사람들은, 그 권력이 크건 작건 간에 세상이 바뀐 경험을 합니다. 자신을 대하는 사람들의 태도가 확연히 달라진 걸 느끼게 되지요. 걸프전의 영웅 노먼 슈워츠코프 장군은 자서전에서 처음 별을 달았을 때의 변화를 이렇게 묘사합니다.

"하룻밤 사이에 모든 사람들이 내 너절한 농담에 웃음을 터뜨리기 시작했다."

많은 권력자들은 슈워츠코프 장군과 다른 생각을 하지요. 자신의 농담이 너절한 걸 모른단 말입니다. 스스로 엄청 유머러스하며, 따라서 자신이 인기가 많고, 모든 사람들이 자기를 좋아한다고 믿게 되는 거죠. 마음속에 자만이 싹을 틔우고, 교만의 줄기를 따라 자만의 잎이 자라며, 오만의 열매를 맺게 됩니다. 스스로 자존감이 약한 사람일수록 그러한 권력의 장식물들을 주렁주렁 매달고 다니지요.

오만한 권력의 열매는 여러 모양으로 열립니다. 횡포의 얼굴을 갖기도 하고, 부패의 냄새를 피우기도 하며, 청맹과니의 옷을 입기도 합니다. 스트로스칸의 경우는 그것이 성적으로 나타난 경우일 뿐입니다. 자신의 너절한 농담에 웃음을 터뜨리는 여성들이 자신의 성적 매력에 반했으며 자신과 관계를 갖기를 원할 거라고 착각하는 거죠. 프랑스 재무부 장관 시절 그를 취재하는 여기자들에게 개인 휴대전화 번호가 적힌 명함을 주면서 "특종을 원하면 밤낮 아무 때나 전화하라"고 말했다는 오만이 달리 나오는 게 아닙니다.

정적의 몰락에 신이 났겠지만 니콜라 사르코지 당시 프랑스 대통령도 오만에서 자유로운 사람이 아닙니다. 교양이 부족하다는 평가에 자극받아 책을 많이 읽고 있다니 달라졌는지 모르겠지만, 자신을 비판하는 기자에게 욕설을 퍼부어 망신을 당하기도 했지요. 내친김에 좀 더 가볼까요?

샤를 드골 전 프랑스 대통령은 자신을 줄기차게 비판하는 사르트르를 관용하는 덕을 발휘했지만 그 역시 오만의 덫에서 벗어나지 못

돈도 많고
세계 경제 대통령으로 불리는 그는
어째서 잡범들이나 하는
못된 짓을 저질렀을까요?
바로 오만 때문입니다.
무엇이든 내 멋대로 할 수 있다는 오만이
내면을 병들게 합니다.

했습니다. 1961년 알제리 문제에 대한 국민투표에서 자신을 지지해 준 사람들에게 감사 표시를 해야 하지 않겠느냐는 측근들의 조언에 "프랑스가 어떻게 프랑스에게 감사하느냐"고 반문했다지요. 자신이 곧 프랑스라고 생각한 겁니다. 그런 오만이 결국 불명예 퇴진을 초래 하고 맙니다.

높은 자리에 오르면 다른 사람들이 눈 아래로 보이기 때문에 오만 하기 쉽습니다. 높은 언덕에 오를수록 더욱 깊이 파내 평평하게 만들 어야 하는 이유입니다. 스스로 낮춰야 떨어져도 다치지 않는 겁니다. 알아 두면 도움이 될 영국 격언이 있습니다.

'오만이 앞장서면, 치욕이 뒤따른다.'

프랑스 격언은 좀더 구체적입니다.

'오만이 앞장서면, 망신과 손해가 뒤따른다.'

5% 날라리 벌이
95% 벌떼를 구한다

몇 년 전 거실에서 TV를 치웠습니다.
무심코 TV를 켠 뒤 소파에 파묻혀 "참, 볼 거 없네" 투덜거리면서도
리모컨을 놓지 않던 제 모습이 참 없어 보이던 어느 날, 러닝머신이
있는 방으로 TV를 옮겼지요. 'TV를 보려면 운동을 하라'는 자기 주문
입니다. 아쉬움은 밭고 넉넉함은 흥건합니다. 가족 간의 대화가 많아
졌고, 무엇보다 책 읽는 시간이 늘었습니다. 간혹 TV를 볼 때마다 땀
을 흘리니 몸 건강, 마음 건강 두 마리 토끼를 잡습니다.

얼마 전에는 인터넷 포털 사이트를 끊었습니다. 가급적 인터넷을
멀리하겠다는 의지의 표현입니다. 그 속의 수많은 허접무쌍한 뉴스
들을(그걸 뉴스라고 말할 수 있다면) 이 클릭 저 클릭 뛰어 건너고 있
는 자신을 발견한 다음이었지요. 애초에 검색하려던 건 하얗게 잊은

집단 사고는 무섭습니다.

생각이 다른 사람을 적으로 만들고

끔찍한 '마녀사냥'이 벌어지기도 합니다.

자유롭게 날아다니는

날라리 별 같은 사람이 그래서 필요합니다.

채 말입니다. 인터넷 전도사이자 「하버드 비즈니스 리뷰(HBR)」의 편집장을 지낸 니콜라스 카도 글 쓰는 데 방해가 되는 인터넷을 피해 콜로라도 산속으로 이사를 했다지요. 하지만 보통 사람의 팔자가 어디 그렇게 좋나요? 포털 사이트들을 즐겨찾기에서 지우는 걸로 스스로 구원을 찾을 수밖에요. 그래도 역시 궁함은 적고 족함은 많습니다. 하다못해 사전을 찾다 딴 길로 빠져도 '누구누구 열애' 대신 '가르친 사위' 같은 재미난 우리말을 배우는 보너스가 있습니다.

꼭 TV를 치우고 인터넷을 하지 말라는 얘기는 아닙니다. 인기 있는 개그 프로그램이나 드라마처럼 대부분이 즐겨 보는 프로그램을 안 봐서야 어디 가서 대화나 되겠어요? 인터넷이 책상에서 손바닥으로 옮겨온 시대에 말이 되는 얘기가 아니지요. 하지만 너무 쏠리지는 말라는 것입니다. 흔히 말하는 게임 중독 같은 걸 걱정하는 게 아닙니다. '집단 사고'가 두려운 거지요.

미국의 사회심리학자 어빙 제니스가 정의한 집단 사고는 집단의 구성원들이 이견을 받아들이지 않고 만장일치에 이르기 위해 노력하는 심리적 경향을 일컫습니다. 토론 없이 편한 쪽으로 쉽게 합의하고 그것이 최선이라고 자기 합리화해 버리는 거죠. 결국 경솔하고 불합리한 결정을 내리게 되고, 새로운 정보나 변화에 둔할 수밖에 없지요.

한데 모인 집단이 아니더라도 그런 일이 벌어집니다. TV나 인터넷에 지나치게 쏠리게 되면 특정한 사안을 두고 응집력 높은 집단이 생겨나지요. TV와 인터넷이 결합되면 그 응집력은 쉽게 배가 됩니다. 응집력이 높을수록 다양한 외곽 사고에는 바리케이드가 쳐집니다.

대신 자신들의 편의에 따라 중심으로 끌고 가는 집단 사고가 힘을 발휘하지요. 그것에 반대하면 바보로 몰리고 적이 됩니다. 특정인에게 모든 죄를 뒤집어씌우는 '마녀사냥'이 그래서 나옵니다. 다른 의견을 가진 사람들이 고립과 공격이 두려워 입을 닫는 '침묵의 나선(Spiral of Silence)'도 그래서 형성되고요. 흔하게 보던 일 아닙니까?

쏠리지 말고, 빠져들지 마십시오. 몸이 한쪽으로 기우는 걸 항상 경계하십시오. 미국의 심리학자 하워드 블룸의 재미있는 책『천재 자본주의 vs 야수 자본주의』에 재미난 얘기가 나옵니다. 꿀벌들은 95퍼센트가 동료들과 함께 움직입니다. 가장 수확이 많을 것 같은 꽃무리 집단을 찾아가지요. 그들의 결정은 다수결이 아닌 만장일치로 이루어집니다.

그런데 집단을 따르지 않는 '날라리 벌'들이 있답니다. 반항적 성향을 지닌 이 5퍼센트의 벌들은 집단의 결정을 따르지 않고 자기 마음대로 행동합니다. 꽃가루나 꿀도 집단이 아닌 자기 입맛에 맞는 걸 선택하지요. 평소 빈둥빈둥 노는 것 같지만 어느 날 어느 벌도 가 보지 않은 미지의 장소를 찾아 날아갑니다. 그 거리가 20킬로미터가 넘을 때도 있다지요.

꽃무리에도 한계가 있습니다. 수확할 꿀이 다 떨어져 꿀벌 집단이 굶게 생겼을 때, 이 날라리 벌들이 돌아옵니다. 자신들이 새롭게 발견한 꽃무리의 위치와 규모를 알리는 의기양양한 '8자 춤'을 추면서 말이지요. 이들 덕분에 꿀벌 집단은 기아와 양육 실패의 재앙을 모면할 수 있게 되는 겁니다.

인간 사회에도 날라리 벌들이 있지요. 스티브 잡스나 빌 게이츠 같은 이들이 날라리 벌입니다. 남들과 다른 창의적 사고가 이끄는 사람들이지요. 이 날라리 벌 같은 존재가 되세요. 기억하기 쉽게 반대되는 예를 들지요. 아까 새로 배웠다는 우리말 '가르친사위'입니다. 바로 '독창성 없이 시키는 대로 하는 어리석은 사람'을 뜻하는 말입니다. 가르친사위나 날라리 벌 중 무엇이 되겠습니까?

선견지명을 가진 사람은
외롭다?

●

　　　　　　　　　　　　프랑스 파리의 외교가에서 가장 인
기 있는 파티는 일본 대사관이 주최하는 만찬이라지요. 초대를 받으
면 사양하는 사람이 거의 없다는 겁니다. 이미 글로벌 음식이 된 스시
를 비롯해 맛 좋고 건강에도 좋은 음식이 나오는 데다, 고급 와인들을
많이 맛볼 수 있는 까닭입니다. 부자 나라여서 가능한 것도 있지만,
해마다 새로 나온 와인들을 싸게 사서 쟁여 놨다가 와인 맛이 절정기
에 이르렀을 때 꺼내 놓는 게 노하우입니다. 오래 묵은 와인의 깊은
향을 맡으면 손님들이 대접 좀 받는다고 느끼지 않을 수 없지요.
　와인뿐 아니라 파리에서 가장 럭셔리한 거리에 자리한 대사관저
도 한몫할 겁니다. 에르메스, 랑방 같은 명품 매장이 즐비하고, 프랑
스 대통령 관저인 엘리제궁, 미국·영국 대사관저가 있는 거리의 우

아한 18세기 건물 안에 숨어 있는 일본 정원에서 즐기는 파티는 평생 잊히지 않는 기억이 될 수도 있을 겁니다. 일본에 대한 좋은 이미지도 따라 기억되겠지요.

그런데 반세기 전 그 건물을 샀던 일본 대사는 나중에 문책을 받았다고 합니다. 너무 비싼 건물을 사서 예산을 낭비했다는 거였지요. 지금은 파리에서 땅값이 가장 비싼 곳 중 하나가 되었고, 그나마 아무리 많은 돈을 줘도 사려야 살 수 없는 건물인데도 말입니다. 이처럼 선견지명을 가진 사람은 늘 외롭기 마련입니다. 당대의 지성을 사로잡은 독일 철학자 쇼펜하우어도 이렇게 말했죠.

"모든 진리는 3단계를 거친다. 처음에는 조롱을 받고 얼마 후 반대에 부딪히다가 결국은 자명한 것으로 받아들여진다."

그처럼 빛나는 선견지명을 일본에서 또 보았습니다. 이와테현의 한 마을이 반세기 전 그 마을의 촌장이 높이 15미터가 넘는 방조제를 고집했기에 2011년 3월의 쓰나미에서 무사할 수 있었다는 겁니다. 그때도 그 방조제는 너무 높다는 비판을 받았다지요. 하지만 그는 메이지 시대에 15미터 높이의 쓰나미가 밀려 왔었다는 사실을 기억하고 있었던 겁니다. 한 번 왔던 건 다시 올 수 있다는 믿음이었겠지요. 처음엔 조롱받다, 나중엔 반대에 부딪혔던 그의 믿음은 결국 자명한 진리가 되었고 수많은 사람들의 목숨을 구했습니다.

선견지명이란 문자 그대로 앞을 내다보는 지혜를 말하지만, 그건 분수를 지키고 최선을 다하는 것과 동의어입니다. 자신의 위치를 알고 열심히 노력하다 보면 미래를 예측할 수 있는 혜안이 절로 떠진다는 말이지요. 멋으로만 따지면 지금의 대사관저보다 훨씬 크고 화려한 건물들이 파리에 왜 없겠습니까. 할 수만 있다면 30미터 높이로 방조제를 쌓아 놓고 쓰나미란 단어를 잊고 살 수 있겠지요. 하지만 한정된 자원을 효율적으로 분배해서 최상의 효과를 얻어야 하는 게 현실입니다. 자신의 위치를 냉정히 파악하고 최대한의 역량을 이끌어내야 하는 까닭입니다.

이스라엘은 탄생 과정에서 유럽의 로스차일드 가문(독일 유대계 혈통의 국제적 금융 가문)에 빚진 바 큽니다. 프랑스의 로스차일드 은행 소유주였던 에드먼드가 매년 팔레스타인 유대인에게 제공한 자금은 국제 시오니스트(유대 민족주의자)들의 총 모금액보다 많았습니다. 하지만 그는 돈으로만 기여한 게 아닙니다. 19세기 말부터 팔레스타인의 지정학적 조건을 철저하게 연구했지요. 그러고는 팔레스타인 전 총독을 고용해 유대와 사마리아, 갈릴리 등지를 차례로 사들였습니다.

유럽의 다른 유대인 부호들은 그를 이해하지 못했습니다. 불모지에 돈을 쏟아붓는 그를 비웃으며 생각을 바꾸라고 설득했지요. 하지만 에드먼드는 그런 전략적 요충지가 있어야 팔레스타인의 유대인들이 스스로를 보호할 수 있다고 믿었습니다. 결국 반세기 뒤 일어난 이스라엘 독립전쟁(1차 중동전쟁. 1948년 이스라엘이 독립을 선포하면서 아랍 국가들과 벌인 전쟁)은 에드먼드의 선견지명을 증명했습니다.

선견지명은 현자의 무기지만, 그것 역시 노력의 결과입니다. 그래서 선견지명을 가진 사람이 더 외로운 겁니다. 우매하면서 노력도 하지 않는 사람들 사이에 있으니까요. 그런 사람들은 흔히 무지와 오해

멀리 보는 사람은

조롱을 받거나 반대에 부딪히기 쉽습니다.

우매하면서 노력도 하지 않은

사람들 사이에 있기 때문입니다.

하지만 그의 믿음은 결국 헛되지 않습니다.

의 옷을 입고, 질시와 핑계의 지팡이를 짚고 다니지요. 그래서 가끔은 주저앉고 싶을 때도 있지만, 현자는 결코 혼자인 걸 두려워하지 않습니다.

기왕 나온 이스라엘 이야기를 하나 더 하겠습니다. 현대 이스라엘의 아버지라 불리는 다비드 벤구리온은 스물다섯 살의 장교 시몬 페레스를 해군 총수로 임명합니다. 당시 전운이 감돌던 시기였으므로 페레스의 부담이 컸겠지요. 벤구리온에게 물었습니다.

"리더가 되었다는 걸 언제 느끼셨습니까?"

벤구리온이 대답합니다.

"주위를 둘러보았는데 아무도 없었네. 그래서 나 혼자 해답을 구해야 했지."

사회에는 저마다 지켜야 할 룰이 있고 바꿔야 할 룰이 있다.

무엇을 지키고 무엇을 바꿀 것인가?

그 해답은 사회에 대한 정확한 이해로부터 구해진다.

Chapter 2

사회에는
룰이 있다

잘나가던 PD가
갑자기 물러난 이유

●

　　　　　　　　　　　　예능 프로그램 하나가 나라를 뜨겁
게 달구었던 적이 있었습니다. 결국 야심 찬 출사표를 던졌던 PD가
출발하자마자 차에서 내려야 했고, 「나는 가수다」라는 도도한 이름의
버스는 차고지로 돌아가 한 달 동안이나 수리를 받고 다시 시동을 걸
어야 했지요.

　TV 프로그램 하나에 이렇게 많은 사람들이 흥분하다니, 이상하지
않나요? 물론 참으로 매력적인 프로그램입니다. 다른 건 다 뛰어난데
노래만 못하는 가수들이 차고 넘치는 세상에서, 진짜 가수들끼리 진
짜 실력을 겨룬다는 데 흥분 안 할 수 없지요.

　사실 저는 승부에는 관심이 없었습니다. 그보다 노래 잘하는 가수
의 좋은 노래를(대체로 따라 부르기 어렵지요) 노래 잘하는 다른 가

수가 다른 창법과 다른 음색으로 부르는 걸(더 낫기도 하더라고요) 듣는다는 게 짜릿했지요. 그래서 첫 번째 정거장에서 내리게 된 가수에게 한 번의 탑승 기회가 더 주어졌을 때, '이건 아니지' 싶으면서도 PD의 결정을 받아들일 수 있었습니다. 노래 잘하는 가수의 다른 노래를 들을 수 있게 되었으니까요.

그런데 다른 많은 사람들은 그렇지가 않았나 봅니다. 여기저기서 거품 무는 소리가 들렸습니다. 관심이 컸던 만큼 실망도 컸던 겁니다. 참으로 생각해 볼 주제였습니다. 어째서 노래 잘하는 가수에게 한 번 더 기회를 주는 걸 사람들이 용납하지 못하는 걸까요? 콩쿠르도 아니고, 그저 오락 프로그램일 뿐인데도 말이죠.

그것은 '룰 브레이커(rule breaker)'에 대한 환멸 때문이었습니다. 이 땅에서 앞서 나가는 많은 인사들이 뒤에서는 얼마나 자주, 많이, 상습적으로 룰을 어겨왔던가를 자주, 많이, 상습적으로 목격해 온 사람들의 트라우마(정신적 상처)가 또 한 번 자극받은 거지요. 땅을 사면서, 금융 거래를 하면서, 세금을 내면서, 아이 학교를 옮기면서, 논문을 쓰면서, 살면서 득 되는 선택이라면 주저 없이 룰을 깨뜨려 온 사람들이, 도덕적으로 살아온 사람들만이 가져야 하는 공직까지 탐내며 "잘못했다", "죄송하다"고 고개 숙이는 '재수 없는' 장면이 겹쳐서 떠오른 거란 말입니다. 잊혀졌던 분노가 다시 터져 나올 수밖에요.

룰은 지켜져야 합니다. 여기서 떠오르는 대목이 있습니다. 중국 전국 시대 정치가 상앙을 아시지요? 진나라 효공 밑에서 10년간 재상을 지내며 엄격한 법치주의 정치를 펴서 제국의 기반을 다진 인물입니다.

어느 날 새로 시행된 법을 태자가 위반했습니다. 이에 상앙은 "법이 널리 효과를 거두지 못하는 것은 위에서부터 이를 어기기 때문"이라며 태자의 처벌을 주장했습니다. 하지만 태자는 왕위를 계승할 사람 아닙니까. 형벌을 줄 수가 없지요. 상앙은 대신 태자의 스승인 태부(太傅) 공자건을 벌하고 태사(太師) 공손고는 얼굴에 죄명을 새겨 넣는 묵형에 처했습니다.

물론 상앙의 신법은 지나치게 가혹한 측면이 있었습니다. 나중에는 본인도 자신이 만든 법의 희생자가 되었지요. 하지만 지키기 어려운 것과 지키지 않는 것은 다릅니다. 지키기 어렵다면 고쳐야 하고, 그렇지 않으면 지켜야 하는 겁니다. 그래야 사회가 제대로 돌아갈 수가 있겠지요. 사마천은『사기』「상군열전」에 이렇게 썼습니다.

"법령이 시행된 지 10년이 되자 진나라 백성들은 매우 만족했다. 길에 떨어진 물건이 있어도 줍지 않았고, 산에 도적떼가 사라졌으며 집집마다 풍족하고 살림은 넉넉했다. 백성들은 전쟁에 나가서는 용감했지만 사사로운 다툼은 피했다. 진나라는 도시와 농촌이 고루 잘 다스려졌다."

동양만 그런 게 아닙니다. 중세까지 서양은 치안이 확립되지 않아 도시만 벗어나면 무법천지나 다름없었습니다. 도적떼가 들끓어 여행은 목숨을 걸고 하는 것이었습니다. 혼자 여행을 시키는 형벌까지 있을 정도였지요. 그런데 영국의 정복 왕 윌리엄은 노르만 왕조를 연 뒤, 중앙 집권적 봉건제를 확립하고 엄격하게 법을 집행해 정의를 실

한 TV 프로그램 때문에

많은 사람들이 입에 거품을 문 적이 있습니다.

룰을 깼기 때문이지요.

룰은 지켜져야 합니다.

현했습니다. 사형 제도까지 폐지했지만 1087년 그가 승하할 당시에는 "금덩이를 품고 왕국 어디를 돌아다녀도 별일을 당하지 않을 것"이라는 말이 나올 만큼 평온한 사회가 되었습니다.

다시 말하지만 룰은 지켜져야 합니다. 파울하는 선수가 있다고 해서 모두 따라 한다면 운동 경기는 성립될 수 없습니다. TV 프로그램도, 사회도 마찬가지입니다. 룰을 깨는 사람이 있다고 해서 모두 그를 따른다면 존재할 수가 없지요. 내가 먼저 지키는 겁니다. 사회와 국가를 지키는 건 기본이고, 룰을 깨는 사람을 시원하게 욕할 수 있는 명분과 즐거움이 덤으로 따라오게 됩니다.

'쪽팔림'은 잠깐이고
'이익'은 영원하다?

여름은 덥습니다. 늘 새롭게 덥습니다. 그런 여름의 더위를 묘사한 명문이 있습니다.

"괴롭던 장마가 즐즐하더니 찌는 듯한 더위가 또다시 괴롭게 한다. 매미는 덥다 못하여 '맵다'고 운다. 울어도 사정없는 더위는 처서를 앞두고 힘껏 기세를 돋운다. (…) 이 더위는 부자의 별장에도 간다. 거지의 토굴에도 간다. 선풍기 놓인 바둑판에도 가거니와 풀무질하는 대장간에도 간다. 분 바른 얼굴에도 내리 쪼이고 땀 흘리는 등허리에도 다름없이 내리 쪼인다. 그러나 받는 분수가 다 각각 다르고 겪는 고통이 제각기 다르다. 공평무사한 하늘은 높은 데나 낮은 데나 넓은 데나 좁은 데나 어디나 할 것 없이 다름없는 똑같은 더위를 다름없이 똑같이 퍼붓는다.

그러나 고르지 못한 땅 세상에서는 하늘의 뜻을 모르기도 하려니와 뜻대로 받지도 아니한다. 이렇게 되어야 이 괴로운 세상이 더욱 재미나고 이 괴로운 더위가 더욱 맛나는 모양이다."

일제 강점기 때 필명을 날렸던 언론인 설의식 선생의 글입니다. 동아일보 일장기 말소 사건 때 편집국장을 하던 분이지요. 짜증나는 더위를 어쩜 그리 정겹고 맛깔나게 표현할 수 있는지 존경스럽기만 합니다. 물론 더위 때문에 대선배의 글을 떠올린 건 아닙니다. 찌는 듯한 더위보다 더 사람을 열 받게 만드는 일들이 있어서 하는 얘기지요.

언젠가부터 이 땅의 고위 공직자들에게 위장 전입 정도는 흠도 되지 않는 듯 보입니다. 그저 "쏘리(sorry)" 한마디면 그만입니다. 너도 하고 나도 했으니 크게 문제될 게 없다는 식입니다. 기가 막힙니다. 이 땅에서 잘나가던 분들이 더 잘 먹고 잘살겠다고, 좋은 건 다 갖겠다고, 공평무사한 하늘이 다름없이 퍼붓는 더위 속에서 혼자만 시원하겠다고, 불법 탈법 저지르고, 약은 짓 얌체 짓 가리지 않았던 걸 보면 안쓰럽기까지 합니다. 그러고도 치부 드러날 것 뻔히 알면서 감투 욕심 못 버리는 걸 보면 연민의 정이 들기도 합니다. 한마디로 '쪽 팔림은 잠깐이요, 이익은 영원하다!'는 거죠.

정말 그렇습니까? 절대 그렇지 않습니다. 그렇지 않고말고요. 천년만년 쓸 수 있는 감투가 아닙니다. 발가벗겨진 치부는 영원하고요. 인터넷 세상이 되면서 더욱 그렇습니다. 누구누구를 검색하면 10년 전, 20년 전 기사가 줄줄이 따라다닙니다. 한 번 실수가 '주홍 글씨'가 되어 버릴 수 있는 겁니다. 무서운 세상입니다.

무슨 감투 후보자가 과거에 못된 짓을 했다고 들으면 열 받지요? '고르지 못한 땅 세상'에 사는 게 욕 나오지요? 그 마음 잘 간수하세요. 쉬이 잃어버리는 보물입니다. 그 고위 공직자들도 젊은 나이 때는 마찬가지로 열 받았을 겁니다. 살다가 잃어버린 겁니다. 눈앞의 욕심에 버렸을 수도 있고요.

그 보물을 잃지 않는 비법을 알려 드리겠습니다. 사실 비법도 아닙니다. 너무나 많은 성현들이 한 말씀입니다. '대접받고 싶은 대로 남을 대접'하고 '하기 싫은 일은 남에게도 시키지 말라'는 것입니다. 불교의 보살행 중에 자리이타(自利利他)행이란 게 있습니다. 자기에게도 이롭지만 우선 남에게 이로워야 한다는 말이지요.

표현은 조금씩 달라도 결국 같은 이야기입니다. 토머스 홉스가 『리바이어던』에서 더 알기 쉽게 정리합니다. 들어 보십시오.

"어느 누구도 변명할 수 없도록, 아무리 모자라는 사람이라도 이해할 수 있도록 자연법을 한마디로 요약하면 다음과 같다. '남이 너에게 행하기를 원치 않는 일은 너도 남에게 행하지 말라.'"

우리의 감투 후보자들도 변명할 수 없겠지요? 무슨 일을 할 때는 늘 생각하십시오. 남이 그 일을 하면 내 기분이 어떨지를 말입니다. 내 기분이 나쁠 것 같으면 해서는 안 됩니다. 남도 그만큼 기분이 나쁠 테니까요. 홉스는 더 무섭게 얘기합니다.

"다른 사람들이 같은 법을 지킬 것이라는 충분한 보증이 있는데도 그 법을 지키지 않는 사람은 평화가 아니라 전쟁을 구하는 것이며 폭력에 의해 자신이 파괴되는 결과를 자초하는 것이다."

눈앞의 이익과

감투 욕심 때문에

혈안이 되었다가

봉변과 망신을

당하는 사람들이 많습니다.

그렇게 되지 않는

최선의 방법이 있습니다.

다른 사람이 그 일을 하면

내 기분이 어떨지를 생각하는 것입니다.

찌는 더위 속에서 혼자 시원하겠다고 남들 열 받게 하다간 봉변과 망신을 당할 수 있다는 말입니다. 과거 정권에서 그랬듯, 국민들 열 받게 하는 인사가 계속되다가는 어느 정권의 앞날도 불 보듯 훤하다는 얘기지요.

가슴 훈훈한
괴산우체국 이야기

●

                       기분 좋은 이야기와 기분 나쁜 이야기가 있는데 뭘 먼저 들으시겠습니까? 그렇죠. 기분 좋은 거 먼저 하겠습니다.

    괴산우체국 이야기입니다. 순직한 우편집배원의 장녀가 아버지가 일하던 우체국에 특별 채용되었다는 겁니다. 아버지는 우편물 배달을 마치고 돌아오는 길에 중앙선을 침범한 차량과 충돌해 유명을 달리했습니다. 스물여섯 살 딸이 졸지에 어머니와 두 동생을 부양해야 할 가장이 되었지요. 다행히 우정사업본부에 일정한 자격증을 갖춘 국가 유공자 자녀의 기능직 특채 규정이 있었습니다. 딸은 몇 달을 공부해 자산관리사 자격증을 땄고 괴산우체국에 특채될 수 있었습니다. 우정사업본부에는 불의의 사고로 순직한 집배원이 400명가량 되는데 그 자녀가 우정사업본부에 채용된 것은 이번이 처음이랍니다. 놀랍긴 하지만 아무튼 참 다행이고 잘된 일입니다.

기분 나쁜 이야기도 말하기 싫지만 해야겠습니다. 장관 딸을 특채하기 위해 한 나라의 정부 부처가 작당 모의를 했습니다. 외교부가 유명환 당시 장관 딸의 스펙에 맞게 지원 자격을 바꿨고, 더 우수한 사람들을 들러리로 세웠다는 겁니다. 자기가 수장으로 있는 조직에서 한 명 뽑는 자리에 딸이 지원하겠다고 해도 말리는 게 상식인 것 같은데, 아버지는 문제가 불거진 뒤에도 당연하다는 듯 "장관 딸이라 더 엄격하게 심사했다더라"며 너스레를 쳤습니다.

그런 시대착오적 음서(蔭敍)가 이번이 처음은 아닙니다. 말이 나와서 하는 말이지만 외교부 특채가 외교관 자녀의 등용문 역할을 해 왔다는 건 비밀도 아니었습니다. 더 큰 문제는 외교부만 그런 게 아니란 겁니다. 왜 아니겠나 싶지만 참 기분 나쁘고 화나는 일입니다.

같은 특채인데 어떤 건 가슴을 따뜻하게 만들고 어떤 건 가슴에 불을 지릅니다. 차이가 뭘까요? 원래 특채란 게 많은 사람들 기분을 좋게 해야 기본 취지에 맞는 걸 겁니다. 공채로 모자라거나 지나친 점을 보완하자고 만든 게 특채 아닙니까? 훌륭한 인재가 적재적소에 배치되어 모자라거나 지나친 부분을 더하거나 뺄 수 있다면 여러 사람 기분 좋아질 게 틀림없습니다. 자연히 사회와 국가 발전도 따를 테고, 사람들 기분은 더욱 좋아질 겁니다.

그런데 늘 무따래기들이 있기 마련입니다. '길 닦아 놓으니 미친 X이 먼저 지나간다'는 속담도 있지 않습니까. 아무리 좋은 제도를 만

들어 놓아도 그것을 악용하는 훼방꾼들이 있다는 말입니다. 미친 X 이야 지나가고 나면 그만이지만 훼방꾼들의 해악은 기분만 나쁜 정도로 그치는 게 아닙니다. 제도 자체를 무용지물로 만들고 기능장애를 일으키는 심각한 반사회적 범죄인 겁니다. 더군다나 제도를 조이고 기름 칠 의무를 지닌 사람들이 제도 파괴에 앞장섰으니 용서할 수가 없는 겁니다.

가뜩이나 신뢰가 부족한 우리 사회입니다. 특권층에 대한 신뢰는 더욱 밭습니다. 높은 자리에서 호령하며 잘 먹고 잘사는 사람들이, 아들딸에게까지 그런 호사 물려주겠노라 할 짓 못할 짓 가리지 않으니 신뢰가 쌓일 틈이 없습니다. 믿음 없는 자리에서 자라는 독초인 갈등을 숨어 내느라 해마다 몸살을 앓고 막대한 비용을 치르고 있는 게 우리 사회 아닙니까.

사회의 신뢰 수준이 10% 올라갈 때마다 경제성장률이 0.8%씩 올라간다는 연구 결과가 있습니다. 사회의 신뢰 수준을 10% 올리면 어림잡아 80조 원 이상의 새로운 가치를 창출할 수 있다는 얘기입니다. 인천공항을 14개나 만들 수 있는 큰돈입니다. 그런 가치를 얻는다면 젊은이들을 위한 질 높은 일자리들을 많이 만들 수 있겠죠.

결국 장관이 자기 딸을 위해 남의 집 딸 하나의 일자리만을 빼앗은 게 아니란 말이 됩니다. 이미 절망적인 청년 실업의 탈출구에 문풍지를 덧대어 그렇잖아도 숨 못 쉬는 젊은이들을 질식시킨 겁니다. 집배원의 딸 때문에 일자리를 얻지 못한 젊은이도 있을 수 있겠습니다. 하지만 대신 사회의 신뢰 수준을 끌어올려 다른 곳에서 더 많은 일자리

어떤 특채는 사람들의 가슴을 따뜻하게 만들고
어떤 특채는 가슴에 불을 지릅니다.
차이는 뭘까요?

를 만들어 내는 데 한술 보태고 있는 겁니다. 그래서 기분이 좋은 겁니다.

"자기 실력이 아니라 부모의 명성으로 존경받고 그것을 즐기는 것만큼 부끄러운 일은 없다"고 플라톤은 말했습니다. 자기로 모자라 자식에게까지 그런 부끄러움을 남겨주는 건 부모로서 할 짓이 아닙니다. 하물며 수치를 넘어 다른 많은 사람들의 기분을 나쁘게 만드는 사회적 패악인 경우야 두말할 게 없겠지요.

사회적 약자의
적은 누구인가

●

                       스코틀랜드에서 운전을 한 적이 있습니다. 에딘버러 공항에서 렌트한 차에 올랐을 때 느꼈던 그 까닭 모를 허전함이란…. 뭔가 없는 것 같긴 한데, 그게 뭔지 모르겠던 거죠. 다름 아닌 운전대였습니다. 운전을 하겠다는 사람이 조수석에 앉았던 겁니다. 물론 영국에서는 자동차 운전석이 오른쪽이란 걸 모르진 않았지요. 그런데도 습관적으로 왼쪽 문을 열었던 겁니다. 보는 사람도 없는데 혼자 머쓱해서 꺼낼 거라도 있었던 양 콘솔 박스를 열어 보고 애써 태연한 척 내렸던 기억이 납니다. 그만큼 습관은 무서운 겁니다.

    금방 익숙해지지만, 오른쪽 운전석은 아무래도 합리적이지 않아 보입니다. 세상에 오른손잡이가 훨씬 많은데 시동 걸기, 기어 변속 같은 조작을 모두 왼손으로 해야 하거든요. 서투른 왼손은 마냥 분주하고 능숙한 오른손은 참 심심했더랬지요.

영국이 불합리한 오른쪽 운전석을 사용하게 된 것은, 역설적으로 자동차의 선구자였기 때문입니다. 처음 자동차를 설계하면서 마차의 모습을 본 딴 까닭이지요. 마부는 오른쪽 자리에 앉습니다. 왼쪽에 앉아서 채찍을 휘두르면 오른쪽에 앉은 조수 얼굴이 남아나질 않겠지요. 오른손잡이가 많은지라 채찍도 오른손으로 휘두르니까요. 그 전통이 자동차에까지 이어진 겁니다. 그만큼 전통도 중요한 거란 말이지요.

이런 예는 참으로 많습니다. 대표적인 게 컴퓨터 자판이지요. 흔히 쓰는 쿼티(QWERTY) 자판은 원래 수동식 타자기에 맞게 만든 것입니다. 키가 서로 엉키지 않도록 자주 사용하는 글자 사이의 거리를 최대한 멀게 만들었습니다. 하지만 워드프로세서나 PC를 사용하게 되면서 키가 엉키는 문제가 사라졌지요. 그래서 전문가들이 손가락의 동선을 50% 이상 감소시킨 DSK(Dvorak's simplified keyboard) 같은 자판을 만들었습니다. 하지만 결과는 어떤가요? 사람들은 여전히 쿼티 자판을 사용하고 있죠.

어처구니없게도 영국 자동차의 운전석을 왼쪽으로 바꾸고, 컴퓨터 자판을 DSK로 바꿀 것을 강요하는 것 같은 일이 이 땅에서 벌어진 적이 있습니다. 교통 신호등 말입니다. 익숙한 기존 신호등 대신 새로운 삼색 신호등이 더 편리하고 글로벌하니 그렇게 알고 적응하라는 것이었습니다. 나라마다 신호 체계가 다르고, 때로는 한 나라에서도 지역마다 다른데 뭐가 글로벌한 건지 알 수 없었습니다. 상식적으로 화살표는 가라는 얘긴데, 왜 가지 말라는 빨간 화살표가 필요한 건지 이해하기 어려웠습니다. 전구 네 개만 켜도 되었던 것을 전구 여섯 개 이상 켜야 하는데 어째서 비용이 더 안 든다는 말인지 수긍이 가지 않았습니다.

결국 반대 여론에 부딪혀 없던 일로 되고 말았습니다만 그때를 생각하면 여전히 화가 납니다. "앞으로 이렇게 바꿀 테니 잔말 말고 따르라"는 권력의 오만함 때문입니다. 아무리 공익을 위한다 해도, 설득 없는 통고만으로 전통과 습관을 바꿀 수 있다고 믿는 게 오만이 아니고 뭔가요.

신호등만의 문제가 아닙니다. 수십 년간 진리였던 좌측통행이 하루아침에 오류가 되기도 했습니다. 우측통행이 더 편하다는 지하철 계단에서 여전히 왼쪽이 익숙한 이용객들과 수없이 어깨를 부딪힐 때마다 모르모트가 되어 버린 느낌을 지울 수 없었습니다. 억지 춘향으로 익숙해질 수밖에 없었지만 뭐가 더 편해졌는지 의문으로 남았습니다.

그 밖에도 많지요. 과거에는 흰 쌀밥은 죄악이었습니다. 도시락 속 보리의 양이 적으면 화장실 청소를 해야 했지요. 그런데 이제는 국수까지 쌀로 만들어 먹으라고 합니다. 쌀을 먹지 않으면 애국자가 아니라는 식입니다. 황소개구리가 설치고 다닐 때는 과천청사 앞에서 보양식이라는 황소개구리 요리 시식회도 했습니다.

식민 지배와 군사 정권이 살찌운 관료 권위주의와, 경쟁적으로 함께 살쪄 온 엘리트 독단주의의 뱃살 빼기가 이처럼 어렵습니다. 권위

규칙을 바꾸려면

구성원들의 동의를 구해야 합니다.

권력자의 일방적인 결정은

혼란을 낳고 누군가의 고통을 초래합니다.

사회적 약자가 피해를 보는 경우가

대부분 그렇게 발생합니다.

와 독단이 결합하면 할수록 권력의 결정은 일방적이고 비타협적이기 쉽지요. 프랑스 우화작가 라퐁텐은 "어느 시대에나 약자는 권력자의 우열(愚劣)한 행동 때문에 고생한다"고 말했습니다. "권력자의 이유는 늘 최선의 이유"라는 말도 덧붙이지요. 권력이 어떤 어리석은 행동을 하더라도 거기엔 늘 최선의 변명이 있으며, 그 우행(愚行)에 피해를 보는 건 늘 백성들이라는 말입니다.

이 말에 동의한다면, 군림과 지배, 아집과 독선의 뱃살이 생기지 않도록 자신을 단련하시기 바랍니다. 이성과 합리, 타협과 설득의 근육이 단단한 몸짱이 되기를 바랍니다.

나와 너, 우리를
파멸에 이르게 하는 것

늘대가 어린 양을 만나자마자 화를 냅니다.

"너, 작년에 내 욕하고 다녔지?"

양이 대답했습니다.

"그럴 리가 있나요. 그때 전 태어나지도 않았던 걸요."

그러자 늑대가 말했습니다.

"그러면 네 형이었나 보지."

"전 형이 없는데요."

"그러면 네 가족 중 누구였을 거야. 게다가 너희 편들, 양치기와 개들은 늘 나를 노리고 있었지. 너한테 복수를 해야겠다."

늑대는 어린 양을 한 입에 삼켜 버렸습니다.

잘 알려진 라퐁텐의 우화입니다. 증오가 얼마나 창의적으로 자신의 존재 이유를 만들어 내는지 보여 주는 예로 이만한 게 없을 듯합니다. 한번 생긴 증오는 자연 치유되는 법이 없습니다. 무한한 창의성을 발휘해 끊임없이 증폭되게 마련이지요. 전염성도 강합니다. 어떤 행동을 한 사람만 미워하는 게 아니라 그 가족, 친구, 그와 닮은 사람으로까지 퍼져 나갑니다. 필연적으로 내 편 네 편이 갈라지게 되지요.

시사 프로그램을 진행하는 한 코미디언의 '블랙리스트' 발언으로 온 사회가 둘로 나뉘어 서로 물어뜯는 일이 있었습니다. 누구누구를 지목해 방송 출연을 금지시켜야 한다는 방송사의 문건이 있다고 해서 벌어진 일이었지요. 물론 방송사는 극구 부인하며 해당 코미디언을 명예 훼손으로 고소하기까지 했습니다.

제가 보기엔 코미디언이나 방송사나 똑같이 어리석습니다. 그 코미디언은 자신이 얼마나 치우치고 기운 발언들을 했는지 모르나 봅니다. 그저 작가가 써 준 대로 읽었을 뿐이라지만 그렇다고 패 가름에 일조한 책임이 없다고 어찌 믿을 수 있는지 궁금합니다. 방송사도 그렇습니다. 고위 간부가 특정 인물에 고개를 저었다면 조직 생리상 그게 블랙리스트가 아니고 뭐란 말인가요? 그런데도 실체가 없다며 덜컥 고소부터 하는 게 궁극적 책임을 함께 져야 할 방송사로서 옳은 자세일까요?

제 잘못 제쳐두고 남 잘못 다투는 건 다른 이유가 아닙니다. 서로 증오 위에 앉아 있는 까닭입니다. 증오는 혼자 다니지 않습니다. 늘 독선과 편견, 오만, 아집과 동행하지요. 증오로 가득 찬 사람이 사리

서로 죽어라 싸우는 이유가 뭘까요?

증오 위에 앉아 있기 때문입니다.

증오는 항상 독선이나

편견·오만·아집과 동행합니다.

증오로 가득 찬 사람이

사리분별을 제대로 하기 어려운 이유입니다

분별을 제대로 하기 어려운 이유입니다. 한때 광우병보다 더 무서운 거짓 선동이 온 나라를 휘저을 수 있었던 것도 사람들이 공포에서 출발한 증오의 포로가 되었던 탓이 아니던가요.

코미디언과 방송사(나아가 권력) 중 누가 더 옳다고 말하기는 어려울 것 같습니다. 다만 제가 당부하고 싶은 것은 누가 더 그르다고 생각하든 증오부터 하지는 말라는 겁니다. 예수는 "사람을 얼마나 용서해야 합니까?"라는 베드로의 질문에 "일흔 번씩 일곱 번이라도 용서하라"고 가르칩니다. 그것이 491번째 잘못부터는 미워해도 된다는 뜻은 아니지요. 죽을 때까지 이해하고 사랑하며 살라는 얘깁니다. 공자도 "평생을 두고 행할 덕목을 한마디로 요약해 주십시오"라는 자공의 질문에 "그것은 곧 용서(其恕乎)"라고 말해 주지요.

물론 용서란 게 쉽지는 않습니다. 예수나 공자 같은 성인들이나 평생 용서하며 살 수 있을 겁니다. 하지만 용서는 못해도 이해는 할 수 있을 겁니다. 나하고 생각이 다르다고 미워할 필요는 없지 않느냐는 말입니다. 그것은 남을 위해서가 아니라 나 자신을 위한 겁니다.

맛깔스러우면서도 깊이 있는 글을 써서 제가 좋아하는 폴 존슨이라는 영국의 언론인이자 역사가가 있습니다. 그가 처칠의 평전을 내면서 지적한 처칠의 덕목들 가운데 두 가지를 소개합니다.

하나는 처칠이 원한을 품거나 복수하는 일에 에너지를 낭비하지 않았다는 것입니다. 열심히 싸우다 지고 나면 깨끗이 승복하고 다음 싸움을 준비했습니다. 보다 창조적인 일에 몰두할 수 있었던 거지요. 또 하나는 그런 증오를 갖지 않았기에 처칠이 기쁨을 누릴 여유가 많았다는 겁니다. 그는 유권자들한테 버림받았을 때조차 누굴 탓함 없이 그림을 그리거나 글을 쓰면서 삶을 즐길 줄 알았지요. 그랬기에 다시 기회가 찾아왔을 때 과거에 얽매이지 않고 미래를 향한 큰 걸음을 내디딜 수 있었던 겁니다. 설령 기회가 다시 오지 않더라도 원망과 저주로 나머지 삶을 채우진 않았겠지요.

사랑만 하고 살기에도 모자란 게 인생입니다. 증오할 시간이 없지요. 게다가 증오는 나머지 시간마저 갉아먹을 해충인 걸요. 석가가 훨씬 멋있게 표현했습니다. 기억해 두면 좋겠습니다.

"증오란 누군가에게 던질 요량으로 달궈진 석탄덩이를 집어 드는 것과 같아 막상 화상을 입는 것은 자기 자신이다."

오래된 따돌림의 시작,
그리고 치유

일어나서는 안 되는 일이 계속해서 일어납니다. 잊을 만하면 한 번씩 발생하는 군부대 내 총기 사건입니다. 생사를 함께할 동료 전우를 겨눠 총을 쏘다니요? 원인이 무엇이든 결코 용서받을 수 없는 행동입니다. 동료들 목숨은 말할 것도 없고 자기 목숨 때문이라도 그렇습니다. 내 목숨이 그렇게 하찮습니까? 속한번 시원하자고 버릴 만큼밖에 안 되나요? 그런 어처구니없는 삶의 포기 앞에서 부모 형제들이 나를 용서할 수 있을까요?

왜 이런 일이 자꾸 일어날까요? 극단적 방법은 어떤 문제의 해결이 아니라 또 다른 문제의 원인이 될 뿐인데 말이지요. 병영에서만 이런 일이 벌어지는 게 아닙니다. 교실에서, 회사에서, 또 사교 모임에서도, 심지어 예배당(또는 불당)에서도 크고 작은 집단 따돌림과 크고 작은 보복들이 알게 모르게 일어납니다.

나와, 우리와 다른 것을 인정하지 못하는 패거리주의가 뿌리 깊은 탓이라는 생각입니다. 들어가기 어려운 엘리트 집단일수록 그런 현상이 더 많은 것도 다른 이유가 아닙니다. 어려운 관문을 뚫어야 선발될 수 있는 해병대원들이 성에 안 차는 후임병을 동료로 인정하기 싫어서 생긴 게 바로 '기수 열외(해병대 내의 집단 따돌림)' 아니겠습니까?

부끄럽지만 그런 따돌림의 역사는 어제 오늘 비롯된 게 아닙니다. 율곡 이이의 증언을 빌자면, 고려 시대까지 거슬러 올라갑니다.

"고려 말년에 과거가 공정하지 못해 과거에 뽑힌 사람이 모두 귀한 집 자제로 입에 젖내 나는 것들이 많아, 사람들이 그들을 분홍방(粉紅榜)이라 지목하고 분노하며 기강을 바로잡기 시작했다."

정당하지 못한 방법으로 벼슬을 얻은 깜냥 미달의 인물들에게 공직이란 아무나 함부로 얻을 수 있는 게 아니라는 본때를 보여 주기 위한 '신참례(新參禮)'가 그 출발점이었다는 거지요. 좋은 취지를 가졌다지만 통과 의례라는 사형(私刑)을 후배 동료들에게 부과할 수 있다고 믿었던 점에서 처음부터 빗나갈 수 있는 여지를 배태하고 있었습니다. 그런 신참례는 필연적으로 신참자나 하급자를 괴롭히는 수단으로 전락하고 맙니다. 조선 시대 내내 사회 문제가 되고 있지요.

조선 전기의 명신 성현이 고려부터 조선 성종까지의 문화 전반을 서술한 『용재총화』에서 전하는 신참례의 예를 보면 혀를 내두를 정도입니다. 오늘날까지 이어지는 신입생 환영회나 신고식은 그에 비하면 양반입니다. 갓을 부수고, 옷을 찢으며, 흙탕물에 구르게 하는 건

따돌림의 원인은 패거리주의입니다.

다른 것을 인정하지 못하는 거지요.

조선 시대 신참례에서는 갓을 부수고,

옷을 찢고, 흙탕물에 구르게 했다고 합니다.

이제는 결별할 때도 되었습니다.

예사고, 술과 음식을 대접하기를 강요하는 데 도가 지나칩니다. 새로 들어와서 처음으로 연석을 베푸는 것을 '허참(許參)'이라고 했습니다. 함께 자리하는 걸 허락한다는 뜻이었겠지요. 자기가 술을 대접하면서도 선배들과 함께 앉을 수도 없었습니다. 이후 50일이 지나 접대를 하는 걸 '면신(免新)'이라 했지요. 일종의 '면수습(수습 기간을 마침)'인데 이때에야 비로소 선배들 옆에 앉을 수 있었지요. 허참과 면신 사이에도 수없이 연회를 베풀어야 했는데 그것을 '중일연(中日宴)'이라 했답니다. 접대할 때마다 선배들에게 기생을 붙여 주고 최고참에게는 양 옆에 기생을 앉혀야 했다니 어지간한 재력을 가진 사람이 아니면 집안 기둥뿌리가 남아나지 않았겠지요.

이런 폐단을 없애고자 법전인『경국대전』에 '신참을 괴롭히는 자는 장 60대에 처한다'는 법규를 만들어 넣었지만 이미 뿌리내린 관습을 뽑아낼 수 없었습니다. 이런 신참례의 변종 바이러스를 오늘날 신고식이나 기수 열외에서 발견하는 겁니다.

선배들의 노력이 없으면 이 같은 백해무익 폐해는 사라지지 않을 겁니다. 모자람은 다름일 수 있습니다. 한편으로는 모자라더라도 다른 편에서는 넘치는 게 있을 수 있다는 말입니다. 나와 다름을 인정하고 나면 나보다 나은 부분이 보일 겁니다. 신참의 부족한 부분은 채워 주고 나은 부분은 키워 주면 얼마나 막강한 조직이 될 수 있겠습니까? 그것이 선배들의 할 일입니다.

역사에서 원인을 보았으니 역사에서 해법을 찾아보겠습니다. 원래 선배란 말은 고구려의 선배 제도에서 나왔습니다. 구한말 역사학자 단재 신채호는 이렇게 전합니다.

"태조 왕 때부터 사람을 모아 활도 쏘고 태견도 하며 승리한 사람을 선배라 일컫고, (…) 선배가 된 사람은 일신을 사회와 국가에 바쳐 모든 곤란과 괴로움을 사양치 아니한다."

선배 제도는 고구려 강성의 기초였습니다. 선배들의 진취적 기상과 열린 마음이 있었기에 가능했던 겁니다.

"선배들이 전장에서 가장 용감했다. 당시 고구려의 지위는 거의 골품으로 얻어 미천한 사람이 높은 지위에 오르지 못했지만, 오직 선배의 단체는 귀천이 없어 학문과 기술로 지위를 획득했으므로 이 가운데서 인물이 가장 많이 나왔다."

조선의 선배들과 고구려의 선배들 중 어떤 선배가 되시렵니까?

위대한 리더에겐
'울림'이 있다

•

　　　　　　　　　　　　　2010년 11월 23일 북한이 서해 연평
도를 향해 해안포 170여 발을 발사했습니다. 이로 인해 해병대원 두
명이 사망하고 열여섯 명이 중경상을 입었으며, 민간인도 두 명이 죽
고 세 명이 다쳤습니다. "결단코 물러서지 않겠다"는 대통령의 다짐
을 들어도, 태안 앞바다까지 와서 무력 시위하는 미국 항공모함의 위
용을 봐도 먹먹한 가슴이 풀리지 않았습니다. 북한의 도발에 속 시원
한 보복을 하지 못한 때문이 아니었습니다. 이러다 전쟁 나는 거 아니
냐는 두려움 탓도 아니었습니다. 비상사태에 임하는 우리네 위정자
들의 행보가 터럭만큼도 미덥지 않은 까닭이었습니다.

　"대북 강경책이 도발을 불렀다"거나 "6자 회담 제의를 받아들여야
한다"는 소리들은 귀에 담을 가치도 없습니다. 현장 답사랍시고 간

현장에서 발견한 소주병을 보고 '폭탄주'라고 말하고, 불탄 보온병을 들고 탄피라고 우기는 해프닝도 어처구니없긴 해도 한번 웃고 나면 그만입니다.

하지만 이 땅과 이 백성의 명운을 손에 쥐고 있는 리더의 행보는 다릅니다. 일거수일투족 하나도 소홀히 넘길 수 있는 게 없습니다. 대한민국 땅이 공격받던 날 갈팡질팡했던 건, 대통령의 잘못이었든 청와대 참모들(분통 터진 해병대 출신 한 의원은 그들을 '청와대 개자식들'이라 부르기도 했지요) 책임이었든 실망스런 모습이었습니다. 그래서 더 울림 있는 대통령의 대국민 담화를 기대했는지 모릅니다. 하지만 저만 그랬나요? 울림을 느낄 수 없었습니다.

늘 당하고 터지고 나서 앞으로는 잘하겠다는 그 소리였고, 소 잃고 외양간 고치겠다는 그 말이었습니다. 구체적인 응징 약속을 바란 게 아닙니다. 현실적으로 쓸 수 있는 카드가 많지 않다는 것도 잘 압니다. 하지만, 아니 그렇기 때문에 더 울림이 있어야 했다는 겁니다. 리더가 인도하는 대로 따르면 길을 잃지 않으리라는 확신과 비전을 국민들 마음에 심어 주었어야 한다는 겁니다.

미국의 사회학자 찰스 쿨리는 "모든 리더십은 다른 사람들의 마음에 아이디어를 전달함으로써 발생한다"고 했습니다. 미국 대통령들의 리더십을 연구한 예일대 정치학과 스티븐 스코로넥 교수는 그 '아이디어'를 "역사적 위상에 걸맞은 짜임새 있고 호소력 있는 이야기"라고 정의합니다. 결국은 울림이란 말입니다.

그 울림은 한 가지 종류가 아닙니다. "우리는 해안에서 싸우고, 바

리더는 그가 인도하는 대로 따르면
길을 잃지 않으리라는 확신과 비전을
사람들 마음에 심어 주는 사람입니다.
처칠의 단호한 의지,
케네디의 도전적 주문,
루스벨트의 희망 섞인 위안처럼 말이지요.

다에서 싸우고, 들판에서 싸우고, 언덕에서도 싸울 것"이라던 처칠처럼 단호한 의지 표현일수도 있습니다. "국가가 당신을 위해 무엇을 해 줄 것인지 묻지 말고, 당신이 국가를 위해 무엇을 할 수 있는지 물으라"던 케네디처럼 도전적인 주문일 수도 있습니다. "우리가 두려워해야 할 것은 두려움 그 자체 뿐"이라던 루스벨트처럼 희망 섞인 위안일 수도 있는 겁니다.

그런 울림의 리더십은 나이 먹는다고 절로 얻어지는 게 아닙니다. 젊은 리더가 가능한 것도 그래서지요. 세번 컬리스 스즈키라는 캐나다 환경운동가가 있습니다. 아홉 살 때 또래들과 함께 ECO(Environmental Children's Organization)라는 환경 단체를 만들고 열두 살 때인 1992년에는 자기들끼리 돈을 모아 브라질의 리우데자네이루에서 열린 '유엔환경개발회의'에 참석해 연설합니다. 내용이야 아이들 수준에서 크게 벗어나지 않은 것이었지만 그녀는 분명히 말합니다.

"저는 제 미래를 위해 싸우고 있어요. 저는 온갖 야생 동물로 가득한 정글을 보는 게 꿈입니다. 하지만 그것들이 제 아이가 볼 수 있을 때까지 남아 있을지 의문입니다. 저는 어린아이에 불과하고 해결책이 없어요. 여러분도 마찬가집니다. 구멍 난 오존층을 고칠 수 있는 방법조차 모르잖아요. 고칠 방법을 모른다면 제발 더 이상 망가뜨리지나 마세요!"

때로는 울림이 잘못 울리는 수도 있습니다. 진실을 말해도 사람들이 오해를 하고, 부끄러움 없는 행동이었는데 의심을 받는 경우가 있다는 거지요. 그럴 때 어리석은 리더는 남 탓을 하고, 현명한 리더는 자신을 돌아봅니다. 옛날 중국 육조 시대의 문인 안지추라는 사람이 자손 교육을 위해 쓴 『안씨가훈』에서 그 얘기를 합니다.

"사람의 발이 밟는 면적은 불과 몇 촌(寸)에 불과하다. 그런데 몇 척(尺)이나 되는 길을 걷다가 발을 헛디뎌 낭떠러지에서 떨어지고, 아름드리 통나무 다리를 걷다가 미끄러져 강물에 빠지기도 한다. 왜 그런가? 여지(餘地)가 없기 때문이다. 사람이 오해를 사고 의심을 받는 것도 그렇다. 그 사람의 언행이 명성을 좇느라 여지가 없기 때문이다."

보도에 가만히 서 있을 때도 여러 가지 제한을 가하면 점점 서 있기 어려워집니다. 빨간 블록 밟지 말고 금도 밟지 말고 튀어나온 곳 밟지 말고… 이런 식으로 말이지요. 그렇게 걸으려면 결국 넘어지고 말겠지요. 말이나 행동을 할 때도 이것저것 고려해야 한다면 진실성이 떨어질 수밖에 없다는 말입니다.

사심이 끼어들면 울림의 공명판이 작아질 수밖에 없지요. 버려야 얻는다는 게 여기서도 진리입니다. 자신을 버리면 울림이 커지고, 울림이 클수록 커다란 리더십이 생겨납니다. 거기에 보너스로 딸려 오는 게 명성이요 명예입니다. 이 순서가 이해되지 않으면 리더가 될 생각을 처음부터 갖지 않는 게 좋습니다.

자고 나면 바뀌는
불확실성 시대의 최선

디지털 혁명의 속도가 가히 멀미 날 지경입니다. 자고 일어나면 새로워진 신기술은 다음 날 눈을 뜨면 또 어디까지 가 있을지 모릅니다. 정보 혁명이라는 '제3의 물결'을 예언했던 앨빈 토플러도 이처럼 빨리 세상이 바뀔 줄은 생각 못했을 겁니다. 인류가 처음 돌을 쪼아 사용한 때부터 쇠를 제련해 내기까지 거의 300만 년이 걸렸지만 이후 수소폭탄에 이르기까지는 불과 3,000년이 걸렸을 뿐입니다. 디지털 혁명은 더합니다. 집채만 했던 컴퓨터가 손톱만 한 칩(연산 처리 능력은 수천 수만 배 뛰어난)으로 줄어드는 데 겨우 반세기가 지났을 따름이지요. 그야말로 번지 점프 수준의 가속도입니다.

이처럼 빠르게 소용돌이치는 세상의 한복판에 우리가 있습니다.

정신을 바짝 차리지 않는다면 금세 주변부로 튕겨 나가 버린다는 얘기입니다. 하지만 정신을 차리기가 쉽지 않습니다. 속도가 빠를수록 가시 범위가 줄어들지요. 한치 앞을 내다보기 어려운 속도에 어떻게 대처해야 할지 참으로 난감합니다.

그렇다고 기죽을 필요는 없습니다. 잘난 사람들도 모르긴 마찬가지입니다. 경제학자들의 예측은 말할 것도 없고, 미래학자들의 예언 역시 틀리는 게 더 많습니다. 세계의 현자들이 모여 있다는 유엔의 식량농업기구(FAO)가 1974년 발표한 「세계식량보고서」는 "10년 후엔 고픈 배를 부여잡고 자는 사람은 없을 것"이란 문장으로 끝을 맺고 있습니다. 그렇게 되었나요?

현장에서 뛰는 경영 구루(guru)들도 다르지 않습니다. IBM의 토머스 왓슨 주니어 회장은 1941년에 "세계 경제 규모는 컴퓨터 다섯 대 정도에서 그칠 것"이라고 예상했습니다. 한때 컴퓨터 산업을 주도하던 DEC의 창립자 켄 올슨 회장도 "가정에서 컴퓨터가 필요할 이유가 하나도 없다"고 단언했지요. 그 유명한 빌 게이츠조차 1981년에 "640kb이면 모든 사람에게 충분한 메모리 용량이다"라고 선언했습니다. 지금 그렇습니까?

날고 긴다는 사람들도 이럴진대 범상한 사람들은 두말할 필요도 없습니다. 세계 기업의 평균수명이 갈수록 짧아지는 것도 다른 이유가 아닙니다. 디지털 혁명의 가속도에 부응하는 수요 예측이 불가능한 때문이지요. 디지털 발전이 과거에는 상상하지도 못했던 수요를 만들어 내기도 하고 반대로 없애기도 하니까요.

미래를 모르기는 잘난 사람들도 마찬가지입니다.

그들의 예측이 대부분 빗나갔지요.

나의 미래를 어떻게 설계하면 좋을까요?

앞만 보지 말고 옆을 보아야 합니다.

이런 디지털 회오리 속에서 나 자신의 미래를 어떻게 설계해야 할까요? 회오리가 심할수록 앞보다는 옆을 둘러봐야 한다는 생각입니다. 나보다 남을 먼저 생각하는 마음이 필요합니다. 남을 이해하려는 노력이 곧 나의 무기가 될 수 있을 거란 말이지요.

결점투성이인 아이폰이 최고의 자리에 오른 이유를 생각하면 이해하기 쉽습니다. 성능 면에서 아이폰은 최고가 아닙니다. 나 같으면 다른 걸 선택하겠는데 남들은 아이폰을 붙들고 놓지 않는 겁니다. 반면 휴대 전화 세계 1위였던 노키아는 어떻습니까? 2007년 아이폰이 처음 나왔을 때 노키아는 "우리가 만드는 게 시장의 표준"이라고 코웃음 쳤습니다. 스마트폰 시대를 선도했던 블랙베리는 또 어떤가요? "이메일과 문자는 내가 최고"라는 자만심에서 벗어나지 못했습니다. 결과는 노키아나 블랙베리나 "그건 네 생각일 뿐이고"였지요. 한마디로 남 생각을 안 했던 겁니다.

반대로 애플의 스티브 잡스는 남 생각만 하는 사람이었습니다. 그는 엔지니어나 프로그래머 출신이 아닙니다. 그저 소비자 입장에서 어떻게 만들어야 남들의 눈길을 끌고 남들이 쉽게 사용할 수 있을지 고민했지요. 그 남 생각이 결국 그의 힘이 되었습니다.

남 생각이 오늘에만 진리인 것은 아닙니다. 조선 후기 실학자인 최한기는 인사 행정을 다룬 저서 『인정(人政)』에서 이렇게 말했습니다.

"일이 생겼는데 남에게 묻지 않고 내 마음이 가는 대로만 행하면 인도(人道)는 이로부터 무너지리라."

그가 살았던 시기도 조선을 강타한 서세동점(西勢東漸)의 파고가 오늘날 디지털 혁명만큼이나 높을 때였습니다. 앞을 내다보기 어려운 혼란 속에서 그가 찾았던 길 역시 남 생각이었던 것이지요. 사물을 과학적이고 합리적으로 이해함으로써 난국 돌파를 모색했던 최한기는 이렇게 글을 마칩니다.

"임금이 그러면 나라가 약해지고, 사대부가 그러면 집안을 잃게 되고, 일반 백성이 그러면 몸을 망치게 된다."

실업 문제는
경제 탓이 아니다

●

문명의 갑옷이 이리 약할지 몰랐습니다. 칼이나 화살, 총탄까지 막아 낼 것처럼 보이더니 날아온 조약돌 하나에 산산조각 나고 맙니다. 생존 본능만 있는 미개지도 아니고 한 걸음만 마을을 벗어나도 강도가 들끓던 중세 시대도 아닌, 오늘날 '신사의 나라' 영국에서 대낮에 약탈과 방화, 폭력이 춤을 추었습니다. 경기 침체와 청년 실업에 좌절한 젊은이들의 정당한 항의가 범죄로 치닫고 만 것이지요. 공연히 신난 불량배들이 대부분이겠지만 멀쩡한 청소년들조차 거리낌 없이 남의 물건에 손을 댑니다.

프랑스에서도 비슷한 일이 여러번 있었지요. 절망한 젊음들이 마찬가지로 거리를 불태웠습니다. 하지만 주로 파리 근교 위성 도시에서 그쳤습니다. 런던 시내 한복판에서 자동차가 불타고 상점 유리창이 박살나리라고는 프랑스 폭도들도 상상하지 못했을 겁니다. 젊은 세대의 절망이 그만큼 더 커지고 깊어진 겁니다.

지구 반대편 유럽에서 들려오는 소식에 가슴이 덜컹덜컹 내려앉는 건 그것이 결코 남의 일 같지 않아서입니다. 유럽의 젊은이들을 이렇게까지 분노하게 한 청년 실업 문제에서 우리도 자유로울 수 없으니까요. 「인터내셔널 헤럴드 트리뷴」에서 본 젊은이의 절규가 머리에서 떠나지 않습니다.

"나는 한 푼밖에 되지 않을지언정 나의 가치를 찾으러 나왔어요."

열아홉 살 이 청년은 일하고 싶었지만 "아무도 내게 기회를 주지 않았다"고 말합니다. 이 청년처럼 폭도가 되지는 않았지만 마찬가지의 소외감을 느끼고 있는 젊은이들이 이 땅에도 얼마나 많을까요.

젊은 세대의 표류는 경제 실패의 탓이 아닙니다. 정치가 실패한 때문이지요. 흔히 못 가진 자들을 연민하고 분배를 우선시하는 좌파는 빈곤을 고착시키고 결국 나누어 줄 것도 없게 만드는 정책에 매달립니다. 시장을 맹신하고 성장을 지상 과제로 삼는 우파는 시장이 붕괴될 때까지 몰아붙이다 끝내 성장의 결실을 거품으로 날려 버리고 맙니다. 경제가 좌우 어느 한쪽으로 쏠리지 말아야 하는 까닭입니다. 하지만 정치가 그렇게 만들질 않습니다.

한쪽으로 치우치는 것보다 더 나쁜 건 오락가락하는 겁니다. 인기만을 좇는 포퓰리즘에 배가 산으로 갑니다. 미국의 민주, 공화 양당이 복지 정책 경쟁과 극한 정쟁을 벌이다 국가 신인도가 하락한 것이 2011년 지구촌 전체에 그림자를 드리운 금융 위기의 원인 아닙니까.

한쪽으로 치우치는 것보다
더 나쁜 것이 있습니다.
오락가락하는 것입니다.
미국의 금융 위기,
유럽 국가들의 파산 위기 등이
모두 여기서 비롯되었습니다.

그리스나 이탈리아 같은 유럽 국가들의 파산 위기 역시 무분별한 퍼주기 경쟁에 따른 재정 파탄에서 비롯되었습니다.

우리네 정치판이 미국, 유럽과 다르지 않은 길을 걷고 있기에 영국 폭동이 더욱 남의 일 같지 않습니다. 무상 급식 얘기가 나오자 반대쪽에서 무상 보육으로 받아 치고, 반값 등록금을 외치며 목소리 크기를 겨룹니다.

나카소네 야스히로 전 일본 총리는 '불역(不易)'과 '유행(流行)'이란 말을 했습니다. 불역이란 변하지 않는 원칙을 말합니다. 유행은 새로움을 추구하는 것을 의미하지요. 따라서 원칙을 지키며 혁신을 통해 자기 발전을 이끌어 내야 한다는 것입니다.

나카소네 총리의 이 말은 그가 92세가 되던 2010년 쓴 『보수의 유언』이라는 책에서 보수 정치가 가야 할 길을 제시한 것입니다. 최초의 근대적 보수주의자로 일컬어지는 영국의 정치 사상가 에드먼드 버크가 "지키기 위해 개혁한다"고 한 것과 일맥상통하지요. 하지만 그것은 꼭 보수 세력에게만 들어맞는 건 아닐 겁니다. 변화를 추구하는 속성을 가진 진보 세력 역시 꼭 지켜야 할 가치는 있으니까요.

"우파는 부패로 망하고 좌파는 분열로 망한다"는 말이 있습니다. 꼭 지켜야 할 가치를 지키기 위해 개혁한다면 좌파가 할 일은 이상만 좇는 눈을 현실의 눈높이로 끌어내리는 일일 겁니다. 분배와 복지라는 이상을 좇다 나라 곳간이 비면 제일 먼저 고통을 받을 사람들은 그들이 연민하는 서민들일 테니까 말이지요. 우파의 경우는 더욱 명백합니다. 인기를 좇아 좌파의 길로 방향을 틀어서는 안 됩니다. 무엇보다 탐욕과·부패를 씻어 내는 게 우선입니다. 위장 전입 정도는 하자가 되지도 못하는 상황에서는 국민들을 설득할 명분을 만들 수 없으니까요.

나카소네 총리는 고등학교 때부터 칸트에 탐닉했다고 합니다. 이후에도 『실천이성비판』(인간 행위의 기준을 논한 칸트의 저서)의 마지막 구절을 항상 가슴에 새기고 살았다고 하지요.

"생각하면 할수록 언제나 우리에게 새롭게 다가오는 커다란 감격과 감탄, 숭경의 느낌으로 가슴을 채우는 것이 두 가지 있다. 내 머리 위의 별이 빛나는 창공과 내 마음속의 도덕률이다."

맥도날드의 유리창을
깨는 대신…

2011년처럼 국제 뉴스가 우리의 이목을 붙든 해도 없는 것 같습니다. 굵직한 사건들이 참으로 많았습니다. 튀니지에서 점화된 재스민 혁명이 이집트와 예멘을 불태우고, 급기야 불사조 같던 리비아의 독재자 카다피의 목숨을 끊었습니다. 일본 대지진과 쓰나미는 방사능 공포로 이어지며 여전히 우리 가슴을 벌렁거리게 합니다. 중동의 불안과 일본의 불행은 우리에게 유가와 곡물가를 걱정하게 만들기도 했지요.

이런 국제적 관심은 앞으로도 갈수록 더 커져갈 게 분명합니다. 문자 그대로 '지구촌'에 우리가 살고 있는 까닭입니다. 옆 마을 사람들의 삶의 변화에서 우리의 삶이 자유로울 수 없다는 얘기입니다. 한때 그것을 막겠다고 나선 사람들이 있었지요. 그들 때문에 애꿎게 세계화의 첨병이 된 맥도날드의 유리창만 박살이 나고 말았습니다. 오히려 맥도날드도 세계화의 피해자인데 말이지요. 세계화의 본격 진행으로 인도 음식, 터키 음식, 태국 음식들을 어디서나 쉽게 맛볼 수 있게 되면서 매출에 큰 타격을 받은 게 맥도날드 아닙니까.

우리는 그리 멀지 않은 과거에 그러한 세계사의 큰 물줄기를 막겠다고 사마귀 주먹을 들어 올리다 낭패를 겪은 적이 있습니다. 실학파의 글로벌 스탠더드 수용 요구를 거부하고 문을 꼭꼭 닫아걸다 끝내 나라를 통째로 빼앗기고 피눈물을 흘려야 했지요. 그래서 1910년 경술국치 후 중국으로 망명한 민족사학자 백암 박은식 선생은 『몽배금태조(夢拜金太祖)』라는 독특한 형식의 소설을 씁니다. 꿈속에서 금나라 태조 아골타를 만나 조선이 망한 이유와 재건 방법에 대해 논한다는 내용입니다.

왜 하필 금 태조일까요? 백암의 설명은 이렇습니다.

"대금국 태조황제는 우리나라 평주 사람 김준의 9세손이요, 그 발상지는 함경북도 회령군이고, 그 민족의 역사로 말하면 여진족은 발해족의 다른 이름이라…"

금 태조가 김준의 후손인지 어떤지는 모르겠지만, 여진족과 우리가 고구려와 발해라는 이름 아래 한 백성이었고 우리 민족의 영지인 백두산의 정기를 나누어 가졌으니 우리와 한 식구라 해도 틀린 말은 아닐 겁니다. 어쨌든 금 태조는 "조선이 스스로 낮추고 협소해져 노예가 된 것"이라고 일갈합니다. 그러면서 자신의 예를 들어 조선 청년들에게 큰 뜻을 품으라고 조언하지요.

"만일 짐이 요나라의 강대함에 두려워하고 송나라의 문명을 숭배

했다면 동쪽 황막한 조그만 부락의 생활마저도 보전키 어려웠을 것이니 어찌 세계 역사에 대금국의 영예가 있을 수 있겠는가.”

그리고 조선 청년의 꿈과 사기를 키우기 위해 해상 학교와 대륙 학교를 만들겠다고 합니다.

“해상 학교 교사로 콜럼버스를 초빙해 항해술을 가르치면 그 안목이 넓게 열리고 좁고 편협한 마음을 씻어 버릴 수 있을 것이고, 대륙 학교 교사로는 몽골의 대신 야율초재를 초빙해 아시아와 유럽 대륙을 말을 타고 달리던 정신으로 가르치면 그 신체가 단련되어 연약한 성질을 개량할 수 있을 것이다.”

이미 그때부터 우리 젊은이들이 대륙으로, 해양으로 웅비해야 한다고 생각한 겁니다. 그것만이 우리의 살길이라고 깨달은 거지요. 그로부터 꼭 100년이 지난 지금은 구국의 절박함은 아니더라도, 개개인들로서는 ‘세계 속의 나’라는 존재가 보다 더 절절하게 와 닿을 겁니다. 지구 반대편과도 실시간으로 호흡하는 SNS 세상에 존재한다는 것 자체가 이미 세계와의 경쟁에 뛰어든 것을 의미하니까요.

그 경쟁을 두려워하지 마세요. 경쟁 상대가 많아졌지만 그만큼 전리품도 커진 겁니다. 경쟁이 두려워 맥도날드에 던질 돌멩이나 주워 든다면 이미 승부에서 진 겁니다.

“만약 그 과감성과 자신감이 결핍되어 일의 시비에 두려워하고 화복(禍福)을 따짐으로써 감히 한마디도 해 보지 못하고 하나의 일도 이룩하지 못하는 자는 결코 이 시대에서 살아갈 능력이 없는 자이다.”

금 태조의 말은 지금도 여전히 살아 있습니다.

세계 곳곳에서 맥도날드의 유리창이 박살났습니다.

경쟁이 두려웠기 때문입니다.

경쟁을 피하고 문을 닫아건다면 결과는 자명합니다.

살아갈 능력을 잃고 맙니다.

더불어 꿈을 꾸면
현실이 된다

●

　　　　　가수들이 부르고 싶은 노래를 마음
대로 부를 수 없던 시절이 있었습니다. 아주 먼 과거도 아니지요. 마
르크스와 이름이 비슷한 독일 철학자 막스 베버의 책을 지녔다고 '불
온 세력'으로 연행되기도 했던 때였으니 노래하는 입 하나 막는 것쯤
은 일도 아니었겠지요. 1970년대의 민중 가수 김민기의 '아침 이슬'
이 대표적인 금지곡이었습니다.

긴 밤 지새우고 풀잎마다 맺힌
진주보다 더 고운 아침이슬처럼
내 맘에 설움이 알알이 맺힐 때
아침 동산에 올라 작은 미소를 띄운다

이처럼 서정적인 노랫말을 서슬 퍼런 권력이 부르지도, 방송에서 틀지도 못하게 했지요. '서러움 모두 버리고 나 이제 가노라'라는 비장한 후렴구와 장중한 가락으로 반정부 '운동권'이 즐겨 불렀기 때문이었습니다.

그런 어처구니없고도 암울했던 시기에 무사했던 노래가 있습니다. 전설의 록 그룹 비틀스의 멤버였던 존 레넌의 '이매진(Imagine)'입니다. 아무리 생각해도 이 노래가 별 탈 없이 불려졌다는 게 신기합니다.

천국이 없다고 상상해 봐요
발밑에 지옥도 없고, 머리 위엔 그저 하늘뿐이죠
나라가 없다고 상상해 봐요
무엇을 위해서 죽거나 죽일 필요가 없어요
소유가 없다고 상상해 봐요
욕심을 내거나 굶주릴 필요가 없어요

종교도, 국가도, 사유 재산도 부정합니다. 반정부가 아니라 아예 무정부적인 노래지요. 게다가 그 대열에 동참하도록 노골적으로 부추깁니다.

당신은 내가 몽상가라 말할지도 모릅니다
하지만 나만이 아닌 걸요

전쟁 없는 평화로운 세상을 꿈꾼

묵자와 존 레넌의 생각은 몽상일 수 있습니다.

하지만 인간은 기본적으로 이기적이기에

그런 몽상가가 더욱 필요한 건지도 모릅니다.

어쩌면 더 나은 세상은 마음만 먹으면

쉬운 일일 수도 있습니다.

언젠가 당신도 우리와 함께하기를 바랍니다.

놀랍지요? 막스 베버 때문에 끌려가던 시절이라니까요(물론 금방 풀려났습니다만…). 존 레넌의 동료인 폴 매카트니가 부른 '렛 잇 비(Let it be)' 같은 불후의 명곡도 마약을 은유적으로 표현하고 있다고 해서 금지곡이 되던 때였습니다.

아무튼 '이매진'이 무사했던 건 다행이었습니다. 존 레넌이 갈구했던 세상을 만드는 데 보탬이 된 것 같진 않지만, 적어도 그 아름다운 노래를 맘껏 듣고 부를 수 있었으니까요. 무정부주의적 자유와 극단적 평등을 외치는 히피 철학에 빠져 있었다 해도 존 레넌이 궁극적으로 갈망한 것은 박애와 세계 평화였습니다. '내세가 아닌 현세에서 세계가 하나가 되어 전쟁 없이 평화롭게 사는 세상' 말입니다.

사실 그것은 동양에서 2,500년 전에 발현되었던 철학입니다. 바로 묵가 사상이지요. 그 시조인 묵자(중국 전국 시대의 사상가)는 인류 역사상 처음으로 반전 선언을 한 사람입니다.

"한 사람을 죽이면 한 번 죽을죄를 지은 것이며 백 사람을 죽이면 백 번 죽을죄를 지은 것이다. 그렇다면 전쟁을 일으켜 수많은 사람을 죽이면 당연히 그만큼 죄를 받아야 하는 것 아닌가? 그런데도 죄가 없을 뿐 아니라 천하 사람들이 영웅으로 추켜세운다. 이 어찌 괴상한 일이 아니겠는가."

그는 세상의 평화를 위해서 다른 사람을 자기처럼, 다른 사람의 가족을 자기 가족처럼, 모든 이들을 평등하게 사랑하는 박애, 즉 겸애

(兼愛)를 실천해야 한다고 역설했습니다.

묵자나 레넌의 생각은 결코 현실적이지 못합니다. 그야말로 몽상일 수 있지요. 하지만 그것을 현실적으로 수렴하면 결국은 한 얘기가 됩니다. 더불어 사는 세상 말입니다. 남을 배려하는 삶 말이지요. 평생을 농부로 살다 간 고(故) 전우익 작가의 말이 기막히게 들어맞습니다.

"혼자만 잘살믄 무슨 재민겨."

이라크 전쟁이 발발하기 직전 바그다드에 갔을 때 느낀 점도 그것이었습니다. 사담 후세인의 아들이 수많은 스포츠카를 가졌다는데 포장도 제대로 안 된 도로와 삶에 찌들어 고개 들 여유조차 없는 사람들 사이를 달려 무슨 재미를 찾을 수 있었을까 말이지요. 무인도에서 턱시도 입고 구두 광내고 있는 것과 무엇이 다르겠습니까?

남을 배려하는 건 결국 나를 위해서입니다. 더불어 잘 살아야 다툼도 없을 테니까요. 다윈은 이타주의적으로 진화하는 동물들을 관찰했습니다. 흡혈박쥐는 먹이를 나눠 먹고, 돌고래는 아픈 친구를 수면으로 밀어 올려 숨을 쉬게 한답니다. 코끼리도 다친 동료를 구하려고 최선을 다한다지요. 그것이 곧 자신을 위하는 길인 걸 아는 겁니다. 나도 언젠가 도움이 필요한 때가 올 거라는 걸 아는 거지요.

인간은 짐승보다 이기적이기에 묵자나 레넌처럼 몽상가가 필요한 겁니다. 모두가 따라서 몽상가가 될 필요는 없지만 작은 실천으로 그 꿈에 한 발짝 다가설 수는 있을 겁니다. 상상해 보세요. 내 작은 배려가 많은 사람을 행복하게 하는 그런 세상을요. 이 사회의 전체 행복의

양이 커지면 내게 돌아오는 몫도 클 겁니다.

'이매진'의 노랫말 중에 이런 대목이 있습니다.

'마음만 먹으면 쉬운 일이에요.'

기억해두세요. 여러분 마음 먹기에 달린 겁니다.

역사는 스스로 발전하지 않는다. 변화를 향한 인간의

끊임없는 노력만이 역사를 바꾸고 새로 만들 수 있다.

Chapter 3

역사가 우리에게
전하는 말

거문도가
어디지요?

●

　　　　　　　　　　　　　여수와 제주도 사이에 있는 다도해 최남단의 섬 거문도는 우리에게는 섬 이상의 의미를 가진 섬입니다. 역사적 의미가 많아서이지요. 이름에서부터 재미있는 일화가 있습니다.

　청나라 정여창 제독이 중국에서 가까운 거문도에 자주 상륙했다고 합니다. 정여창은 임오군란이 일어났을 때 함대를 이끌고 와 흥선대원군을 연행한 인물입니다. 그가 섬 주민들의 이야기를 듣고자 했는데 말이 통하지 않는 겁니다. 그래서 한자 필담으로 의사소통을 했는데 한문에 뛰어난 주민이 많은 걸 보고 놀랐다고 합니다. 이에 정여창이 문장가들이 많다는 뜻인 거문(巨文)으로 이름을 바꾸도록 건의해서 거문도가 되었다는 겁니다.

중국뿐 아니라 영국도 거문도를 점령했던 적이 있습니다. 1885년 당시 러시아의 남하를 저지할 목적으로 벌인 일이었지요. 이처럼 외국 함대가 거문도에 눈독을 들인 것은 거문도가 군사 요충지였기 때문입니다. 섬에 가 보면 군사 전문가가 아니어도 한눈에 알 수 있습니다. 동도와 서도, 고도라는 세 개의 섬 사이에 들어 있는 내해(內海)가 풍랑을 만난 선박들의 피난처가 됩니다. 제주도 말고는 최남단의 섬으로 대한해협의 문호(門戶)라는 지정학적 여건도 그렇고요.

하지만 대양으로 눈을 돌렸을 때나 요충지이지 발꿈치만 내려다보자면 오가기 번거로운 쓸모없는 땅덩이에 불과합니다. 옛날 우리 조상들도 그렇게 생각했던 모양입니다. 1885년 3월 1일 영국의 동양함대 군함 세 척이 거문도를 불법 점령했을 때 조선의 조정은 그런 사실이 벌어진 것조차 알지 못했습니다. 영국군은 당시 무인도였던 고도에 자기 나라 국기를 걸고 동도와 서도 주민들에게 후한 삯을 주며 포대를 구축하고 병영을 건설했답니다. 일당으로 당시 영국군 대위 봉급에 상당하는 돈을 주었다지요.

조선 조정이 이 사실을 안 건 3월 중순이 되어서입니다. 그것도 외신을 통해서지요. 황망히 대책 회의가 열리고, 누군가 묻습니다.

"거문도가 어디지요?"

오늘날 외교통상부 장관에 해당하는 통리교섭통상사무아문 독판 김윤식이 대답합니다.

"아마도 강화도 앞에 있는 섬 주문도인 것 같습니다."

김윤식은 조선 말기의 석학이자 문장가지요. 중국 문헌에 정통하여 공자나 맹자의 고향은 잘 알고 있었을지 몰라도 자국 영토에 대해서는 지극히 무지했던 겁니다. 그뿐만 아니라 당시 조선의 엘리트들이 다 그랬겠지요.

조선 엘리트들조차 모르는 것을 중국의 북양대신 이홍장이 알려줍니다. 『고종실록』 1885년 3월 20일자에 그의 편지가 실려 있습니다.

"귀국의 제주 동북쪽으로 100여 리 떨어진 곳에 거마도가 있는데, 그것이 바로 거문도입니다. 바다 가운데 외로이 솟아 있으며 서양 이름으로는 해밀턴 섬이라고 부릅니다. (…) 이 섬은 조선의 영토에 속한 것으로, (…) 듣건대 황폐한 섬이라 하니, 귀국에서 혹시 그다지 아깝지 않은 땅으로 볼 수도 있겠지만, 홍콩 지구 같은 것도 영국 사람들이 차지하기 전에는 남방 종족 몇 집이 초가집을 짓고 산 데 불과했습니다. (…) 더구나 이 섬은 동해의 요충지로서 중국 웨이하이, 일본 대마도, 귀국의 부산과 다 거리가 매우 가깝습니다. 영국 사람들이 러시아를 방어하기 위한 것이라고 변명하지만 어찌 그들의 생각이 따로 있지 않을 줄 알겠습니까?"

참으로 기막힌 일입니다. 옆 나라 관리의 귀동냥을 듣고서야 자국 영토의 위치며 지정학적 중요성을 알게 되다니요. 그러니 주변국들의 눈치나 볼 수밖에요. 또 다른 이웃 일본도 훈수를 둡니다. 일본 대리공사 곤도 모토스케가 김윤식에게 보낸 회답이 3월 29일자에 있습니다.

"오늘의 계책으로는 (…) 우호 관계에 있는 각국에 통지해 영국이 이 섬을 차지한 것이 귀국에서 윤허한 것이 아니라는 사실을 알게 하

누군가 물었습니다.

"거문도가 어디지요?"

김윤식이 대답했습니다.

"아마도 강화도 앞에 있는 섬 주문도인 것 같습니다."

조선 말의 엘리트들이 다 그랬습니다.

는 것입니다. 이렇게 하면 각국에서는 의심을 저절로 풀 수 있을 것이고 공론이 귀결될 것입니다."

피해자는 우린데 우리 잘못이 아니라는 걸 항변해야 한다는 말입니다. 결국 우리는 쏙 빠지고 영국과 러시아, 청나라가 저들끼리 쑥덕거려 1887년 2월 영국군이 철수함으로써 거문도 사건은 마무리됩니다. 이후 우리나라가 어떻게 되었는지는 설명이 필요 없겠지요.

말이 길었지만 암울한 과거를 개탄이나 하자는 게 아닙니다. 오늘의 현실도 그리 달라 보이지 않아서 하는 말입니다. 눈뜨면 바뀌어 있는 디지털 혁명의 세상에서 어떤 새로운 패러다임이 우리의 자리를 잠식하고 있는지 모르는데, 우리는 고위 공직자들의 인사 청문회가 열릴 때마다 부동산 투기네, 위장 전입이네 과거 허물을 가지고 싸우고 있습니다. 그런 말들을 언제까지 들어야 할까요? 질문자와 답변자 자리를 바꿔 놓고 청문회를 하면 그런 얘기가 안 나올까요?

덮고 넘어가자는 얘기가 아닙니다. 공직 후보의 자질과 역량을 놓고 따지는 정상적인 인사 청문회는 언제나 볼 수 있을까 하는 이야기입니다. 세계를 무대로 생각하고, 참 경쟁력을 갈고 닦느라 투기나 위장 전입 같은 건 생각할 겨를도 없는 그런 지도자는 언제나 만날 수 있느냐는 넋두리입니다.

아무리 생각해도 젊은이들밖에 없습니다. 고개를 들어 좀 더 먼 곳을 보세요. 길가에 떨어진 동전들을 줍다 보면 목적지에 늦게 도착할 수밖에 없습니다. 두리번거리지 말고 성큼성큼 길으세요. 동년배들이 세계 곳곳에서 지금 그렇게 하고 있다는 걸 기억하세요.

율곡의 충고

율곡 이이가 쓴 『석담일기』를 보면 선조 임금이 짜증을 부리는 장면이 나옵니다. 이렇게 말하지요.

"우리나라의 일은 참으로 하기 어렵다. 한 폐단을 고치려 하면 또한 폐단이 생겨 폐단을 없애지 못하고 도리어 해로움만 더하게 되니 수족을 놀릴 틈이 없다."

말도 많고, 탈도 많고, 그래서 더 손발이 수고로운 건 450년 전이나 지금이나 다를 게 없는 우리의 색깔인가 봅니다. 그만큼 엔트로피가 높다는 뜻도 될 테니 밖으로 내뿜으면 엄청난 창발(創發)이 이뤄질 텐데, 그렇지 못하고 쉬이 안에서 터져 우리끼리 편 가르고 멱살 잡을 때가 많아 안타깝습니다.

선조의 불평은 임금의 무기력증을 꾸짖는 신하들의 잔소리에 대한 반발이었습니다. 짜증에 앞서 율곡이 이런 지적을 하지요.

"전하께서 겸손과 사양의 태도로 말씀하시니 신은 감격함을 이기지 못하겠습니다. 그러나 겸양에는 두 가지가 있사오니, 즉 자기를 버리고 남을 따르는 것은 선(善)의 근본이 되지만, 사양하고 핑계 삼아 떨치고 일어날 뜻이 없는 겸양은 오히려 병통이 됩니다."

『석담일기』는 명종 20년(1565)부터 선조 14년(1581)까지의 정사를 일기체로 서술한 책인데, 선조는 끝내 우유부단하고 무기력한 태도를 고치지 않아 우리의 율곡을 탄식케 합니다. 하지만 달리 보면 임금이 짜증날 만도 합니다. 선조 때가 어느 땝니까? 사색당파의 싹이 트고 붕당 정치의 막이 열리던 때 아닙니까? 신하들이 국익 아닌 사당(私黨)의 이익을 좇아 나뉘어 한쪽에서는 하라고 하고 다른 쪽에서는 안 된다고 하니 임금 노릇 하기가 쉽지 않았겠지요. 거기에 율곡 같은 충신은 또 나라를 위해 잔소리를 합니다. 임금의 짜증이 더하겠지만 그렇다고 가만있을 율곡이 아니지요. 짜증에 대한 대답이 이렇습니다.

"그러한 까닭이 있습니다. 기강이 서지 않고 인심이 풀어졌으며 구차하게 벼슬자리만 채운 사람이 많아서 한갓 먹는 것만 알고 국사를 생각하지 않습니다. 그러니 폐를 고치려는 명령을 내려도 실행하지 않을 뿐 아니라 고의로 폐단을 생기게 하니 공적이 이뤄지지 않는 것입니다."

위정자들이 이러하니 나라에 역질(疫疾)이 돌아도 무대책이요, 왜군의 침공에 대비해 성곽을 쌓고 보수하라 명해도 오히려 지방 수령

선조가 불평합니다.

"우리나라의 일은 참으로 하기 어렵다."

율곡이 대답합니다.

"그러한 까닭이 있습니다."

들이 민폐를 만들지 말라는 장계나 올리는 상황이 되고 맙니다. 임금이 자포자기의 심정이 될 듯도 하지 않겠어요? 그 결과가 어땠는지는 우리가 너무도 잘 알고 있지요.

어쩌면 이렇게 옛날이나 지금이나 똑같은지 모르겠습니다. 전방에서는 언제 북한의 포탄이 날아올지 모르는 일촉즉발의 위기 상황이고, 후방에서는 구제역과 조류독감으로 농민들 가슴이 시커멓게 타들어 가는 상황에서도 국회에서는 선량들끼리 붕당의 구령에 맞춰 피 튀기는 주먹질을 하고 의사봉을 던져 뒤통수를 깹니다. 그 모습을 지켜봤던 정치부의 한 후배 기자는 "의회 폭력도 압축 성장을 하더라"며 혀를 차더군요. 의회 폭력이 어제 오늘의 일이 아니지만 갈수록 더 심해진다는 얘기지요.

왜 그럴까요? 사색당파를 무색케 하는 보수 – 진보의 갈등이 극한으로 치닫고 있는 까닭입니다. 의회 본연의 임무인 대화와 타협은 실종되고 야당은 막무가내의 정수를, 여당은 정치력 부재의 진수를 보여 줍니다. 학생들에게 무상급식을 하는 문제나 4대강 유역을 개발하는 문제가 뭐 그리 거품 물며 싸워야 하는 일인지 모르겠습니다. 한 걸음씩만 양보하면 합의를 이끌어낼 수 있는 일 아닙니까?

율곡은 일기 쓰기를 끝낼 무렵 임금에게 충언합니다.

"선입견을 가지지 마시옵고 시무(時務)를 아는 사람과 더불어 폐단을 없앨 방책을 상의하시되, 개혁만을 주로 하지도 마시옵고 보수만을 주로 하지도 마시오며…"

율곡은 이어 "그러나 임금은 즐겨 따르지 않았다"고 쓰고 있습니다. 당쟁의 늪에 깊이 빠진 선조로서는 이미 따를 수 없는 충고였는지 모릅니다. 마찬가지로 이 땅의 위정자들이 율곡의 충고를 따르기를 기대하는 건 절망적으로 보입니다. 정치를 파워 게임으로만 보는 핏발 선 눈으론 백성들이 보일 리 만무하니까요.

마음에 새기세요. 난세에도 뜻을 어지럽히지 않은 충신의 고언을 들려 드리는 이유입니다. 이후에라도 그것이 실천되어 세상을 바꿔 나간다면 율곡도 찡그린 낯을 펴고 호탕하게 웃을 겁니다.

영웅 아이아스의
비참한 최후

●

그리스 신화 얘기 하나 할까요? 호메로스의 서사시 『일리아드』를 보면 고대 그리스 도시 로크리스의 아이아스 왕자 이야기가 나옵니다. 아이아스는 트로이 전쟁에서 그리스 연합군의 선봉에 서서 맹활약한 영웅이지요. 트로이 목마 속에 들어간 40인의 용사 중 한 사람이기도 합니다.

하지만 그는 트로이 함락 후 아테나 신전에서 예언자인 카산드라를 욕보이는 만행을 저지릅니다. 신을 모독한 그를 그리스 병사들이 처단하려 했지만, 그가 아테나 여신상을 끌어안고 있는 바람에 손을 댈 수가 없었습니다. 분노한 아테나 여신은 제우스에게 간청해 폭풍우를 일으킵니다. 귀국하던 그리스군 함대를 난파시키지요. 그때도 아이아스는 암초 위에 기어올라 목숨을 구했습니다. 그리고는 "신들의 노여움도 나를 어쩌지 못한다"고 큰소리쳤지요.

2010년 남아공월드컵 경기에서 아이아스를 떠올리게 한 경기가 있었습니다. 우루과이와 가나가 맞붙은 8강전 경기 말입니다. 1 대 1로 팽팽하던 연장전 후반 종료 직전, 가나 선수의 헤딩슛을 우루과이 선수(루이스 수아레스)가 손으로 쳐내지요.

쓰지 말아야 할 손을 쓰는 선수들을 보면 항상 눈살을 찌푸리게 되지만, 그건 정말 아니었습니다. 일말의 주저함도 없는, 명백하게 고의적인 반칙이었지요. 하지만 그 덕분에 우루과이는 4강에 올랐고, 당연히 4강에 올랐어야 할 가나 팀은 짐을 쌌습니다.

그래선 안 되는 거지만, 더욱 아닌 건 그 '신의 손'을 가진 선수의 태도였습니다. 조금도 부끄러운 얼굴이 아니었습니다. 퇴장당해 경기장을 떠나는 순간 그는 신에게 간절히 기도했답니다. 가나 선수가 페널티킥을 실축하는 기적을 이루어 달라고요. 미국 작가 앰브로스 비어스의 『악마의 사전』을 생각나게 하는 대목입니다. 그는 '기도'에 대해서 이렇게 정의하고 있지요.

'지극히 부당하게도 한 명의 청원자를 위해 우주의 법칙들을 무효화하라고 요구하는 행위.'

오 마이 갓! 그의 기도가 이루어진 걸 보면 신이 졸고 있었던 게 분명합니다. 축구 팬이 아니었던 게지요. 반칙으로 승패를 바꿀 수 있다면 그건 스포츠가 아닙니다. 무뢰배들의 난장질일 뿐이지요. 그 선수는 인터뷰에서 말했답니다. "공이 날아오는데 선택의 여지가 없었다"고요. 그러면서 "내 퇴장으로 조국이 4강에 진출하게 되어 기쁘

자신과 남에 대한 잣대가 다른 데서
모든 불화와 다툼이 시작됩니다.
신을 모독하고도 반성하지 않은
아이아스 때문에 로크리스인들은
천년의 멍에를 안고 살았습니다.

다"고도 했다지요.

주목하시기 바랍니다. 앞으로 인생을 살아가면서 이런 말은 절대로 하면 안 됩니다. 이것은 구차한 변명도 아니고, 군색한 핑계도 아닙니다. 정의를 능멸하는 것이며, 원칙을 지키고자 애쓰는 사람들을 모욕하는 말입니다. 그렇지 않다면 자기 편 골대를 통과하는 공을 절망적 눈길로 보면서도 손을 쓰지 못한 수많은 선수들은 무엇이며, 상대의 반칙으로 억울하게 4강 진출이 좌절된 가나 선수들과 국민들은 뭐가 됩니까.

스포츠뿐 아니라 매사가 다 그렇습니다. 남의 불륜은 욕하면서 자기는 로맨스라고 우기면 되겠냐 이 말입니다. 어느 인기 여가수의 표절 시비도, 국무총리실의 민간인 사찰(2008년 국무총리실 산하의 공직윤리지원관실이 공무원이 아닌 민간인을 사찰한 사건) 논란도 다 그런 데서 출발한 겁니다. 자신과 남에 대한 잣대가 이렇게 다른 데서 모든 불화와 다툼이 싹트는 겁니다. 프랑스 작가 쥘 베른은 소설 『지구에서 달까지』에서 이렇게 말합니다.

"남에게 당하면 곤란하다고 생각하는 일을 남에게 하라는 것이 모든 전쟁의 바탕을 이루는 부도덕한 원칙이다."

이는 동서고금이 다르지 않습니다. 공자도 "자기가 하기 싫은 일은 남에게 시키지 말라"고 했습니다. 성경에서도 "남에게 대접받고자 하는 만큼 남을 대접하라"고 하고 있지요.

그래도 실속 있는 게 낫지 않느냐고요? 절대 그렇지 않습니다. 암초 위에 선 아이아스가 신들을 비웃자 포세이돈이 분노합니다. 삼지

창으로 암초를 박살냈고, 아이아스는 끝내 바다에 빠져 길지 않은 삶을 마치고 말지요.

스물세 살 어린 선수가 잘못되길 바라는 게 아닙니다. 그 선수는 지금 우루과이에서 영웅 대접을 받고 있다지요. 하지만 명예는 쉬이 잊혀져도 허물은 쉽게 지워지지 않는 법입니다. 그전의 활약만으로도 이미 영웅이 되어 있던 그 선수는 평생 그 일을 멍에처럼 짊어져야 할 겁니다. 원조 격인 마라도나한테서 24년 넘도록 '신의 손'이라는 오명이 떠나지 않는 것처럼 말이지요.

1986년 멕시코 월드컵 8강전에서 아르헨티나 대표로 출전한 마라도나는 공중에 뜬 볼을 손으로 쳐 골문 안에 넣었습니다. 심판은 그 장면을 보지 못했고, 득점으로 인정되었죠. 경기가 끝난 뒤 마라도나는 "그것은 내 손이 아니라 신의 손이었다"고 말했습니다.

아이아스는 죽었지만 아테나는 성이 차지 않았습니다. 아이아스의 고국 로크리스에 온갖 질병을 퍼뜨리지요. 로크리스인들은 여신의 분노를 달래기 위해 무려 천년 동안이나 매년 처녀 두 명을 아테나 신전에 보내 봉사하게 해야 했습니다. 그에 대한 원망도 오래 갔겠지요.

평생 짊어져야 할 멍에를 처음부터 만들지 않기 바랍니다. 우연이겠지만 그 선수가 당시 몸담았던 팀의 이름인 아약스(Ajax. 네덜란드 프로축구 클럽)는 아이아스를 로마식으로 읽은 것입니다.

당 태종의 하소연

●

　　　　　　　　　　　　2011년 한 해 동안 시민 혁명의 불꽃
이 중동을 불태웠습니다. 이른바 재스민 혁명이라는 겁니다. 역시 석
유가 많이 묻힌 땅은 달랐습니다. 발화점인 튀니지에 이어 이집트의
장기 독재 정권을 불사르고도 전혀 누그러지지 않고 이웃 나라로 옮
겨 붙었습니다. 여태껏 국민이 주인 노릇하지 못한 한풀이라도 하듯
그 땅의 모든 거짓 주인들을 살라 버릴 기세로 말이지요. 리비아와 예
멘의 독재자가 죽거나 야반도주했습니다.

　　그런데 참으로 이상합니다. 왜 독재자들은 배우지 못하는 걸까요?
과거 독재 선배들을 보면 말로가 눈에 훤히 보일 텐데 왜 제 발로 내
려오지 않고 끌려 내려질 때까지 버티는 걸까요? 운이 좋아 권좌에
서 생을 마친다 해도 역사에 더러운 이름으로 남는다는 걸 어찌 두려

위하지 않느냔 말입니다.

물론 욕심 때문이겠지요. 탐욕의 살은 눈꺼풀서부터 찌기 마련이니까요. 앞을 가릴 수밖에요. 하지만 그 정도의 설명만으로는 부족합니다. 선배들의 몰락을 꼼꼼히 살폈다면 거기서 욕심을 보지 못했을리 없습니다. 그렇다면 왜일까요? 고대 그리스 철학자 크세노폰이 힌트를 줍니다. 크세노폰은 『히에론: 혹은 참주에 관해서』라는 책에서 독재자의 심리 상황을 예리하게 묘사합니다. 독재자 히에론이 철학자 시모니데스에게 털어놓지요.

"시모니데스, 이건 결코 하찮은 게 아냐. 왕들도 백성들처럼 열심히 일하는 사람들, 정의로운 사람들, 현명한 사람들을 알고 있다네. 백성들이 그들을 사랑한다면 왕들은 그들을 두려워해야 해. 열심히 일하는 사람들에게 권좌를 빼앗기지 않기 위해서, 현명한 사람들이 모반 계획을 세우지 못하도록, 정의로운 사람들이 신하들과 결탁해 왕궁을 떠나지 않도록 노력하고 조처해야 한단 말일세. (…) 왕들이 이런 사람들을 처단해 버리면 과연 누가 남게 될까? 결국 남아 있는 사람들은 부정한 자들, 방종한 자들, 그리고 아첨 떠는 자들일 거야. 그런 자들은 타인으로부터 미움을 사지 않도록 자기 자신을 보호하기 위해 권력에 복종하지."

독재자 주변에, 그리고 그 독재가 오래갈수록, 모리배와 아첨꾼들만 남을 수밖에 없는 이유입니다. 독재자는 자신의 권력을 지키기 위해 그들을 중용하고, 그들은 자신의 이익을 지키기 위해 독새자를 이용합니다. 그 추악한 이해가 꿰맞춰질수록 권력과 부패의 사슬은 한

왜 독재자들은 배우지 못하는 걸까요?
선배들을 보면 말로가 눈에 훤히 보이는데
왜 제 발로 내려오지 않고
끌려 내려질 때까지 버티는 걸까요?

층 견고해집니다. 처음부터 독재자는 아니었더라도 그 운명 공동체에 한번 발을 디디면 다시는 뺄 수 없게 됩니다. 나중에 정신을 차리더라도 절대 그 탐욕의 바다에서 혼자 헤엄쳐 나올 수 없는 거지요.

당 태종이 치국의 요체를 밝힌 『정관정요(貞觀政要)』에서 보충 설명을 합니다.

"임금은 오로지 한마음인데 그 마음을 공략하려는 자는 너무나 많다. 힘으로, 말재주로, 아첨으로, 간사함으로, 임금이 좋아하는 것으로 무차별 공략해 서로 귀여움을 차지하려 든다. 임금이 조금이라도 해이해져 그중 하나라도 받아들였다가는 당장 위기와 망조가 뒤따른다. 바로 이것이 어려운 점이다."

인류 역사상 가장 훌륭한 군주 중 하나인 당 태종도 그럴진대 그저 운 좋게 권력을 쥔 사람이야 오죽하겠습니까. 이집트의 독재자 호스니 무바라크 전 대통령도 역시 그랬습니다. 퇴진 거부 연설을 하던 날 저녁 대통령궁에서 무바라크의 장남 알라가 동생 가말에게 소리쳤다지요.

"네가 아버지의 명예로운 말년을 망쳐 놓았다."

2002년 집권당의 서열 3위인 정책위의장에 임명된 뒤 친구들과 함께 온갖 권력과 이권을 독점한 사실을 질책한 겁니다. 하지만 이제 와서 누굴 탓할까요. 결국 아들을 비롯한 측근들에게 눈 가리고 귀 막힌 권력자의 책임일 수밖에 없지요. 그는 모든 사람이 즉각 사퇴를 예상했던 그날조차 상황 파악을 못하고 고집을 부리다가 마지막 명예까지 놓치고 말았습니다. 마지막까지 권력을 연장하기 위해 몸부림

치다 퇴진을 요구하는 국민들 시위에 기가 질려 꼬리를 내렸지요. 철창에 갇혀 법의 심판을 기다리는 신세가 되었습니다.

절대 권력은 절대 부패하고 절대 몰락합니다. 이 진리를 아는 지도자는 늘 절대 권력이 되지 않기 위해 경계하지요. 한 가지만 잊지 않으면 가능합니다. 듣기 싫은 소리를 듣는 겁니다. 언젠가부터 달콤한 소리만 들린다 싶으면 이미 벼랑에 선 겁니다. 그제서야 바른 길로 인도한 사람이 없었다고 탓해 봐야 하늘 보고 침 뱉기일 뿐이지요.

또 한 명의 훌륭한 임금인 원나라 영종이 승상 배주에게 묻습니다.

"지금 우리나라에 당 태종 때 위징처럼 과감하게 진언하는 신하가 있소?"

배주가 답합니다.

"그야 어떤 황제냐에 따라 달라지는 것 아니겠습니까? 물을 둥근 잔에 담으면 둥글게 되고, 네모난 그릇에 담으면 네모난 모양이 되지요. 당 태종은 쓴소리를 받아들일 만한 도량이 있었기에 위징이 용감하게 진언할 수 있었던 겁니다."

아주 '엽기적인' 희생
이야기

엽기적인 얘기 하나 해야겠습니다. 충격을 줄이기 위해 옛날 얘기부터 하렵니다. 중국 당나라 역사서인 『구당서(舊唐書)』에 보이는 기록입니다. 안사의 난(755년 안녹산과 사사명이 일으킨 반란) 당시 지방관 장순이 지키는 수양성을 반란군이 포위했을 때의 일이지요.

오랫동안 성이 포위 공격당하매 성안의 양식이 바닥나자, 사람들은 자식을 서로 바꿔 잡아먹고, 죽은 사람의 뼈까지 불에 구워 먹었다. 장순은 자기 첩을 군사들 앞에서 죽이고 그 인육을 군사들에게 내놓으며 말했다.

"공들이 나라를 위해 죽기를 각오하고 성을 지킴에 한마음으로 하니 내 살점을 베어 그대들을 대접하진 못할지언정 어찌 이 여인을 아까워해 위기를 보고만 있겠는가."

군사들이 울며 차마 먹지 못하자 장순은 먹을 것을 명령했다. 이렇게 성안 부녀자들을 다 먹고 나서 남자 노인과 아이들을 차례로 먹었다. 그때 먹힌 사람들이 이삼만 명이나 되었으나 백성들의 마음은 끝내 변하지 않았다.

놀라운 얘기요? 식인의 희생자가 몇만 명에 이른다는 게 놀랍고, 그때까지 백성들이 순순히 따랐다는 게 놀라우며, 글 말미에 역사를 편찬하는 사관이 장순을 충신으로 칭찬하고 있다는 사실이 또한 놀랍습니다.

1,300년 전 일을 오늘날의 도덕 가치로 판단하기는 어렵습니다. 중국인 특유의 과장도 틀림없이 끼어들었을 테고요. 하지만 무엇을 고려해도 전 아니라고 봅니다. 장순은 끝내 성을 지키지 못하고 반란군 손에 최후를 맞았습니다. 군사들과 남은 백성들도 모두 도륙되고 말았음은 물론이지요.

그렇다면 장순이 헛되이 지키려 했던 건 과연 뭐였을까요? 그것은 백성들의 안녕이 아니었습니다. 정권의 안정이요, 군주에 대한 충성이었습니다. 그것도 정치를 잘못해 백성들을 사지에 몰아넣은 무능한 정권과 군주를 위해서 말이지요.

당시 지배 논리가 그랬다고요? 천만의 말씀입니다. 당나라 시인 두목(杜牧)은 「아방궁부」에서 이렇게 노래했습니다.

장순의 충성은 잘못된 것이었습니다.

그가 바라봐야 했던 건

무능한 군주가 아니라 백성이었습니다.

백성을 사랑하는 방법은

시대마다 조금씩 다를 수 있겠지요.

"여섯 나라를 멸망시킨 것은 그들 자신이지 진나라가 아니라네. 진나라를 죽인 것은 그 자신이지 천하가 아니라네. 여섯 나라가 백성을 사랑했다면 진나라를 물리칠 수 있었네. 진나라가 백성을 사랑했다면 3세가 아니라 1만세까지 임금 노릇을 한대도 누가 멸망시킬 수 있겠나."

장순이 백성을 사랑했다면 그들의 안전을 조건으로 자신과 지휘부의 목을 바쳤어야 하는 게 아닐까요? 모름지기 지도자는 백성을 제일로 생각해야 합니다. 시대에 따라 백성을 사랑하는 방법이 조금씩 다를 수는 있겠지요. 그런데도 위정자들이 권력의 향배만 좇으며 그 과실을 탐하고 즐기니 윗물이 썩고 아랫물도 따라 썩어, 백성들이 마시지도 먹지도 못하게 되는 겁니다. 그들이 갈증과 굶주림을 더 이상 참지 못하게 되었을 때 필연적으로 민란이 일어났음을 역사는 말해 주지요. 2011년 중동과 북아프리카를 불태운 시민 혁명의 불꽃도 다른 게 아닙니다.

지도자를 잘못 만나 성안에 갇히게 된 장순의 백성들이 우리 가까이 있습니다. 북녘 동포들 말입니다. 적이 쳐들어온 것도, 포위를 하고 있는 것도 아닙니다. 역시 헛되이 시계를 거꾸로 돌리려는 무모한 지도자에 이끌려 영문도 모르고 성안에 갇힌 겁니다. 지도자 스스로 입구를 막아 버린 성벽 안에서 굶주림은 필연입니다. 늘 듣던 얘기고 늘 보던 사실입니다. 그런데 거기서 사람이 사람을 잡아먹는다는 믿기지 않는 소식마저 흘러나옵니다. 기가 막힐 노릇입니다. 그저 뜬소문이었으면 하는 바람이지만 기근이 심했던 1990년대 중반에도 들리던 소리라 예사롭지 않습니다.

생을 마침으로써 권좌에서 내려온 북녘 땅 지도자와 새로 권좌에 오른 그 아들에게 뭐래 봐야 허무할 뿐입니다. 백성의 안녕보다 자신의 안위, 권력의 장악이 관심인 그들의 벙커에선 들리기나 할까요? 대신 우리가 배워야 합니다. 두목의 시는 이렇게 끝납니다.

"진나라 사람은 슬퍼할 겨를이 없었겠지만 후세가 그를 슬퍼해 주네. 하지만 슬퍼만 하고 배우질 못하니 다시 후세로 하여금 자신을 슬퍼하게 하노라."

북녘의 현실을 슬퍼만 할 게 아니란 말입니다. 정신을 안 차리면 누가 나를 슬퍼해 줄지 모릅니다. 지도자를 꿈꾸거나 그들을 감시해야 한다고 믿는 사람이라면 기억했다가 늘 반문해 보세요. 다산 정약용 선생의 잠언입니다.

"수령이 백성을 위해 존재하는가, 백성이 수령을 위해 사는 것인가?(牧爲民有乎 民爲牧生乎)."

히틀러가
마지막으로 남긴 말

●

　　　　　　　　　　　권력이란 잘 맞는 날의 골프와 같습
니다. 독재 권력은 실력 이상으로 잘 맞는 날의 골프고요. 좁은 페어
웨이도 운동장만 하게 보입니다. 마음껏 골프채를 휘둘러도 공이 똑
바로 멀리 날아갑니다. 자신감은 치솟고 발걸음도 가볍습니다. 개 다
리처럼 휜 홀도, 벙커나 해저드도 두렵지 않습니다. 저쯤이야 쉽게 넘
길 수 있어 보입니다. 실력 이상이라고 했지요? 열 번 쳐서 한 번 나올
까 말까 한 샷이 자신의 실력이라고 착각하게 되는 겁니다.

　벙커에 빠지거나 공을 잃어버려도 운이 없었다고 믿게 됩니다. 다
음 홀에서 뭔가 보여 줘야겠다고 생각합니다. 어깨에 힘이 들어갑니
다. 결과가 좋을 수 없겠지요. 하지만 착각은 계속됩니다. 처음에 잘
맞던 기억을 잊고 볼품없는 본 실력을 인정하기가 쉽지 않습니다. 호

흡이 가빠지기 시작하면서 평정심을 잃고 무리를 하게 됩니다. 결국 패배를 자초하고 말지요.

골프야 그저 게임에 져서 속상하거나 내기를 했다면 돈 조금 잃어 속 쓰린 걸로 끝납니다. 하지만 권력이라면 얘기가 달라집니다. 권력자 자신이 파멸에 이르는 거야 뭐랄 것 없겠지만 그 밑에서 팔자에 없는 고생을 해야 하는 백성들은 뭐란 말입니까.

리비아의 절대 권력자 무아마르 카다피를 보면서 떠오른 생각입니다. 벼랑 끝에 몰려서도 "마지막 피 한 방울이 떨어질 때까지" 결사항전을 다짐했지요. 과연 누구를 위한 결사항전인가요? 내전의 핏물에 질식해 가고 있는 국민들은 어떻게 하고요? 결국 반군에 붙잡혀 목숨을 구걸하다 비참한 말로를 맞고 말았지만 리비아 국민들을 위해선 만시지탄(晚時之歎)일 뿐이지요.

70년 전 리비아에서도 비슷한 장면이 벌어졌지요. 2차 대전 중인 1942년 10월 '사막의 여우' 롬멜 장군은 패배의 순간이 다가옴을 직감합니다. 아프리카에 부임하자마자 단숨에 650킬로미터를 진격해 리비아의 영국군을 이집트로 몰아내고, 3분의 1에 불과한 수의 전차로 전략 요충지인 이집트의 엘알라메인을 점령한 그였지만 절대적 열세인 병력과 병참을 어쩔 수는 없었던 겁니다. 당시 독일군 전차는 22대에 불과했습니다. 그것마저도 취사장의 에틸알코올을 연료로 간신히 움직이고 있었지요.

그런 사정을 알면서도 히틀러는 "엘알라메인을 사수하라"는 명령을 내립니다. 가능한 일이 아니었지요. 롬멜은 명령을 어기고 리비아

자신을 냉정하게 돌아보았다면

히틀러의 운명은 달라졌을지 모릅니다.

그는 왜 끝까지 결사항전을 외쳤을까요?

사람들이 바라는 리더십은 어디서 나오는 걸까요?

로 퇴각했습니다. 그리고는 "아직 시간이 있을 때 아프리카에서 철수하자"고 히틀러에게 제안합니다. 히틀러는 롬멜을 겁쟁이라고 비난하며 길길이 날뛰었지요. 결국 두 달 뒤 독일과 이탈리아의 아프리카 군단은 튀니지에서 연합군에 항복하고 맙니다.

여기서 히틀러가 사태를 냉정하게 돌아봤다면 그의 운명도 달라졌을지 모릅니다. 하지만 독재 기관차는 스스로 서는 법이 없습니다. 연합군이 노르망디에 상륙한 지 열 하루가 지난 1944년 6월 17일 독일군 수뇌부가 회동합니다. 승부는 갈렸으며 여기서 전쟁을 끝내야 한다는 데 의견을 모으지요. 롬멜은 이를 히틀러에게 전달할 역할을 떠맡습니다. 하지만 히틀러의 분노만 돋우었을 뿐이지요. 히틀러는 롬멜에게 반란 누명을 씌워 자살을 강요합니다.

독재자의 착각은 마지막 순간까지 계속됩니다. 히틀러가 자살하기 전 마지막으로 남긴 말이 이렇다지요.

"아, 내가 너무 인정 많았던 게 후회돼."

600만 명의 유대인을 학살한 것은 말할 것도 없고, 정신질환자와 불치병자를 없애라는 명령으로 7만 명의 독일인을 살해한 사람이 한 말입니다. 그렇다면 그의 많았던 인정은 과연 누굴 위해 베풀어졌던 걸까요? 그가 항복을 거부하고 버티는 동안 독일 국민은 폭격기로 뒤덮인 검은 하늘 아래서 악몽 같은 나날을 보내야 했는데 말이지요.

1차 대전을 승리로 이끌었던 조르주 클레망소 프랑스 총리는 "독재 권력은 사람을 꼬챙이에 꿰는 형벌과 같다. 시작은 쉽게 되지만 갈수록 어려워진다"고 했습니다. 이 비유가 너무 섬뜩하다면 잘 맞아서 우쭐했다 망가지는 골프라 해도 좋습니다. 권력자가 국민을 생각한 다면 독재로 흐를 까닭이 없고 스스로 파멸할 이유도 없습니다.

그 모범을 놀랍게도 경제 권력들이 보여 줍니다. 자신 같은 부자들에게 세금을 더 많이 부과하라는 투자의 귀재 워런 버핏이 그렇고, 이에 호응해 스스로 세금을 더 내겠다고 선언한 프랑스의 부호들이 그렇습니다. 스스로 추구하는 시스템이 붕괴할 때까지 밀어붙이는 자기 분열적 자본주의에 대한 반성일 수도, 그 해법일 수도 있습니다.

리더십은 다른 곳에서 나오는 게 아닙니다. 그것은 곧 자기희생에서 비롯됩니다. 그 기분 좋은 자기희생을 예수는 박애라 부르고, 석가는 자비라 일컬으며, 공자는 인(仁)이라 말합니다.

소비에트 독재의
불편한 진실

●

　　　　　　　　　　　　　　도스토예프스키의 장편 소설 가운데
『죽음의 집의 기록』이란 게 있습니다. 4년에 걸친 작가 자신의 시베리
아 유배 체험을 살인자의 수기 형식으로 쓴 겁니다. 제정 러시아 시대
감옥의 실태와 수인들의 유형 생활을 담담하게 그려 내고 있지요. 여
기서 작가는 주인공의 입을 빌어 말합니다.

　　"권력, 즉 다른 인간을 굴복시키는 무한한 능력을 경험한 자는 누
구든 (…) 부지불식간에 자신의 감각을 제어하는 능력을 잃는다. 독재
는 습관이다. 독재는 고유한 생명을 가지고 있다. 그것은 마침내 질병
으로 변한다. 습관은 가장 훌륭한 인간이라도 죽일 수 있으며 짐승 수
준으로 타락시킬 수 있다. 피와 권력은 도취를 낳는다. (…) 사람과 시
민은 독재로 인해 영원히 죽는다."

통제되지 않는 권력은 남용될 수밖에 없고, 남용된 권력은 필연적으로 인간과 사회의 파괴로 이어진다는 관찰이었습니다. 그것은 백성을 노예로 취급했던 차르(제정 러시아의 황제 칭호)의 절대 왕정 시대에만 유효한 게 아니었습니다. 차르의 압제에서 신음하던 노동자·농민을 해방하겠다던 소비에트 독재에서는 한술 더 떴지요. 고삐 풀린 권력은 경찰 곤봉과 동행하기 마련입니다.

차르 시대에는 '오흐라나'라는 비밀경찰이 있었습니다. 1만 5,000명 규모로 근세 이전에 존재했던 비밀경찰 조직 중 가장 컸지요. 하지만 1917년 10월 혁명 성공 후 레닌이 만든 비밀경찰 '체카'와는 비교도 되지 않습니다. 체카는 설립된 지 3년도 못 되어 무려 25만 명 규모로 비대해집니다. 이처럼 큰 조직이 가만있진 않았겠지요. 차르 시대 말기에 모든 범죄와 관련해 처형된 사람이 한 해 평균 17명이었지만, 1918~19년 사이 체카는 정치범만 한 달 평균 1,000명 이상 처형했습니다. 내전이 끝날 때까지 체카에 의해 목숨을 잃은 사람이 20만 명에 달했다지요.

하지만 이 또한 공산당 일당 독재가 확립된 이후의 비극과는 비교가 되지 않습니다. 레닌의 집산주의(생산수단의 사회적 소유를 목적으로 하는 주의) 실험은 1921~1922년 겨울에만 2,700만 명을 굶주리게 했으며, 그중 300만 명의 목숨을 빼앗았습니다. 레닌이 죽었을 때 그가 남긴 것은 '인민의 낙원'이 아니라 경제적 파탄을 짊어진 견고한 경찰국가였습니다. 그의 후계자들 역시 상황을 바꾸진 못했습니다. 국민의 입을 막고, 허울 좋은 계획경제로 국민의 눈을 가렸을 뿐이지요.

옛 소련 말기에 임금으로 화폐 대신 벽돌을 지급받은 국영 기업 노동자들을 서방 언론이 인터뷰한 적이 있었습니다. 그때 한 노동자의 대답이 이랬습니다.

"우리는 일하는 척하고, 그들은 임금을 지불하는 척하는 겁니다."

결국 소련은 파산하고 말았지만 이 일당 독재란 암은 모진 생명을 70년이나 이어 갔습니다. 그래도 지금 한반도 북쪽에 퍼져 있는 질병에 비하면 그저 몸살 수준입니다. 수백만 명이 굶어 죽고, 수십만 명이 살기 위해 탈출을 기도하고 있으며, 수만 명의 정치범과 강제 송환 탈북자들이 수용소에서 죽어 가고 있는 것까지는 데자뷔(déjà-vu. 처음 경험한 것인데도 이미 보았거나 경험한 것 같은 이상한 느낌이나 환상을 뜻하는 프랑스어)입니다. 이곳에서는 소련의 어떤 권력자도 생각지 못했던 권력 세습까지 성공시켰습니다.

사설이 길었지만 제가 하고 싶은 얘기는 지금부텁니다. 서구의 진보적 지식인들은 진작부터 소련의 모순을 알고 있었습니다. 하지만 자신들이 지지했던 사회주의 혁명을 옹호하기 위해 이중적인 잣대를 집어들 수밖에 없었지요. 『인간의 조건』을 슨 프랑스 소설가 앙드레 말로는 말했습니다.

"종교재판이 기독교의 본질적 존엄성에 영향을 미치지 못한 것처럼 모스크바의 재판은 공산주의의 본질적인 존엄성을 훼손하지 않는다."

영국의 극작가이자 소설가인 조지 버나드 쇼도 이런 말을 했지요.

"영국에서는 인간으로 교도소에 들어가 범죄자가 되어 나오지만

통제되지 않는 권력은 남용됩니다.

인간과 사회를 파괴합니다.

권력은 통제되어야 합니다.

러시아에서는 범죄자로 교도소에 들어가 정상인이 되어 나온다. 하지만 나오도록 설득하는 게 쉽지 않다. 누구나 교도소에 머물길 원하니까."

이 땅의 많은 진보 지식인, 정치인들도 다르지 않습니다. 성공 여부가 불투명한 북한의 3대 세습을 기정사실화하는 발언까지 서슴지 않았습니다. 침묵은 말할 것도 없고 "자기네 상식대로 하는 것", "남북 갈등을 보태지 않기 위해서"라는 듣기 딱한 궤변을 지어내고 있습니다. 그것은 억지지 이념 대립이 아닙니다. 신념에 따른 행동이 아니라 자기도취이거나 이익을 좇는 행동입니다.

프랑스에서는 좌파 신문 「리베라시옹」이 북한 체제에 가장 비판적입니다. 자신들이 꿈꾸는 세상을 북한이 나서 먹칠하고 있다는 판단에서지요. 세계적 웃음거리가 되고 있는 북한의 '도취된 권력'에 침묵하는 사람들이 꿈꾸는 세상은 무엇일까요?

아무도 의심하지 않은
'슐리펜 플랜'의 실패

1차 대전 때 '슐리펜 플랜'이란 게 있었습니다. 1905년 독일군 참모총장이었던 알프레드 폰 슐리펜 백작이 세운 전략입니다. 러시아와 프랑스 두 강대국 틈에 끼어 있던 신흥 독일제국이 두 나라와 양면전을 벌이기 위한 회심의 비책이었지요.

간단합니다. 먼저 지리적으로 가까운 프랑스를 공격해 괴멸시킨 뒤 러시아를 공격한다는 겁니다. 전쟁이 나도 철도망이 부실한 러시아가 군대를 동원하는 데는 6주 이상 걸린다는 계산이 깔려 있었죠. 그사이 서부 전선에 총력을 기울여 프랑스를 장악한 다음 다시 주력을 동부전선으로 옮기면 러시아쯤은 손쉽게 막아낼 수 있다는 거였습니다.

1914년 이 계획을 실행에 옮긴 건 슐리펜의 후임자인 헬무트 폰 몰트케였습니다. 하지만 그는 프랑스군이 로렌 지방으로 반격해올 경우 독일군 옆구리가 위협받을 걸 우려했지요. 그래서 원래 계획보다 많은 병력을 방어에 투입했습니다. 슐리펜 플랜의 성패를 가름할 전격 진공 작전의 효과가 반감될 수밖에요.

그렇지 않았더라도 슐리펜 작전은 성공하기 어려운 것이었습니다. 군사적 측면만 고려했지 정치·외교적 상황은 간과했던 까닭입니다. 슐리펜 플랜대로 독일군이 중립국 벨기에를 점령하자 애초에 계획 상에도 없었던 영국이 참전을 선언합니다. 예상치 못하게 일이 커진 거지요. 서부 전선은 교착 상태에 빠지고 말았습니다.

독일은 또다시 무리수를 둡니다. 유럽 대륙과 영국을 오가는 상선들을 공격하는 무제한 잠수함전을 펼칩니다. 독일은 영국이 반년 내 백기를 들 것이라 예상했지만, 역효과만 불러왔을 뿐입니다. 미국 상선의 침몰을 계기로 중립을 지키던 미국이 전쟁에 뛰어들게 되거든요. 전략적 실수와 무리수가 반복되면서 전 세계를 적으로 만들고만 것이지요.

슐리펜 플랜에는 무리수보다 더 큰 치명성이 내재하고 있었습니다. 잘못된 집단 최면 말입니다. 원래는 프랑스와 러시아 두 강대국이 두려워 섣불리 도발하지 못했던 독일이었습니다. 하지만 슐리펜 플랜이란 그릇된 묘수를 믿고 겁이 없어진 겁니다. 양면전이 얼마나 위험한지 냉정한 판단을 하지 못하고 필요하다면 위험도 감수할 수 있다는 설익은 자신감을 갖게 된 거지요.

몇 해 전 영국을 뜨겁게 달궜던 '머독 스캔들'에서 슐리펜 플랜의 그림자를 봅니다. 세계적 언론 재벌 루퍼트 머독 소유의 타블로이드 신문 「뉴스 오브 더 월드」가 취재원들의 휴대 전화를 해킹해 문제가 된 사건이지요. 그 타블로이드 신문의 '슐리펜 플랜'은 전화 해킹이었던 겁니다. 유명 인사들은 말할 것도 없고 피살된 소녀에서 이라크와 아프간에서 숨진 병사들, 9·11테러 희생자들의 휴대 전화에 이르기까지 마구잡이로 해킹을 했습니다. 독자들의 말초 신경을 자극하는 걸 캐낼 수 있다면 가릴 게 없었지요. 기자들이 사설탐정을 고용하기도 하고 경찰을 매수했으며 심지어 총리의 선거 운동에까지 관여했습니다.

무엇보다 심각한 것은 필요하다면 무엇이든 할 수 있다는 집단 최면이었습니다. 불법을 저지르고도 죄의식을 느낄 수 없었겠지요. 불법 행위를 독려한 흔적조차 나타납니다. 경고를 발한 조직원은 해사 행위자로 따돌림을 받았습니다. 결국 1차 대전 당시 세계 최강이던 독일이 패배자가 되었듯, 168년 역사에 300만 부를 찍던 신문 역시 무리수와 꼼수로 하루아침에 문을 닫고 말았습니다.

미봉책(彌縫策)이란 원래 부족한 부분을 보완하여 빈틈없게 만든 전투 포석을 의미하는 말이었습니다. 춘추 시대 주나라 환왕이 정나라 장공을 토벌하려고 연합군을 구성했을 때, 장공이 전차부대를 앞세우고 전차와 전차 사이의 빈틈을 보병으로 연결하는 '오승미봉(伍承彌縫)'의 전법으로 약세를 극복하고 토벌군을 무찌른 데서 나온 말입니다. 그런데 왜 오늘날처럼 '임시변통의 꼼수' 정도로 의미가 바뀌었을까요? 당시 전투에서 나온 장공의 말 속에 해답이 있고 교훈

원래 슐리펜 작전은

성공하기 어려운 것이었습니다.

군사적 측면만 고려했지

정치·외교적 상황은 간과했기 때문입니다.

하나만 생각하고 다른 것은

보지 못하는 것을 우리는 '꼼수'라 부릅니다.

이 있습니다. 승기를 잡은 장공의 군대가 도주하는 연합군을 계속 추격하려 하자 장공은 이를 제지합니다.

"군자는 약세에 몰린 자를 괴롭히지 않는다. 하물며 천자를 무시하겠느냐? 본시 자위를 위해 나선 만큼 나라의 안전만 보장되면 족하다."

미봉책으로 한두 번 전투에서 승리할 순 있어도 천하의 패권을 차지하는 데는 한계가 있다는 뜻입니다. 세상을 얻으려면 그에 걸맞은 진정한 실력을 갖춰야 하는데 자신은 그에 못 미친다는 걸 안 거지요. 그런데도 장공과 다르게 많은 사람들이 모든 걸 얻기 위해 미봉을 남용하다 보니 오늘날 꼼수의 의미가 되어 버린 겁니다.

궁극적 승부는 꼼수로 결정되지 않습니다. 꼼수를 되풀이하다간 곧 퇴장 명령을 받게 될 뿐입니다.

마오쩌둥,
중국번에게 무릎 꿇다

악명을 떨친 국제 테러리스트 오사마 빈 라덴이 최후를 맞이한 건 2011년 5월 2일이었습니다. 그가 미군 특수 부대에 의해 사살될 당시의 상황은 어떤 할리우드 영화보다도 더 드라마틱했습니다. 온갖 미확인 추측 보도에, SNS의 날개를 단 '카더라 통신'이 보태져 온 세계가 떠들썩했지만, 테러리스트의 죽음 다음으로 감동적인 건 따로 있었습니다.

바로 '제로니모(오사마 빈 라덴을 지칭한 미국 중앙정보국CIA의 암호명. 원래는 미국 인디언의 전설적인 추장 이름임)'라는 이름으로 감행된 작전의 성공이 8개월에 걸친 은밀하고 집요한 추적의 결실이었다는 것이지요. 오사마의 은신처라는 사실을 확인하고도 몇 달을 위성으로 감시만 했다는 겁니다. 은신처와 똑같은 집을 지어 놓고 훈련한 특수부대의 준비가 완벽해질 때까지 기다린 거지요. 1밀리미터의 빈틈도 용납하지 않는다는 철두철미 정신의 승리였습니다. 아무리 완벽을 기해도 실패 확률이 더 높을 수밖에 없던 작전이 성공한 이유겠지요.

철저히 준비해야 성공한다는 결론은 조금 싱겁습니다. 밥 먹어야 배부르다는 얘기와 비슷하지요. 하지만 감동은 그 이면에 있습니다. 철저히 준비한다는 건 열심히 노력하는 것만 의미하지 않는다는 말입니다. 수많은 반대와 유혹을 물리칠 수 있는 강단이 있어야 한다는 거지요. 무슨 소리냐고요?

청나라 말기에 증국번이란 사람이 있었습니다. 마오쩌둥이 "근대 인물 중 나를 무릎 꿇게 하는 이는 오직 증국번뿐"이라고 평가하는 인물이지요. 태평천국의 난을 진압하고 근대화를 위한 양무운동을 추진했다지만, 마오쩌둥이 무릎까지 꿇을 정도일까 의아합니다.

그는 우리가 흔히 아는 위인과 거리가 멉니다. 그가 맡은 첫 번째 주요 임무는 군사들을 훈련시키는 일이었지요. 그런데 너무 혹독하게 다루다가 반발한 부하들에게 살해당할 뻔한 지경에 이르기도 합니다. 위기는 면했지만 치욕까지 씻을 순 없었지요. 이후 직접 군사를 이끌고 전투에 참여하는데, 세 번을 모두 패하고 맙니다. 참을 수 없는 수치심은 곧 세 번의 자살 기도로 이어지지요.

하지만 증국번의 진가는 이때부터 드러납니다. 그는 황제에게 수군의 중요성을 역설합니다. 태평천국군은 반란 초기부터 일반 선박을 개조한 1만여 척의 전함을 거느리고 있었거든요. 태평천국군이 장강(長江) 전체를 장악하면서 청 관병은 육로로만 이동해야 했습니다. 강을 타고 신출귀몰하는 반란군을 당해낼 수 없을 수밖에요. 태평천국 소리만 들어도 달아나기 바빴지요.

황제의 허락을 얻은 증국번은 최고의 수군 양성에 나섭니다. 하지만 결코 서두르지 않습니다. 많은 연구와 시행착오 끝에 위력이 강한 서양 대포를 장착할 수 있는 견고한 전함을 만들어 냅니다. 배만 있다고 되는 게 아니지요. 뭍에서만 생활하던 호남에서 수군을 모집하는데, 큰 애를 먹습니다. 그렇게 가까스로 끌어모은 병사들의 훈련도 채 끝나기 전의 일입니다.

황제의 독촉이 떨어집니다. 세 달 동안 무려 세 번이나 출병 명령을 받습니다. 하지만 증국번은 단호히 거부합니다. 아직 준비가 안 되었다는 거지요. 화가 난 황제는 "호남에서의 권력 놀음이 재미있나 본데, 그대가 그런 능력이나 있는지 모르겠다"며 비아냥대기까지 합니다.

소름 끼칠 일 아닙니까? 말 한마디면 목숨도 내놓아야 할 황제한테 이런 소리를 듣다니요. 게다가 그의 정적들은 "증국번이 강남 4성의 군권을 독차지하려 한다"는 모략으로 황제의 분노를 더욱 부추겼을 테고요. 증국번은 그러나 끝까지 굴하지 않고 황제를 설득하면서 준비를 마칩니다. 결국 당대 최고의 전함과 체계적으로 잘 훈련된 수군을 출병시켜 태평천국군을 압도하지요. 그가 양성한 수군의 장강 장악은 태평천국의 난 진압에 결정적 승부처가 됩니다.

나중에 태평천국군의 명장 석달개는 체포되어 죽음을 앞둔 상황에서 증국번을 이렇게 평합니다.

철저히 준비한다는 것은

열심히 노력하는 것만을 의미하지 않습니다.

수많은 반대와 유혹을

물리칠 수 있는 강단이 있어야 합니다.

만약 중국번이 황제의 노여움에

연연했다면 결과는 어땠을까요?

"전쟁터에서는 별 볼일 없었지만, 뛰어난 장수를 알아보는 탁월한 안목이 있고 끊임없는 연구와 분석으로 치밀하고 완벽한 계략을 세웠다. 이런 지휘관은 처음 본다."

증국번이 황제의 노여움에 떨거나 황제의 사랑을 갈구했다면 명령이 떨어지자마자 출병을 했을 겁니다. 그 결과는 어떠했을까요? 제로니모 작전에서도 오사마가 달아나기 전에 서둘러 공격하자는 주장이 얼마나 많았을까요? 하지만 섣불리 공격했다면 다시는 기회를 잡지 못했을 겁니다.

중국에 재미있는 속담이 있습니다. '선도미후지미(先掉尾後知味)!' 개도 음식을 먹기 전에 꼬리를 먼저 흔든다는 말입니다. 계획과 준비가 있어야 목표에 이를 수 있다는 뜻입니다. 꼬리를 많이 흔들면 먹이를 많이 얻을 수 있듯, 준비가 치밀할수록 목표에 도달할 확률이 높아지겠지요.

치밀한 준비는 그것을 방해하는 수많은 압력과 유혹을 물리칠 수 있는 힘과 동의어입니다.

세종대왕을 최고의 '명품남'으로 만들어 준 그것

이른바 '명품'이라는 게 있습니다. '럭셔리(luxury)'라는 영어 단어를 명품으로 번역한 겁니다. 어처구니가 없습니다. '사치품'이 졸지에 명품으로 둔갑했으니 말이지요. 잘못된 번역에서 모든 문제가 출발합니다. 사치품으로 몸을 치장하고 다니면서 스스로 '허영남'이나 '사치녀'가 아니라 '명품남', '명품녀'로 자처하게 되었습니다.

명품을 뒤집어쓰고 다닌다고 사람이 명품이 되는 게 아닙니다. 사람이 명품이면 아무거나 걸쳐도 다 명품처럼 보이는 거지요. 명품이 아닌 사람들이 꼭 명품 타령을 합니다. 명품이 아닌 사람이 명품으로 바르고 다니는 것만큼 애처로운 게 없습니다. 사람은 안 보이고 오직 명품만 보일 테니까요. 명품을 탐하지 말고 스스로 명품이 되려고 노력해야 합니다. 돈 안 들이고도 멋을 낼 수 있는 효과적인 방법입니다.

본보기가 될 수 있는 이 땅 최고의 '명품남'을 소개합니다. 얼마 전부터 광화문 광장에 앉아 계신 분입니다. 세종대왕이시지요. 그야말로 타의 추종을 불허하는 '엄친아' 아닙니까? 반만년 두께의 장구한 우리 역사 속에 훌륭한 인물이 어디 한둘이겠습니까마는 그중에서도 가장 뛰어난 인물을 꼽으라 한다면 주저 없이 세종대왕을 들겠습니다. 한글을 만든 공로 때문만이 아닙니다. 당시 세계 최강국이었던 명나라의 심기를 거스르지 않는 사대 외교를 펼치면서도, 나라의 주권과 민족적 자존심을 굽히지 않은 현실 감각을 소유한 지도자였습니다. 또 문치(文治)를 강조하면서도 결코 문약(文弱)에 빠지지 않는 균형 감각도 갖고 계셨지요. 이를 바탕으로 조선 500년이라는, 세계사 속에서도 보기 힘든 장수 왕조의 기틀을 세웠을 뿐 아니라 오늘날 우리의 삶에까지 지대한 영향을 미친 최고의 성군(聖君)이자 현군(賢君)입니다. 어느 나라의 역사 속에서도 그렇게 뛰어난 임금을 만나기란 쉽지 않은 일이지요.

세종대왕을 명품으로 만들어 준 토대는 무엇이었을까요? 바로 책입니다. 어릴 때부터 손에서 책을 놓는 법이 없었습니다. 글을 읽을 때는 반드시 백 번을 채웠고, 몸이 아파도 글 읽기를 쉬지 않았습니다. 세자 시절, 하루는 병이 들었는데도 글 읽는 소리를 들은 아버지 태종이 세자의 방에서 책을 모조리 거두어 오라는 명을 내렸습니다. 세자는 낙심해 있다가 병풍 사이에 끼어 있던 책 한 권을 발견했습니다. 그 책을 천백 번이나 읽어 아예 외어버렸다지요.

세종이 원래 자기 차지가 아니었던 왕좌에 오를 수 있었던 것도 책을 읽고 학문을 갈고 닦은 이유 말고 다른 게 아닙니다. 태종은 장남인 양녕대군을 폐세자한 뒤 그의 아들, 즉 자신의 손자에게 왕위를 넘기려 했습니다. 하지만 신하들이 일제히 반대하고 나섰습니다. 그러자 태종은 신하들에게 "어진 이를 가리어 아뢰라"고 명합니다. 몇 차례 채근에도 신하들이 감히 언급하지 못하자 태종이 말합니다.

"충녕대군이 천성이 총민하고 학문을 게을리하지 않아 몹시 춥고 더운 날씨라도 밤을 세워 글을 읽고, 또 국가에 큰일이 생겼을 때 범상치 않은 견해가 있으니 내 이제 충녕으로 세자를 삼고자 하노라."

신하들이 기뻐하며 말했습니다.

"어진 이를 골라야 한다는 신들의 말씀도 역시 충녕대군을 가리킨 것이옵니다."

세종은 고전 속에서 군왕이 걸어야 할 길을 터득했습니다. 세종의 사랑을 받던 어린 후궁이 있었습니다. 그런데 어느 날 그 후궁이 세종의 총애를 믿고 사소한 부탁을 하나 했습니다. 세종은 그 자리에서 그 후궁과 인연을 끊고 대전 상궁에게 일렀습니다.

"어린 것이 감히 청을 넣다니, 이는 과인이 지나친 사랑을 보여서다. 어려서도 이 정도이니 성숙하면 어떻게 나올지 짐작하겠다. 물리칠 것이니라."

찬바람 소리가 쌩쌩 나지요? 얼핏 지나친 것처럼 보일 수 있어도 화근을 미리 제거하는 현명함이 돋보이는 대목이 아닐 수 없습니다. 바늘 도둑이 소 도둑 된다고, 사소한 작은 부탁이 인사 청탁처럼 국가를 명품을 걸친다고 사람도 명품이 될까요?
명품이 아닌 사람이 명품으로 치장하고
다니는 것만큼 애처로운 게 없습니다.
사람은 안 보이고 명품만 보이니까요.

뒤흔들 폐습으로 발전한다는 걸 일찌감치 책을 읽고 배웠던 거지요.

그런 세종의 학문은 신하들을 훌쩍 뛰어넘는 수준이었습니다. 그래서 낡은 풍습에서 벗어나지 못하는 신하들에게 휘둘리지 않고 그들을 개혁의 길로 이끌 수 있었던 거지요. 우리 글 훈민정음도 그래서 가능했고요. 세종이 한글에 반대하는 부제학 최만리를 꾸짖는 부분은 실록 중에서 제가 가장 통쾌하게 생각하는 장면입니다.

"네가 운서(韻書. 한자漢字의 운韻을 분류하여 정리한 서적)를 아느냐? 사성칠음(四聲七音)에 자모가 몇이나 있느냐? 만일 내가 그 운서를 바로잡지 아니하면 누가 이를 바로잡을 것이냐?"

'어언무미(語言無味)'라 했습니다. 책을 읽지 않으면 하는 말도 맛이 없다는 뜻입니다. 읽어야 합니다. 좋은 책 100권만 읽어도 어느새 명품이 되어 있는 자신을 발견할 수 있을 겁니다.

메스키타를 보면
눈물이 난다

•

저는 스페인 남부 안달루시아 지방을 참 좋아합니다. 지중해를 끼고 있고, 대서양으로 나가는 관문인 지브롤터 해협에 닿아 있어 예로부터 외침이 많았던 곳이지요. 페니키아와 카르타고, 로마, 그리고 반달족과 비잔틴, 사라센 제국의 지배를 받았습니다. 그래서 기독교와 이슬람, 유대 문명이 교차하는 독특한 문화적 스펙트럼을 갖게 되었지요.

안달루시아에서도 코르도바가 특히 좋습니다. 바로 메스키타 때문이지요. 이 이슬람 사원에 들어섰을 때 코끝이 찡해 오는 느낌을 감출 수 없었습니다. 줄지어 늘어선 무지개 모양의 아치 기둥들이 소박함과 기하학적 엄격성에도 불구하고 눈물 나도록 아름다운 까닭입니다. 그뿐만이 아닙니다. 더욱 중요한 이유가 있지요.

'한 손엔 칼, 한 손엔 코란' 이란 속설은 사실이 아닙니다.

7세기의 이슬람은 거침없이 정복지를 넓혀갔지만

밟은 땅의 이교도들에게 너그러웠습니다.

사회는 발전하고 학문 수준은 최고가 되었습니다.

스페인 우마이야 왕조의 창시자인 아브드 알 라흐만 1세가 처음 만든 이 사원은 후대의 통치자들에 의해 확장을 거듭해 이슬람 세계에서 세 번째로 큰 모스크로 발전합니다. 기독교도들이 안달루시아를 재정복한 뒤에도 손상 없이 보존되던 메스키타는 16세기 초 신성로마제국 황제 카를 5세에 의해 성당으로 개조됩니다. 하지만 카를 5세는 완공된 성당을 보자마자 자신의 결정을 후회하고 이렇게 말했다지요.

"어디에나 있는 건물을 만들기 위해 여기서만 볼 수 있는 건물을 부수고 말았구나."

다행히도 메스키타를 완전히 헐고 성당을 다시 지은 건 아니었습니다. 사원의 중심부만 성당으로 개조를 했지요. 처음 있던 기둥 1,013개 중 856개가 남았습니다. 가톨릭 성당과 이슬람 사원이 공존하고 있는 셈입니다. 그래서 더 콧날이 시렸는지 모릅니다. 종교적 관용 아닙니까? 황제는 가톨릭의 수호자였지만 이슬람 성전에 지나친 적대감이나 종교적 결벽증을 보이지는 않았던 겁니다.

카를 5세도 그랬지만 원래 종교적 관용의 폭이 더욱 넓었던 쪽은 이슬람이었습니다. '한 손엔 칼, 한 손엔 코란'이란 속설은 결코 사실이 아닙니다. 이슬람은 거침없이 정복지를 넓혀 갔지만 밟은 땅의 이교도들에게는 너그러웠습니다. 일정한 세금만 내면 종교의 자유를 인정했지요. 그래서 이슬람이 지배하는 지역에서는 기독교, 유대교, 마니교, 조로아스터교 등 다양한 종교를 가진 사람들이 자유롭게 활동을 할 수가 있었습니다. 사회가 발전하는 건 자명한 이치겠지요.

대표적인 곳이 오늘날 이란의 쿠제스탄인 곤데샤푸르였습니다. 곤데샤푸르는 5세기 말 이단으로 낙인찍힌 기독교도들인 네스토리우스파(총대주교인 네스토리우스를 신봉하는 기독교의 일파)가 쫓겨 온 곳입니다. 6세기 초에는 아테네에서 추방된 신플라톤주의자(플라톤, 아리스토텔레스, 스토아 학파 등 고대 학파들을 종합한 사상의 추종자)들이 피신했지요. 나중에는 인도, 심지어 중국의 학자들까지 학문적 토론을 위해 모여들었습니다. 자연히 그리스와 페르시아, 아랍, 인도, 중국의 철학과 자연과학, 의학이 융합되어 발전하는 중심지가 되었지요.

7세기 초에 새로운 지배자가 된 이슬람은 이 도시를 고스란히 포용했습니다. 곤데샤푸르의 학자들도 이슬람의 종교적 관용에 보답하듯 각종 지식을 아랍어로 옮기는 데 기꺼이 참여했습니다. 이 시대에 이슬람의 학문 수준이 세계 최고였던 까닭이 다른 게 아닙니다.

종교적 관용 얘기를 장황하게 늘어놓은 건 이 땅에 참으로 어처구니없는 일들이 벌어지고 있기 때문입니다. 이른바 '땅 밟기'라는 것 말이지요. 기독교 신자라는 사람들이, 그것도 누구보다 열린 마음을 가져야 할 젊은 청년들이 불교 법당에 들어가 예배를 보고 "이곳은 하나님의 땅"이라고 선포한다는 겁니다. 서울 봉은사에서 있었고, 대구 동화사도 땅을 밟혔다지요. 심지어 물 건너 '해외 땅 밟기'까지 벌어지고 있다고 합니다. 이슬람교나 불교가 국교인 나라에 가서 그 땅이 '하나님의 땅'임을 선포한다고 하지요.

참으로 유치하기 짝이 없습니다. 우상 숭배라는 이유로 인류의 문화유산인 바미얀 석불을 파괴한 탈레반(이슬람 원리주의를 신봉하는 아프가니스탄의 무장 세력)의 용렬함과 뭐가 다릅니까. 그것은 폭력이자 광기에 불과합니다. 제국주의적 침략과 다름 아니지요. 이러한 일은 곧 탐욕과 폐쇄적 자기애에서 비롯된 겁니다. 그런 탐욕과 폐쇄성은 눈을 가리고 귀를 막습니다. 그런 짓을 한 사람들이란 타 종교는 물론 자기가 믿는 종교조차 이해하지 못하고 있는 겁니다. 프랑스의 사상가 볼테르가 "기독교는 어느 종교보다 관용을 가르친 종교였지만 여태까지의 기독교도는 모든 인간 중 가장 관용하지 않는 사람들이었다"고 한탄한 것도 그 때문입니다.

어떤 종교를 갖더라도 문을 꼭 닫고 들어가지는 마세요. 아무리 훌륭한 가르침도 깜깜하면 보이지가 않습니다. 믿음을 갖되 마음의 문을 활짝 열어 놓으세요. 그러면 기독교의 사랑도, 불교의 자비도, 유교의 인(仁)도, 이슬람에서 말하는 귀의(歸依. 절대자인 알라에 모든 것을 맡긴다는 뜻. 알라의 품속에서는 모든 사람이 평등하다)도 결국 같은 뜻이라는 게 보이고 들릴 겁니다.

사람은 하루에도 오만 가지 생각을 한다.

좋은 생각, 나쁜 생각, 열린 생각, 닫힌 생각, 안전한 생각, 위험한 생각…

그중에서 가장 좋은 생각은 뭘까?

Chapter 4

❄

내가 먼저일까,
우리가 먼저일까?

유혹에 흔들릴 때는
이 말을

●

중국 한나라 때 양진이라는 사람이
있었습니다. 어느 날 그가 태수로 임명되어 임지로 가는 도중 한 마을
에 묵게 되었습니다. 그곳의 현령인 왕밀은 양진이 천거해 관리가 된
사람이었지요. 왕밀은 은인을 극진하게 대접했습니다. 그리고 밤이
깊자 왕밀이 황금 10근을 양진 앞에 내미는 것이었습니다. 근이란 단
위는 시대에 따라 다르지만 한나라 때의 1근은 약 223그램 정도였다
지요. 그러니까 황금 10근은 요즘 시세로 1억 원이 넘는 거액이었습
니다. 양진이 깜짝 놀랐겠지요.

"내가 자네를 추천한 것은 자네의 품성을 알기 때문이었네. 그런데
자네는 어찌 나의 사람됨을 모른단 말인가?"

왕밀이 대답했습니다.

"이것은 뇌물이 아니라 은혜에 대한 보답입니다."

"자네가 나라를 위해 힘을 다하는 게 곧 보답일세."

"날이 저물어 보는 사람이 없으니 받아주십시오."

양진이 꾸짖었습니다.

"허허 이 사람, 하늘이 알고 땅이 알고 자네가 알고 나도 알고 있네. 어찌 아는 사람이 없다고 하는가?"

왕밀은 부끄러워 물러가고 말았습니다.

여기서 무슨 일이든 최소한 하늘과 땅, 너와 나의 넷은 알고 있음을 두려워해야 한다는 '경외사지(敬畏四知)'란 말이 생겨났습니다. 뭔가 느끼는 게 있나요?

그렇습니다. 사람이 몸가짐, 마음가짐을 바로 하는 것, 즉 귀한 행동이란 남이 볼 때나 안 볼 때를 가리는 게 아니란 말입니다. "아무도 안 보는데 어때" 또는 "이 정도쯤이야. 남들도 다 하는 건데 뭐"라는 생각은 위험천만한 겁니다. 무엇이든 문제는 늘 사소한 데서 불거지게 마련이거든요.

예전에 어떤 군수가 한 건설 회사에 관급 공사를 몰아주고 별장을 뇌물로 받아 문제가 된 적이 있었죠. 그는 수뢰 사실이 드러나자 위조 여권으로 해외 도피를 시도하기까지 했습니다. 수사관들이 그를 체포할 때 헐리우드 영화처럼 자동차 추격전을 벌여야 했답니다. 집권 여당은 또 이런 대책 없는 사람이 다시 벼슬할 수 있도록 지방 선거 공천을 해 주었다지요. 기가 막힐 일입니다만 이런 것들이 다 아무도

"이것은 뇌물이 아니라 은혜에 대한 보답입니다."

"자네가 나라를 위해 힘을 다하는 게 곧 보답일세."

"날이 저물어 보는 사람이 없으니 받아주십시오."

"허허 이 사람,

하늘이 알고 땅이 알고 자네가 알고 나도 알고 있네.

어찌 아는 사람이 없다고 하는가?"

안 보고, 남들 다 하는 거라는 작은 생각에서 출발한 겁니다.

귀한 행동이란 남한테 잘나 보이고자 하는 게 아닙니다. 바로 나 자신을 위한 것이지요. 특히 젊은이들은 더욱 경계해야 합니다. '귀하지 않은 행동'을 하지 않도록 말이지요. 하찮은 티끌 하나가 나중에 태산이 되어서 발목을 잡을 수 있으니까요. 신문이나 뉴스에서 많이 봤잖아요. 총리나 장관처럼 높은 자리에 내정되었다가 과거에 저지른 잘못이 드러나 낙마하고 마는 일들 말입니다. 부동산 투기나 논문 표절, 병역 기피 등이 가장 흔한 문제였지요. 그 사람들이 나중에 총리나 장관 자리에 오를 것이라고 미리 생각했다면 그런 짓들을 했겠어요? 하늘이 두 쪽이 나도 안 했을 겁니다. 아무도 모르는 짓, 남들 다 하는 짓, 아무 생각 없이 하면서 편하고 배부르게 지냈는데 기대하지도 않았던 벼슬 기회가 온 거지요. 땅을 치고 후회해도 이미 엎질러진 물이요, 떠나 버린 버스입니다.

공자도 "사람이 정직하지 못하게 살고 있다면 요행히 화를 피하고 있는 것이다"라고 말했습니다. 바르게 살지 않으면 언젠가는 그 대가를 치를 수밖에 없다는 얘기입니다. 아무리 허물을 숨기려 해도 결국은 드러나고 만다는 거지요. 나쁜 냄새를 잠시 감출 수는 있어도 영원히 덮어 둘 수는 없는 법입니다. 결말이 뻔한데 사람들은 요행을 믿으며 부정직한 잘못을 저지르곤 하는 거지요.

논문을 쓸 때, 직장을 고를 때, 집을 살 때, 그리고 온갖 크고 작은 권한을 행사할 때 부끄러운 선택을 하지 말아야 하겠습니다. 나중에 부메랑이 되어 뒤통수를 때릴수 있기 때문입니다. 이익은 잠깐이지만 후회는 평생 하는 거잖아요. 한마디로 털어서 먼지 나지 않는 사람이 되라는 겁니다. 물론 쉽지 않은 일이지요. 남들은 다 하는데 나만 안 하니 손해 보는 느낌도 들 테고 말이죠. 하지만 꼭 보상받는 날이 오게 마련입니다. 우리가 아는 큰 인물들이 다 그랬습니다.

서양 격언에 '정직이 최상의 전략(Honesty is the best policy)'이라는 말이 있습니다. 외워 두고 필요할 때 떠올리면 유혹에 흔들릴 때 마음을 다잡는 데 도움이 될 겁니다.

귀하게 되려면
귀하게 행동하라

●

'노블레스 오블리주'란 말 알지요? 높은 사회적 지위에는 그에 걸맞은 높은 도덕성이 따라야 한다는 것인데, 오늘날 우리 사회에서 흔하게 들리는 만큼 흔하게 실천되고 있지는 않아 보입니다.

사실 노블레스 오블리주는 인간의 역사와 궤를 같이합니다. 동서고금이 따로 없지요. 기원전 21세기를 살았던 우는 임금이 되기 전 13년 동안 치수 사업을 하면서 한 번도 집에 들어가지 않았다고 합니다. 오직 홍수 잡기에 동분서주하느라 무릎 뼈가 다 닳아 다리를 절어야 할 정도였다고 합니다.

로마에서도 사회 지도층의 공공 봉사와 기부는 의무이자 명예였습니다. 특히 전쟁은 명예를 드높일 기회였기에 귀족들이 자비를 들여 가며 경쟁적으로 뛰어들었습니다. 로마 건국 후 500년 동안 원로원의 귀족 수가 15분의 1로 줄어든 것도 전쟁에서 귀족들의 희생이 컸던 탓이란 이야기도 있습니다.

로댕의 조각품 '칼레의 시민'도 노블레스 오블리주의 상징입니다. 백년전쟁 당시 프랑스 도시 칼레는 영국의 포위 공격을 11개월 동안 막아 내지만 결국 항복하고 맙니다. 영국 왕 에드워드 3세는 저항의 대가로 시민 대표 여섯 명을 목매달겠다고 합니다. 모두 눈치만 보고 있을 때 칼레 최고의 부호가 희생을 자청하고 나섭니다. 이어 시장, 법률가 같은 지도층이 차례로 동참합니다.

결국엔 일곱 명이나 나섰습니다. 한 명은 빠져도 되었겠지요. 누군가 제비를 뽑자고 제안했지만 가장 먼저 나섰던 부호가 "내일 아침 광장에 제일 늦게 나오는 사람을 빼자"라고 제안합니다. 마지막 순간에 마음이 바뀔 수도 있다고 생각한 거죠. 모두 동의하고 집으로 돌아갔습니다.

이튿날 아침 여섯 명이 모였는데 그 부호가 보이지 않았습니다. 사람들이 놀랄 수밖에요. 다른 사람은 안 나와도 그만은 나올 거라 믿었기 때문입니다. 마을 사람이 집으로 찾아가 봤더니 그는 이미 죽어 있었습니다. 희생을 자원한 사람들의 용기가 약해지지 않도록 스스로 목숨을 끊었던 겁니다. 이야기를 전해 들은 에드워드 3세는 감동을 받아 시민 대표 여섯 명의 목숨을 살려 줍니다.

마오쩌둥 주석의 장남 마오안잉은 신혼 시절이던 1950년 한국 전쟁에 참전했다 전사했습니다. 그의 시신은 다른 장병들과의 형평성

도시 칼레를 구하기 위해
일곱 명의 대표가 나섰습니다.
마오쩌둥의 아들은 한국전에
참전했다가 전사했습니다.
공적인 일에 먼저 나서려는
사회 지도층에 존경이 따릅니다.

을 고려해 수습을 거부한 마오 주석의 뜻에 따라 여전히 북한의 열사릉에 안치되어 있습니다. 원래 중국군 장성들은 마오안잉의 참전을 말렸습니다. 그래서 마오쩌둥에게 난색을 표했는데 마오는 "그는 어쨌든 마오쩌둥의 아들이다. 지도자라면 모범을 보여야 하는 것 아닌가"라고 말했답니다. 아들의 전사 소식을 듣고 눈시울을 붉히며 한동안 말문을 열지 못하던 마오쩌둥은 이렇게 말했습니다.

"전쟁에는 희생이 따르는 법이지….

물론 국가와 사회를 위해 목숨을 바치는 것만이 노블레스 오블리주는 아닙니다. 2,000명 이상의 졸업생이 1·2차 세계 대전에 참전했다 희생된 영국 이튼칼리지의 교훈(校訓)이 그것을 말해 줍니다.

"약자를 깔보지 말고 상대를 배려하라. 잘난 체 말되 공적인 일에는 용기 있게 나서라."

이것만 가슴속에 간직하고 있어도 사회 지도층의 마음가짐으로 충분할 것 같네요. 우왕과 마오 주석의 솔선수범, 로마 귀족들의 공공봉사와 칼레 지도층의 희생정신이 곧 그러한 마음가짐에서 출발한 겁니다. 한마디로 요약하면 이렇습니다.

"귀하게 되려면 귀하게 행동하라."

쏠리면 죽는다

●

윌리엄 비브라는 미국 과학자가 있
었습니다. 1921년 그는 남미 기아나의 정글에서 희한한 장면을 목격
합니다. 한 무리의 병정개미들이 큰 원을 그리며 맴돌고 있는 거였습
니다. 원의 둘레가 거의 400미터에 달했고 제자리로 돌아오는 데 두
시간 반이나 걸렸습니다. 개미들의 행진은 이틀 동안 쉼 없이 계속되
었고 결국 대부분의 개미들이 지쳐 죽고 말았습니다. 앞선 개미가 흘
린 화학 물질을 따라 이동하는 습성 탓에, 선두 개미가 경로 설정을
잘못하면 무리 전체가 대열에서 이탈하지 못하고 '죽음의 행진'을 계
속할 수밖에 없다는 것이지요. 이런 현상을 '원형 선회(Circular Mill)'
라고 합니다.

'앞선 자를 따르라'는 평소 개미 사회를 지탱해 주던 진리였지만

조금만 어긋나도 자칫 개미 사회 전체를 파멸로 이끄는 장송곡이 될 수 있는 겁니다. 그래서 오로지 한 방향으로만 움직이는 사회는 다양한 움직임이 있는 사회보다 건강하지 못한 거지요. 인간 세상에서도 그런 사례들을 수없이 발견합니다.

히틀러의 참모들은 늘 히틀러와 레고 블록처럼 들어맞는 견해를 보였습니다. 그런 일사불란한 추진력으로 히틀러는 독일 민주주의를 5개월 만에 박살냈습니다. 그래도 독일 국민은 아무도 들고 일어서지 않았습니다. 오스트리아 소설가 로버트 무질은 당시의 상황을 이렇게 썼습니다.

"그 모든 것에 반대한다는 인상을 준 이들은(물론 그들도 입 밖으로는 표현하지 않았지만) 하녀들뿐이었다."

이런 원형 선회는 히틀러의 몰락뿐 아니라 결국 독일 국민 전체를 지옥 같은 고통으로 몰아넣었지요.

우리 사정도 모름지기 더하면 더했지 덜하지 않습니다. 쉽게 떠오르는 예가 조선 인조 때입니다. 반정에 성공한 서인들은 당시 후금(後金)의 세력이 어떤지, 명나라의 사정이 어떤지, 우리의 군사력은 어느 정도나 되는지 따져 보지도 않고 오로지 친명배금(親明排金)의 원형 선회만 돌고 또 돌았습니다. 결과는 새삼 말할 필요도 없습니다. 나중에 이 땅이 도륙당하고, 왕이 산성에서 기진맥진할 때 최명길이 "이 길이 아니다"라고 말하지만 그때조차 쉽지 않았습니다.

"주화(主和)라는 두 글자가 신에게 평생 누가 될 줄 알고 있사옵니다. 그러나…"

최명길은 조선 중기의 문신으로 병자호란 때 청나라에 맞서 싸우자는 김상헌 등의 척화파에 맞서 강화를 주장하는 현실론을 편 인물입니다. 당시 자신이 쓴 항복 문서를 김상헌이 찢어 버리자 "압력에 굴하지 말아야 한다는 주장도 의미가 있지만 현실을 보는 사람도 있어야 한다"며 찢긴 문서를 주워 풀로 붙인 다음 청나라와 강화 조약을 체결했지요.

한번 들어선 원형 선회에서 벗어나기란 매우 어렵습니다. 첫 발부터 조심해야 하는데 죽을 줄 모르고 제자리를 맴돌고 있는 원형 선회가 오늘날에도 여전히 많이 보여 딱하기만 합니다. 상대를 설득할 생각은 안 하고 밀어붙이기만 하는 집권 여당도 그렇고, 목 터져라 민주주의 외치면서 다수결은 싫다는 소수 야당도 그렇습니다. 살림 형편은 아랑곳없이 큰 청사 짓고 그걸 채울 공무원 수 늘리기에 여념이 없는 지방 자치 단체들도(변변한 대피 시설도 없던 연평도를 관할하는 옹진 군청 보셨나요? 주민 1만 8,000명에 300억 원짜리 청사가 웬 말입니까?) 그렇고, 대한국민에 포격하는 북한엔 아무 말 안 하면서 국민이 선택한 정부에 반대하는 게 구현해야 할 정의라고 믿는 일부 사제들도 그렇습니다. 모두 가야 할 길을 잃고 헛걸음만 돌고 있는 겁니다.

일반 국민들도 다르지 않습니다. 남들이 한다 싶으면 그저 따르기 바쁩니다. 2007년 '황금 돼지 해'가 좋다고 하니까 출산율이 단박에 10%가 오릅니다. 그 아이들 운이 좋다고요? 유치원 들어갈 때부터 시작한 치열한 경쟁에서 평생 벗어나지 못할지도 모릅니다. 치킨집이 돈 좀 된다고 하면 한 집 걸러 하나씩 치킨집이 생깁니다. 결과는?

한 무리의 병정개미들이

400미터나 되는 원을 그리며

맴돌고 있었습니다.

개미들의 행진은

이틀 동안 계속되었고

결국 지쳐 죽고 말았습니다.

앞선 자를 무조건 따르다가는

전체가 파멸에 이를 수 있습니다.

다 망하는 겁니다.

인구 5,000만 명도 안 되는 나라에서 1,000만 명 넘는 관객이 든 영화가 줄을 섭니다. 이런 '쏠림'은 교보문고 개점 이래 인문 서적이 베스트셀러 종합 1위에 오르는 진기록도 만들어 냅니다. 하버드대 정치철학과 마이클 샌델 교수의 결코 쉽지 않은 책『정의란 무엇인가』 말입니다. 영화 보는 걸 뭐랄 수 없고, 책 많이 팔리는 게 나쁠 리 없지만 이런 쏠림이 '승자 독식'을 초래하는 건 분명 바람직한 일이 아닙니다. 그것이 정의는 아닙니다. 양극화가 달리 생겨나는 게 아니지요.

쏠림은 그만큼 자신이 없는 까닭입니다. 개인의 판단보다 집단의 의사 결정이 더 옳을 거라는 착시 때문이지요. 인터넷은 쏠림의 터보 엔진입니다. 쉽게 다양성을 거부하고 원형 선회의 비극에 빠지고 맙니다. 변화의 속도가 빠른 시대에는 더욱 그렇습니다.

남들 딛는 발자국을 무조건 따르지 말고 자신을 믿으세요. 그리고 고개 들어 앞을 보세요. 진리는 외길이 아닙니다.

실패한 다음에는
처칠처럼

●

'사후 인지 편견(Hindsight bias)'이란
게 있습니다. 어떤 일이 벌어지고 난 뒤, 마치 사전에 그런 결과를 예
상하고 있었던 것처럼 믿는 현상을 말하지요. 처음에 무슨 일을 벌일
때는 아무 말 않고 있다가 나중에 문제가 되면 "내가 그럴 줄 알았어"
라고 말하는 게 대표적인 경우입니다. 그럴 줄 알았다지만 말이 없었
던 걸 보면, 확신을 갖고 있진 못했겠지요. 그저 막연하게 '잘못될 수
도 있지 않을까' 생각하다가 잘못된 결과가 나오면 "거 봐, 내가 뭐랬
어?" 하며 자신이 옳았다 믿는 거지요.

과거(어쩌면 과거가 아닐지도 모릅니다.) KAIST 학생들이 학업 스트레
스를 견디지 못하고 잇따라 스스로 목숨을 끊는 일이 벌어졌을 때의
일들이 딱 그렇습니다. 온갖 과거 시제의 예언들이 막걸리 먹고 트림

하듯 쏟아졌지요. 그럴 줄 알았다는 거지요. 하지만 그 정도는 누구나 했던 겁니다. 그럴 줄 알았으면 미리 지적을 했어야지요. 잘못을 알았다면 못하게 말렸어야죠. 진정한 예언자들은 일이 터진 후 말하지 않습니다. 과거에 이미 했거든요.

'내가 뭐랬어'와 같은 비평가들의 뒷공론은 오히려 위험합니다. 자칫 엉터리 처방전이 따르거든요. 학점이 몇 점 모자랄 때마다(원칙적으로 면제되는) 등록금을 얼마씩 내게 한다는 발상도 참 딱하지만, 그렇다고 국민 세금으로 운영되는 대학의 개혁이 좌초해서야 되겠습니까? 책임 공방보다 합리적인 대안 모색이 시급한 이유입니다.

저는 처음부터 예언자가 아니었으니 대안에 끼어들진 않겠습니다. 대신 그 대안이 또 다른 대안을 필요로 할 때 다시 한 번 강요될 희생을 피하기 위한 젊은이들의 마음가짐에 대해 말해 보겠습니다. 어쩌면 그것이 어떠한 대안보다도 자신을 지킬 수 있는 갑옷이 될 수 있으니까요.

역사책을 넘기다 보면 승승장구하다가(어쩌면 승승장구할수록) 단 한 번의 패배나 한 순간의 실수로 쓰러져 끝내 일어서지 못하는 인물들을 만나게 됩니다. 전투에서 패하고 분노 속에서 사라져 간 영웅들, 동시대인들에게 외면받고 좌절한 수많은 천재들이 그랬습니다. 한번 꿇은 무릎은 다시 펼 수 있지만, 한번 구겨진 그들의 자존심은 무엇으로도 펼 수 없었던 거지요. 너무 빨리 세상을 등진 KAIST의 영재들도 다르지 않을 겁니다.

그들의 선택을 일반화할 수는 없습니다. 다른 선택을 하는 이들도 있으니까요. 안타까운 것은 그들도 어느 한 순간 자신의 앞을 막아선 장벽을 두어 걸음 물러나 다시 바라볼 여유만 있었다면 다른 선택을 할 수도 있지 않았을까 하는 점입니다. 앞으로 맞닥뜨릴 더 큰 장벽도 두렵지 않았을 테고요.

패배나 실패는 부끄러운 게 아닙니다. "실패하지 않은 사람은 일을 하지 않은 사람일 뿐"이란 말도 있잖습니까. 한 번도 져 보지 않은 사람은 최후의 승자가 될 수 없는 겁니다. 그 이유를 처칠이 말해 줍니다.

처칠이 누굽니까? 연합군의 선봉장으로 2차 대전을 승리로 이끈 사람 아닙니까? 하지만 전쟁이 끝나자 영국 국민들은 처칠을 총리 자리에서 해고합니다. 얼마나 기가 막혔을까요? 처칠은 말합니다.

"적들이 무조건 항복을 선언할 때 나는 유권자들로부터 국정에서 손을 떼라는 명령을 받았다."

사실 그것은 처칠의 네 번째 실패에 불과했습니다. 첫 번째 것은 더욱 비참했지요. 1차 대전 때 해군 장관으로 영연방 함대를 이끌고 오스만투르크 제국의 갈리폴리에 상륙하는 작전을 지휘하다, 40만 병력 중 25만을 잃고 철수하는 참패를 당한 겁니다. 전적으로 처칠의 책임은 아니더라도 다른 사람들 같았으면 재기하기가 쉽지 않았을 겁니다.

하지만 처칠은 그렇지 않았습니다. 현역 소령으로 자원 입대해 전선에 뛰어들지요. 속죄는 물론 재기의 발판을 마련한 겁니다. 네 번째 실패도 역시 끝이 아니었습니다. 그는 재야에서 스탈린의 소비에트 제국에 대한 경고를 발합니다. 그가 적절히 인용한 '철의 장막'은 곧

"문 닫을 때까지 술집에 머무르는 게 내 신조다."

처칠의 말입니다.

그의 사전에 '중도 포기'란 말은 없었습니다.

실패 후에 다시 서는 사람만이

성공의 열매를 맛볼 수 있습니다.

냉전의 상징이 되었고, 처칠은 일흔여섯의 나이에 다시 한 번 총리 자리에 오릅니다.

그가 1945년 총선에서 패배한 뒤 은퇴 여부를 묻는 기자들에게 한 말이 있습니다.

"문 닫을 때까지 술집에 머무르는 게 내 신조다."

아무리 애주가로 유명한 처칠이지만 그의 말을 문자 그대로 받아들이지는 않겠지요? 어떠한 실패가 앞길을 막아도 중도 포기란 없다는 말입니다.

이런 사람 것이 아니라면 최후의 승리가 누구의 몫이겠습니까? 최후의 성공은 실패하는 순간 결정됩니다. 전략의 천재로 일컬어지며 프로이센-오스트리아 전쟁(1866년), 프로이센-프랑스 전쟁(1870~1871년)을 승리로 이끈 프로이센의 헬무트 폰 몰트케 원수(근대적 참모제도의 창시자로 일컬어진다. 163쪽에 등장하는 동명의 몰트케는 그의 조카이다)의 말이 그것입니다.

"나는 항상 젊은이들의 실패를 흥미롭게 바라본다. 실패하고 물러서는가, 아니면 다시 서는가. 젊은이 앞에는 이 두 가지의 길이 있는데, 이 순간에 성공은 결정되는 것이다."

그것은 선의일까,
위선일까?

●

　　　　　　　　　　　　　몇 해 전 이 나라 동량지재(棟梁之材)
들의 백년대계(百年大計)를 책임지는 서울시 교육감이 자신에게 자리
를 양보하고 경제적 어려움을 겪는 분에게 2억 원이라는 통 큰 선의
를 베풀었다고 말했습니다. 그게 사실이라면 참 아름다운 선의(善意)
입니다. 훌륭한 분들은 역시 다릅니다. 뜻도 좋지만 행하는 법이 남다
릅니다. "왼손이 하는 일을 오른손이 모르게 하라"는 예수님 가르침
에서 어긋나지 않지요. 행여 누가 알까 여러 번으로 나누어 여러 사람
손을 거쳐 현찰로 건넸습니다. 운이 없어 세상에 알려졌기에 거기서
멈췄지 그렇지 않았다면 훨씬 더 큰 선의가 전해졌을 터라지요.
　국민 대표들의 '집단 선의'도 목격했습니다. 여대생들 모인 자리
에서 성희롱이 될 만한 발언을 했다가 곤경에 처한 동료 의원을 힘을

합쳐 구해 냈습니다. 역시 예수님 가르침을 성실히 실천합니다. "너희 가운데 죄 없는 자 돌을 던져라." 절반이 넘는 의원들이 죄가 있었나 봅니다. 실제로 비슷한 전력을 가진 분들이 있긴 있었지요. 결국 111명의 죄 없는(그렇게 믿고 싶습니다) 의원들만 국회의원 제명 투표에서 돌을 던졌습니다. 그뿐 아닙니다. 행여 자신들의 선행을 누가 알까 봐 방청객과 기자들을 몰아내고 문을 걸어 잠근 뒤 숨 죽여 처리했습니다. 참으로 훌륭한 예수님의 제자들입니다.

사전적 의미로 선의는 '좋은 뜻'을 말하지만 법률 용어로는 좀 다릅니다. 선의 또는 악의처럼 윤리적 개념이 아니라, 그저 어떤 사실에 대해 알지 못했다는 사실을 말합니다. 법학 교수 출신의 교육감이고, 법을 만드는 의원들인 만큼 후자의 의미가 맞을 수도 있겠습니다. 돈을 주는 것이 후보 매수 행위로 오해받을지 인식하지 못했다거나, 동료 의원 구하기가 조폭 의리로 뭉친 패거리주의의 한 표현과 다르지 않다는 사실을 미처 생각하지 못했을 수 있다는 얘기입니다.

그런데 생각할수록 성이 납니다. 시니컬해지는 걸로 수틀리는 마음을 달래기는 무리일 것 같습니다. 그건 사전적 의미건 법률적 의미건 간에 선의가 아닙니다. 범죄이자 죄악이지요. 그걸 선의라 믿을 때 이를 표현하는 다른 용어가 있습니다. '위선(僞善)' 말입니다.

우리는 각종 위선자들의 리얼리티 쇼를 시청했던 겁니다. 위선에는 색깔이 없습니다. 상하, 좌우 구별도 없습니다. 오로지 더하냐 덜하냐 정도의 차이만 있을 뿐이지요. 위선은 이데올로기의 옷을 입을 때 가장 큰 파괴력을 갖습니다. 중국의 문화혁명(1966~1976년 벌어진

대규모 사상 · 정치 투쟁)이라는 위선이 그랬습니다.

그때 얘기 하나 할까요? 중국이 세계를 향해 문을 연 지 얼마 되지 않았을 때인 1979년 덩샤오핑이 미국을 방문했습니다. 백악관 만찬에 전설적인 미국 여배우 셜리 맥클레인도 초대되어 덩샤오핑 옆에 앉았습니다. 그녀가 문화혁명 때 중국을 방문한 적이 있었기 때문입니다. 당시 중국에서는 최고 권력자인 마오쩌둥의 눈 밖에 난 지식인들이 농촌으로 쫓겨 가 강제 노역을 해야 했습니다. 그때 한 오지 농촌을 방문한 맥클레인이 백발의 전직 대학 교수를 만났습니다. 그는 새벽부터 해거름까지 토마토 밭에서 일하고 있었지요. 그런데도 대학에서 강의할 때보다 인민공사에서 일하는 게 더 행복하노라고 맥클레인에게 말하는 것이었습니다. 그녀는 그 학자의 말에 큰 감동을 받았노라고 얘기했습니다. 말없이 듣고 있던 덩샤오핑은 그녀가 말을 마치자마자 입을 엽니다.

"그거 거짓말입니다."

그런 위선에 속지 마십시오. 특히 좌우 어느 한쪽에 발 딛고 섰을 때 더 주의해야 합니다. 내 편에서 나오는 거라고 허위 덩어리로 뭉친 위선 콘서트에 무조건 따라 웃지 말아야 합니다. 내 편일수록 더 눈을 부라려야 합니다. 내 것, 내 믿음, 내 가치는 더욱 소중하니까요. 그것들이 위선으로 상처받아서는 안 되니까요.

위선에는 좌우뿐 아니라 상하도 없다고 했지요? 젊은 세대라고 결코 위선에서 자유롭지 못합니다. 젊은 시절 무심코 넘긴 위선의 사마귀가 자라 위선의 암 덩이가 됩니다. 그런 위선을 주렁주렁 매단 채

"죄 없는 자 돌을 던지라"고 할 때

자신 있게 돌을 던질 수 있는 사람은 누구일까요?

젊은이들이 사회의 주역이 되었을 때 과연 어떤 미래를 기대할 수 있을까요? 후배들이 지금처럼 또다시 낭패를 겪어야 되지 않겠습니까?

내 몸 어디서 위선의 사마귀가 자라고 있는지 항상 살피세요. 생길 여지가 없도록 경계하세요. "죄 없는 자 돌을 던지라"고 할 때 자신 있게 돌을 던질 수 있도록 스스로 단련하세요. 슬그머니 돌을 내려놓는 죄인들이 되지 마시기 바랍니다.

네안데르탈인 vs
호모 사피엔스 사피엔스

●

참으로 딱하고 안타깝습니다. 등록
금을 반값으로 낮추겠다는 정치권의 입 발린 소리 말입니다. 정치한
다는 사람들의 뻔뻔함은 양푼 밑구멍보다 더 합니다. 포퓰리즘 탓에
불거진 치부를 다시 포퓰리즘으로 덮어 가리려 합니다. 표만 보이지
곪아 가는 환부는 눈에 들어오지도 않지요. 대학들의 뻔뻔함 역시 덜
하지 않습니다. 대학의 주인은 교수와 교직원이고 학생들은 잠깐 다
녀가는 봉일 뿐입니다. 손님의 고민에는 관심이 없고 주머니 속만 궁
금할 따름이지요. 혹시나 하고 지푸라기라도 잡아 보려던 학생들의
분노는 또다시 촛불로 타오르고, 자식 가진 죄인인 학부모들은 이것
도 팔자려니 등록금과 노후 대책을 맞바꿉니다.

반값 등록금은 정치 언어지 현실 언어가 아닙니다. 한마디로 어불

성설입니다. 그럴 수도 없고 그래서도 안 됩니다. 나라 곳간이 그리 넘치지도 않고, 국민 세금으로 등록금을 댄다면 빈사 상태의 부실 대학들이나 환호할 일입니다. 어떻게 하면 좋을까요?

저는 솔직히 반값도 아깝다고 생각합니다. 반이면 작습니까? 반만 해도 일 년이면 500만 원이고 4년이면 2,000만 원입니다. 그걸 왜 대학에 갖다 바치느냐 말입니다. 냉정하게 자신을 돌아보아야 합니다. 왜 대학에 다닙니까? 대학 졸업장이 없으면 취업하기 어려우니까? 맞는 말입니다. 하지만 외고 나오고 명문대 졸업하고도 서른 번 넘게 면접 보고 겨우 직장 얻는 게 벌써 10여 년 된 현실입니다. 대학 졸업장이 취업을 보장하지는 않는다는 말입니다.

대졸자도 어려운데 고졸 자격으로 어떻게 취업을 하느냐고요? 그것도 틀리지 않은 얘기입니다. 하지만 반대의 경우도 있습니다. 대졸이라면 뽑지 않을까 봐 고졸로 속이고 원서를 넣는 경우도 이미 드물지 않습니다. 대학 진학률 80% 시대가 낳은 웃지 못할 코미디입니다. 고졸자는 대졸 입사 동기에 비해 연봉도 적고 승진도 늦다지요. 그것 역시 반만 맞는 얘깁니다. 같은 대졸 동기 간에도 배 이상 연봉 차이가 나는 세상입니다. 같은 대졸로 같은 일을 하면서 연봉은 반밖에 못 받는 계약직 자리도 구하기 어려운 게 대학 문밖을 나서면 바로 만나게 될 현실입니다.

고졸로는 번듯한 신랑·신붓감 찾기도 어렵다고요? 이런 소릴 들으면 화가 납니다. 그럼 대학 안 간다고 고등학교 졸업한 날 그 상태로 계속 머물 겁니까? 남들 대학 다니는 4년 동안 열심히 해서 뭔가 나만의 무기를 만들고 도약의 발판을 만들어야 하지 않을까요? 그런데도 고졸이라 싫다는 사람은 배우자로 삼지 않는 게 앞날을 위해 낫습니다.

현실을 몰라서 이런 소릴 하는 게 아닙니다. 너무 현실을 좇다가 현실에 속고 치이는 모습들이 딱해서 하는 말입니다. 현실이 그러니 어쩼단 말입니까? 기형인 현실을 좇아 얼마나 기형인 삶을 살겠다는 겁니까?

네안데르탈인은 현생 인류인 호모 사피엔스 사피엔스보다 훨씬 더 크고 더 단단한 근육질의 사냥꾼들이었습니다. 강인한 피부는 추위에도 더 잘 견뎠고, 두개골은 오늘날의 우리보다도 더 컸으며, 현생 인류보다 성능 좋은 창도 만들 줄 알았지요. 그런데도 지구의 주인 자리를 우리 조상들에게 빼앗긴 이유가 뭘까요?

지나친 현실주의자들이었기 때문입니다. 현실 대처 능력이 뛰어나니 굳이 상상력을 발휘할 필요가 없었던 거지요. 하지만 그보다 허약했던 우리 조상들은 여러 가지가 필요했습니다. 추위를 이기기 위해 더 많은 모피가 필요한데 사냥술이 떨어지니 다른 방도를 찾아야 했습니다. 실용적인 목적으로 모았던 것을 가지고 멋을 부려 보면서 장신구도 생겨났지요. 장신구가 생존에 직접적 도움이 될 리 없지만 사고의 틀을 바꿔 놓을 수 있었습니다. 좇기 벅찬 현실을 극복할 수 있는 상상력을 안겨 준 겁니다.

5,000년 전 거대한 얼음 공기가 유라시아 대륙을 덮쳤을 때 네안데르탈인은 쓰러졌지만 우리 조상들은 살아남았습니다. 그들의 상

네안데르탈인이

주인 자리를 빼앗긴 이유는

그들이 지나친 현실주의자들이었기 때문입니다.

상상력을 발휘하지 않고

현실에만 안주했기 때문입니다.

상력은 추위를 이겨 낼 수 있는 움막을 창조했던 겁니다.

차가워져야 합니다. 왜 대학에 가는 건지, 다니는 건지 생각해야 합니다. 앞에서 든 이유들 탓이라면 반값도 아깝습니다. 과감하게 떨쳐 버리고 다른 길을 찾는 것이 낫습니다. 급격한 환경 변화가 멀지 않았습니다.

하느님의 후회

•

　　　　　　　　　대한민국에서 성공할 수 있는 요건
이 뭐라고 생각하나요? 한 취업 회사의 조사 결과가 놀랍습니다. 아
니, 놀랍기보다 불편합니다. 20, 30대 남녀 직장인들에게 물었더니
학벌, 외모, 경제적 뒷받침, 인맥, 집안 배경을 많이들 꼽더라는 겁니
다. 모두 개인의 실력과는 직접적 관계가 없는 부차적 요소들입니다.
불편한 건 그들의 생각이 전혀 근거 없는 게 아니라는 사실 때문입니
다. 다 느끼겠지만, 그리고 부끄럽지만 우리 사회가 아직 그 정도밖에
안 된다는 이야기지요.
　놀라운 건 우리 젊은이들이 여전히 그 틀에 얽매여 있다는 겁니다.
그래서 어쨌다는 겁니까? 학벌, 외모, 경제적 뒷받침, 인맥, 집안 배
경… 이런 게 없는 사람은 이미 이 사회에서 성공이 불가능하니까 대

강 살다 그 초라한 인생을 마쳐야 한다는 말입니까? 만약 그렇게 믿는다면 더 부끄럽고 한심한 일입니다.

생각해 보세요. 우리 젊은 직장인들이 내세운 조건이라는 게 모두 겉모습들입니다. 잘 모르는 사람을 판단할 때 흔히 먼저 고려하는 요소들입니다. 스스로 진짜 실력을 드러내 보이기 전까지는 그게 실력일 수 있다는 얘기지요. 그래서 그것들이 다소간에 영향을 미치는 건 비단 이 사회뿐이 아닙니다. 동서고금을 막론하고 그것에서 자유스러운 사회는 결코 존재하지 않았습니다. 신까지 그럴 정도였으니까요.

기원전 11세기경 이스라엘 백성들은 판관 사무엘에게 자신들을 다스릴 왕을 세워 달라고 요청합니다. 사무엘이 이를 전하자 신은 자기 말고 다른 임금을 섬기려는 이스라엘 백성들이 못마땅하지만 허락합니다. 그리고는 베냐민 지파(고대 이스라엘 민족을 구분했던 12지파 중 하나) 사람 사울을 그들의 왕으로 지목하지요. 『구약성경』이 전하는 사울의 모습은 이렇습니다.

"이스라엘 자손들 가운데 그처럼 잘생긴 사람은 없었고, 키도 모든 사람보다 어깨 위만큼은 더 컸다."

사울의 탁월한 외모와 그가 초기에 거둔 잇단 승리들은 대중을 열광케 했습니다. 하지만 재앙으로 끝나고 맙니다. 사울은 서른 살에 이스라엘의 초대 왕이 되었지만 2년도 못 되어 블레셋의 군대에 패한 뒤 세 아들과 함께 스스로 목숨을 끊고 말지요.

신도 자신의 잘못된 선택을 인정합니다. 사무엘에게 털어놓지요.

"나는 사울을 임금으로 삼은 걸 후회한다."

그리고 왕위를 이을 후보를 찾는 사무엘에게 조언합니다.

"겉모습이나 키 큰 것만 보아서는 안 된다."

그렇게 "사람들은 눈에 들어오는 대로 보지만 나는 마음을 본다"는 신이 선택한 사람이 그 유명한 다윗이지요. 오 마이 갓! 다윗 또한 '볼이 불그레하고 눈매가 아름다운 잘생긴 아이'였습니다.

하지만 신은 두 번 실수하지 않습니다. 다윗은 골리앗을 물리쳐 이스라엘을 구하고, 이스라엘 왕국을 재통일했으며 유대교를 확립했습니다. 신이 얼굴만 보지 않고 마음을 본 결과지요. 달리 말하면 다윗이 아름다운 겉모습을 넘어 자신의 진짜 실력을 증명해 보인 것입니다.

학벌이나 외모 좋은 사람들은 분명 이득을 볼 겁니다. 하지만 영원한 이득은 아닙니다. 다윗처럼 실력을 증명해 보여야 합니다. 사울이 패배한 것도 제 실력을 보여 주지 못해 신한테 버림받은 까닭입니다.

겉으로 보이는 조건들이 떨어지더라도 진짜 실력이 있으면 결국은 인정받는다는 얘기입니다. 학벌과 외모가 떨어진다면 더 열심히 실력을 키우면 되는 겁니다. 그렇지 못하면서 학벌, 외모 탓만 하는 건 실력 없는 자신을 위로할 '구차한' 핑곗거리를 찾고 있는 겁니다.

말이 난 김에 유대 율법에 대해 한마디 더 하겠습니다. 유대 사회는 계급 사회였습니다. 사람의 목숨을 구할 때도 순서가 있었습니다. 제사장은 일반 이스라엘 백성보다 우선권을 가졌지요. 이스라엘 백성은 혼혈인보다, 혼혈인은 유대교 개종자보다, 개종자는 노예보다

"겉모습이나 키 큰 것만 보아서는 안 된다."

하나님이 사무엘에게 한 말입니다.

학벌과 외모가 떨어져도

실력이 있으면 인정받는다는 뜻입니다.

우선권을 가졌습니다. 하지만 혼혈인이 율법을 배웠고 제사장이 율법에 무지하다면 그 혼혈인은 제사장보다 우선권을 지녔습니다. 실력으로 학벌이나 신분을 극복할 수 있었다는 얘기가 되겠습니다.

구차해지지 마세요. 로마의 철학자 세네카는 "발전의 큰 부분은 발전하려는 의지에서 이미 결정된다"고 말했습니다. 어려워서 시도하지 못하는 게 아니라, 시도하지 않으니 어려운 거란 말입니다. 학벌이나 외모 같은 조건들을 뛰어넘는 실력을 갖추세요. 시작은 더뎌도 도착은 빠를 겁니다. 만약 노력해도 끝내 실력을 발휘할 기회가 주어지지 않는다면 과감히 박차고 나오세요. 그곳은 미래가 없는 구차한 조직입니다.

슈퍼스타K는
어디에나 있다

·

　　허각을 아시나요? 「슈퍼스타K」란 프
로그램이 배출한 스타지요. 그는 중졸 학력의 환풍기 수리공으로, 잘
생기고 배경 좋은 '엄친아'를 물리치고 당당히 서바이벌 오디션의 최
종 승자가 되어 그야말로 한 편의 인생 역전 드라마를 썼지요.

　　그런데 바쁘신 대한민국의 당시 총리는 허각을 모르고 있었던 모
양입니다. 취임 인사차 조계종 총무원을 찾은 자리에서 얼쯤하셨다
지요. 총무원장 자승 스님이 "취임사에서 공정한 사회를 강조했는데
혹시 허각을 아느냐?"고 물었다는 겁니다. 자승스님의 말씀인즉슨,
"뒷배경도 없고 물려받은 재산도 없이 오로지 성실함과 탁월한 노래
실력으로 우승하는 게 공정한 사회를 이루는 대표적 사례"라는 거였
지요.

왜 아니겠습니까. 막상막하인 심사 위원들의 평가 속에서 시청자 투표가 허각 쪽으로 기울었던 것도, 특권층의 독식 행태가 도마 위에 올랐던 현실에서 이 사회가 좀 더 공정해지기를 바라는 열망이 녹아 있었던 까닭일 겁니다. 허각의 라이벌로, 상품성이 더 있다는 존 박은 다른 걸로 보상받을 수 있을 테니까요.

하지만 약자가 승리하는 게 꼭 공정한 사회는 아닙니다. 감동은 있을지 몰라도 약자가 늘 승리한다면 그것만큼 불공정한 사회도 없겠지요. 중요한 건 실력 있고 노력하는 약자가 백 없고 돈 없다고 무시되고 기회마저 얻지 못하는 사회가 되어서는 안 된다는 겁니다. 요즘 많은 사람들이 그런 공정한 사회를 강조하고 있으니 저는 앞에다 방점을 찍으렵니다. 실력 있고 노력하는 약자 말입니다. 아무리 공정한 사회더라도 노력해서 실력을 키우지 못하면 끝내 약자로 남을 수밖에 없다는 얘기지요. 노력도 하지 않고 스스로 약자로 규정짓는 건 약하다 못해 어리석습니다. 약자는 운명이 아닙니다. 옛날 얘기 하나 들려 드리지요.

중국 명나라 때 원황이라는 사람이 있었습니다. 임진왜란 때 원병으로 참전해 공을 세우기도 한 인물이지요. 그가 10대 때 한 도인을 만납니다. 도인은 원황의 일생에 대해 예언을 해 줍니다. 벼슬을 얻기는 하나 제한된 지위에 머물 것이며, 53세에 죽고 아들이 없을 것이라는 운명이었습니다.

그런데 그 후 20년간 그 예언이 맞아 떨어졌습니다. 심지어 원황이 녹봉으로 받는 쌀의 양까지 맞춥니다. 원황은 삶의 의미를 잃어버리고 말지요. 아무리 노력해도 달라질 게 없을 테니까요. 그가 되는 대로 방종한 삶을 살고 있을 때 고승인 운곡선사를 만납니다. 선사는 유불선(儒佛仙) 3교의 진리를 들어 원황을 깨우쳐 주지요. "모든 복은 마음을 떠나지 않으니 마음을 좇아 찾으면 감응해서 통하지 않음이 없다"는 게 『육조단경(六祖檀經 선종의 6대조인 혜능의 수양 과정과 설법을 담은 책)』의 가르침입니다. "하늘이 내린 재앙은 오히려 피할 수 있으나 인간이 스스로 부른 재앙은 회복할 수 없다"고 『서경(書經)』은 말하지요. 또한 도교의 『공과격(功過格)』은 날마다 행한 잘잘못을 기록하고 따져 봄으로써 과오를 범하지 않고 선행을 쌓아 가도록 이끕니다.

"범부(凡夫)만이 운명에 속박될 뿐"이라는 운곡선사의 말에 크게 깨달은 원황은 다시 노력하기 시작합니다. 그래서 과거에 3등 하리라는 도인의 예언과 달리 장원을 하고, 일흔이 넘도록 장수하며 아들도 낳았습니다. 운명을 뛰어넘겠다고 마음먹은 순간 운명이 바뀐 것이지요. 그때 원황은 호를 '범상함을 끝내겠다'는 뜻으로 요범(了凡)이라 바꿨습니다. 이를테면 원황의 '탈(脫) 약자 선언'인 셈입니다.

다시 말하지만 약자는 운명이 아닙니다. 마음먹기에 달린 겁니다. 스스로 약자라고 생각하고 그것을 바꿀 수 없다고 생각하는 순간 운명이 되는 겁니다. 운명, 그 따위 것은 발로 차 버리세요. 개에게나 줘 버리세요. 그리고 일어서세요. 노래에만 길이 있는 게 아닙니다. 슈퍼스타K는 어느 분야, 어떤 종목에도 다 있습니다.

『장자(莊子)』에 보면 "칼날을 놀려도 여지가 있고, 도끼를 움직이니 바람이 인다"는 말이 있습니다. 뛰어난 요리사는 소의 뼈와 살 사이

중졸 학력의 환풍기 수리공이 쓴

감동의 드라마를 기억하나요?

약자는 운명이 아닙니다.

스스로 약자라고 생각하고

그것을 바꿀 수 없다고 생각하는 순간

운명이 되는 겁니다.

좁은 곳에서도 칼날을 춤추듯 움직일 수 있고, 뛰어난 조각가는 도끼를 휘둘러 사람 콧등에 묻은 석고에 조각을 할 수 있다는 얘기입니다. 그런 경지에 오르도록 노력하세요. 그것이 무엇이든 나만의 분야에서 슈퍼스타K가 되도록 자신을 담금질하세요.

우리 모두의 슈퍼스타인 레오나르도 다빈치가 지름길을 가르쳐 줍니다.

"노력을 다하라. 숙명적 노력을."

바흐처럼 바다 같은 사람이
되고 싶다면…

●

'아덴만 여명작전'을 기억하나요?
2011년 1월 소말리아 해적들에게 피랍되었던 삼호주얼리호 선원
들을 안전하게 구출했을 때 붙여진 작전명이지요. 당시 우리 해군
UDT(Underwater Demolition Team. 해군특수전여단) 대원들의 활약은
실로 대단했습니다. 할리우드 영화에서나 나올 법한 완벽한 작전을
펼쳤습니다. 미군이나 이스라엘군처럼 실전 경험이 많은 것도 아닌
데 놀라운 성과였습니다. 참으로 자랑스럽습니다.

다른 말 하는 사람도 있긴 합니다. 어수룩한 해적들이니 가능했다
는 거지요. 틀린 얘기는 아니지만 그래도 로켓포와 기관총을 든 무장
세력입니다. 우리 해군에 사격을 가해 부상을 입혔고 로켓포까지 쏘
려 했던 무뢰한들입니다. 결코 위험이 덜하지 않습니다. 그래서 이번

작전이 무리했다는 소리도 들립니다. 자칫 인질들이 위험할 수 있었다는 얘기지요. 할 수 있는 지적이긴 하지만, 이번 작전의 성공은 지피지기(知彼知己)의 결과라고 저는 믿습니다. 적을 알고 나를 알면 백전백승 아닙니까. 상대가 훈련된 테러리스트들이었다면 우리 해군의 작전도 훨씬 신중했겠지요. 이번 성공이 추후 무리한 작전으로 이어지지는 않을까 하는 우려도 그런 의미에서 기우라고 생각합니다. 걱정도 좋지만 치하와 격려가 우선 아니겠습니까.

이런 자신감은 아무런 근거 없이 나오는 게 아닙니다. 믿을 만한 구석이 있기 때문이지요. 세상에는 두 부류의 사람이 있습니다. 일을 위해 자신을 이용하는 사람이 하나요, 자신을 위해 일을 이용하는 사람이 또 하납니다. 전자의 경우는 즐거운 것이든 아니든 묵묵히, 그리고 기꺼이 주어진 일을 해냅니다. 그런 사람에게는 갑자기 비상사태가 발생해도 문제될 게 없지요. 평소 하던 대로, 매뉴얼대로 하면 그만이니까요. 후자는 현재 하고 있는 일을 발판 삼아 다른 일에 뛰어들려고 합니다. 사회 곳곳에 존재하지만, 강의실이나 연구실보다는 정치권이나 관가를 기웃거리는 폴리페서(polifessor. 현실 정치에 적극적으로 참여하는 교수)들이 대표적인 경우지요. 비상사태 해결사는커녕 평소에도 불만 유발자가 될 수밖에 없잖겠어요?

우리 UDT는 전자의 경우라고 믿어 의심치 않기에 자신감이 생길 수밖에 없는 겁니다. 그들이 평소 어떻게 훈련을 하고, 어떻게 정신무장을 하는지는 익히 알려진 일이니 설명이 필요 없을 것 같습니다. 대신 다른 예를 들어 볼까 합니다. UDT 같은 극한 훈련만이 일을 위해 자신을 이용하는 방법이 아니니까요.

요한 세바스찬 바흐 이야기입니다. 바흐가 누굽니까? 서양 음악의 출발점이요, 바로크 음악 그 자체이며, 베토벤에 의해 '화성(和聲)의 아버지'로 추앙된 인물입니다. 오늘날 전하는 것만 1,200곡, 소실된 것까지 합치면 1,700곡가량을 작곡할 정도로 일생을 음악에 바쳤습니다. 하지만 음악을 사랑했을 뿐 헛된 명성을 좇지 않았습니다. 말년에 자서전을 쓰라는 권유도 물리칠 정도였지요.

바흐는 무례한 대공이나 귀족들에게서 거의 '종복' 취급을 받았습니다. 바이마르에서 쾨텐으로 자리를 옮길 때 바흐의 사직서 어투가 마음에 들지 않는다고 바이마르 대공이 그를 한 달이나 감옥에 가둔 일까지 있었지요. 하지만 그는 개의치 않았습니다. 대신 음악에 관해서는 절대 타협하지 않았습니다. 까다로운 고용주들이 어떤 주문을 해도 그것이 자신의 생각과 다를 때는 양보하지 않았습니다. 그리고 결과는 늘 바흐가 옳았습니다.

그것은 남보다 스스로에게 더 엄격하고 높은 수준을 요구했던 바흐였기에 가능했습니다. 그는 일회용이라 불러도 좋을 고용주들의 사소한 작품 주문에도 음악적 완성도를 위해 혼신의 힘을 다했습니다. 그래서 그의 수많은 작품 가운데 어느 하나에서도 적당히 넘어가거나 반복으로 때운 부분을 찾을 수 없다고 전문가들은 말하지요. 바흐는 음악에만 성실한 게 아니었습니다. 뭘 해도 최선을 다했지요. 그는 두 아내 사이에서 스무 명의 자식을 두었습니다.

바흐 같은 대가는 아니더라도 우리 사회에는 그처럼 일을 위해 자

세상에는 두 부류의 사람이 있습니다.

일을 위해 자신을 이용하는 사람,

자신을 위해 일을 이용하는 사람입니다.

바흐는

사소한 작품 하나에도

음악적 완성도를 위해

혼신의 힘을 다했습니다.

결과는 늘 그가 옳았습니다.

신을 이용하는 사람들이 있습니다. 꼴뚜기 말고 다른 많은 생선들로 어물전이 차려지듯, 그런 사람들이 있기에 이 사회가 굴러가는 겁니다. 다른 데 눈 안 돌리고 그렇게 사회를 굴려 가다 보면 어느덧 대가의 영광이 따르게 되는 거고요.

바흐는 독일어로 '시냇물'이란 뜻입니다. 하지만 베토벤의 말처럼 바흐는 "시냇물이 아니라 크고도 깊은 바다"입니다. 시냇물이 없으면 바다를 이룰 수 없습니다. 바다가 되길 원한다면 먼저 시냇물이 되어야 합니다. 막히면 돌아가고 높으면 모았다 가더라도 한눈팔지 않고 열심히 가다 보면 어느새 바다에 도달해 있는 자신의 모습을 발견하게 될 것입니다.

21세기가
원하는 사고방식

●

        할란 클리블랜드라는 미국인이 있습니다. 2008년 90세로 작고할 때까지 워낙 다양한 일을 해 직업이 뭐라 꼽기 어려운 사람입니다. 루스벨트 행정부에서 뉴딜 정책을 돕던 스물한 살짜리 인턴 사원으로 출발, 2차 대전 피해 국가를 지원하기 위한 연합국구제부흥기관(UNRRA) 부관장, 시사 잡지 「더 리포터」 편집인, 미국 최고의 행정대학원 시라큐스대 맥스웰스쿨 학장, 케네디 대통령 밑에서 국무부 차관보, 존슨 행정부의 나토(북대서양조약기구) 대사, 베트남전 반전 시위가 한창일 때 하와이대학교 총장, 그리고 1991년부터 나이 여든셋 되던 2000년까지 다국적 사회·자연 과학, 인문, 예술 전문가 500명으로 구성된 민간 단체 '월드아카데미' 회장을 맡았습니다. 대단한 경력이지요?

「교수신문」이 2010년의 사자성어로 '장두노미(藏頭露尾)'를 선정했을 때 그의 저서 『책임지지 않는 사회, 보이지 않는 리더』를 읽고 있었습니다. 장두노미가 2010년을 표현하기에 적절한 한마디인지는 모르겠지만, 그보다는 책 제목과의 우연한 어울림이 제 촉각을 움직였지요. 장두노미가 '머리는 숨겼지만 꼬리는 드러난 상태'를 일컫는 말이잖아요. '진실을 숨기고 발뺌하려는 헛된 노력'이라는 속뜻이 얼핏 책 제목과 들어맞습니다.

하지만 클리블랜드의 말은 그런 게 아닙니다. 당시 장두노미란 말을 가지고 권력을 비꼬는 말풍선이 어지러이 날았지만, 그런 비생산적 언어 유희보다 클리블랜드의 조언을 들어 보는 게 유익하리라 저는 믿습니다.

클리블랜드가 말하는 '책임지지 않는 사회'란 책임을 회피한다는 게 아닙니다. 책임을 질 수 있는 사람이 없다는 겁니다. 오늘날 사회가 그렇다는 거지요. 과거에는 극소수 리더들이 제반 분야의 정책 결정을 현명하게 내려 사회를 이끌었습니다. 최소한 그렇게 믿었습니다. 그러나 과학 기술의 발달로 정보량이 가히 '익사'할 만큼 많아지고, 인터넷을 무기로 독점의 벽을 깨뜨린 정보가 무한 확산되는 시대에 모든 분야를 통틀어 리더의 역할을 할 수 있는 사람은 존재하기 어렵습니다. 대신 모든 구성원이 부분적인 책임을 져야 하지요. 그런데 대부분의 사람들이 이런저런 이유를 들어 책임을 지지 않으려고 하거든요. 이때 스스로 책임을 지고자 하는 소수의 사람들이 바로 리더라는 게 클리블랜드의 주장입니다. 그것이 바로 21세기형 리더십,

곧 '보이지 않는 리더'라는 거지요. 영국의 사상가 이사야 벌린은 말했습니다.

"전문화가 가속될수록 전체적 책임을 떠맡을 만한 지식을 갖춘 사람들은 점점 줄어들 수밖에 없다. 이로 인해 많은 사람들이 균형적 사고를 갖추지 못한 전문가들에게 의지하다가 어처구니없는 상황에 몰리기도 한다."

자기가 아는 것만 고집하다가 낭패를 보고 구성원들을 고생시키는 현실의 많은 리더들을 보면 고개가 끄덕여집니다.

21세기형 리더는 '스페셜리스트'를 넘어 '제너럴리스트'가 되어야 합니다. 사회 구성원들의 다양한 전문성과 아이디어를 한줄기 에너지로 벼려 낼 수 있어야 한다는 거지요. 우크라이나 출신으로 바이올린의 거장이 된 아이작 스턴에게 누가 물었습니다.

"모든 연주자들은 똑같은 악보대로 연주합니다. 그런데 왜 어떤 연주는 훌륭하고 어떤 건 그렇지 못한가요?"

스턴의 대답은 이랬습니다.

"중요한 것은 음이 아니라 음들 사이의 간격입니다."

리더의 능력이란 단편적 사실을 분석하는 데 있는 게 아니라, 그 사실들을 어떻게 창조적으로 연결하느냐에 있다는 말입니다. 핵 개발, 무기 판매, 빈곤, 환경 파괴, 자원 고갈처럼 서로 맞물려 돌아가는 문제들을 어느 하나에만 매달린다 해서 해결할 수 있는 게 아니잖아요.

클리블랜드가 반세기에 걸쳐 다양한 경력을 무리 없이 소화해 낼 수 있었던 것도 그런 통섭적 사고를 했기 때문일 겁니다. 그것이 바로

"왜 어떤 연주는 훌륭하고
어떤 건 그렇지 못한가요?"라는
물음에 바이올린의 거장
아이작 스턴이 대답합니다.
"중요한 것은 음이 아니라
음들 사이의 간격입니다."

보이지는 않지만 책임을 지는 리더의 자세입니다. 자기 전문 분야에만 갇혀 있는 사람은 책임을 회피하고 있는 거죠. 굳이 말한다면 그런 사람이 장두노미하고 있는 겁니다.

미국 대통령 6명을 보좌한 경력을 가진 학자이자 리더십의 대가인 존 가드너의 말을 인용합니다. 그의 말을 결론으로 삼아도 될 것 같습니다.

"우리가 바라는 미래를 열어 가고자 한다면 다양한 전문 분야에서 뛰어난 사람들이 국가적 중대사에 의견을 적극 개진해야 한다. 단, 그들은 전문 분야의 참호에서 빠져나와 전쟁터 전체를 바라보아야 한다."

머리는 A를 가리키는데 가슴은 B를 원한다.

현실과 이상의 부조화 앞에서 현명한 선택은 어떻게 가능한가?

Chapter 5

머리보다 가슴을,
욕망보다 재능을

꿩이냐 닭이냐,
그것이 문제로다

●

         2010 남아공 월드컵의 기억이 여전히 생생합니다. 뜨거운 여름, 더위에 익고 흥분으로 달떠 잠 못 이루어도 태극 전사들의 선전에 즐겁기만 했습니다. 우리 선수들, 4강 신화를 썼던 2002년 대표팀보다도 한 단계 업그레이드된 것 같았지요. 무작정 똥볼 차고 헛되이 뜀박질만 하던 옛 모습은 눈 씻고도 볼 수가 없었습니다. 그야말로 축구가 뭔지 문리(文理)가 트인 것처럼 보였습니다.

    느끼셨나요, 그때 우리 선수들이 잘하던 이유를, 아니 달라진 이유를? 저는 선수들이 축구를 즐길 줄 아는 것이라 생각했습니다. 하기 싫은 걸 억지로 맞아 가며 하던 운동이 아니란 말이지요. 하고 싶은 걸 즐기니 더 재미있고, 더 재미있으니 더 열심히 하고, 더 열심히 하니 더 잘하고 결과도 더 좋았던 겁니다. 불모지였던 이 땅에 벼락같은 축복으로 나타난 김연아와 박태환한테서도 그런 선순환 구조를 봅니다.

즐겨야 합니다. 축구나 보면서 놀라는 얘기가 아닌 건 아시지요? 스스로 즐길 수 있는 일을 찾으라는 말입니다. 남들 하는 걸 따라 하지 마세요. 남이 잘할 수 있는 일과 내가 잘할 수 있는 일은 다릅니다. 지금 인기 있는 직업을 좇지 마세요. 신기루에 불과합니다. 여러분이 사회에 첫 발을 디딜 때면 인기의 흔적도 없을지 모릅니다.

즐길 수 있는 직업을 선택하세요. 즐길 수 있어야 최고가 될 수 있는 겁니다. '미쳐야 이룬다'는 불광불급(不狂不及)이 다른 말이 아닙니다. 그런 일을 어떻게 찾느냐고요? 옛날 얘기 하나 들려드리지요.

중국 송나라 때의 시인 소식 아시죠? '동파(東坡)'라는 호로 더 잘 알려진 당송팔대가(唐宋八大家 당나라와 송나라 때의 뛰어난 문장가 8명을 가리킴) 중 한 사람 말입니다. 어느 날 그가 숙부뻘인 유근이라는 사람의 집에 초대를 받아 갔습니다. 잔치의 흥이 무르익자 유근의 두 손자가 그에게 시를 써 달라고 졸랐습니다. 소식은 문장도 유명했지만 명필로도 이름을 날렸거든요. 조카들의 청을 거절할 수 없던 소식은 큰 잔에 술을 따라 단숨에 들이켠 뒤 일필휘지로 시를 지었습니다.

몽당붓이 산처럼 쌓인들 뭐 그리 대단하리.
일만 권 책을 읽어야 신명이 통하는 법일세.
그대 집안에 전해 오는 필법이 있으니,

그걸 버리고 남에게 묻는 짓일랑 하지 마시게.

전반부는 우선 실력을 쌓아야 한다는 말입니다. 실력이 없다면 선택의 여지가 없을 테니까요. 몽당붓(退筆)이란 옛날 중국에서 지영이라는 스님이 글씨 공부 하느라 쓰고 닳은 몽당붓 열 항아리를 땅에 묻고 몽당붓 무덤(退筆塚)이라 했다는 고사에서 나온 말입니다. 그렇게 써 봐야 글을 많이 읽지 않으면 의미가 없다는 뜻이지요. 없는 실력이 학벌로 커버되지는 않는다고 해석해도 무리가 없을 겁니다.

후반부에 우리의 주제가 나옵니다. 유근의 집안에는 대대로 내려오는 '원화각(元和脚)'이란 필법이 있었습니다. 그런데 후손들이 조상의 훌륭한 서체는 내팽개치고 남의 서체만 탐한다고 나무란 거지요. 마지막 구의 '염가계'가 바로 그런 뜻입니다. '염가계 애야치(厭家鷄愛野雉)'라는 말에서 나온 것으로 '집에서 기르는 닭은 싫어하면서 들에 야생하는 꿩을 좋아한다'는 얘기지요. 자기가 잘할 수 있는 건 가벼이 여기고 남들이 하는 것에만 가치를 두는 세태를 풍자한 경구입니다. 조카의 얼굴이 벌개졌겠지요.

그런 겁니다. 내가 잘할 수 있는 일은 멀리 있는 게 아닙니다. 평소 재미있게 하고 있는 일일 수도 있습니다. 그런 걸 직업으로 선택하면 됩니다. '그래도 되나?' 하는 생각이 들 수도 있습니다. 위험이 따를 수도 있고요. 하지만 평생 해야 할 일 아닙니까. 즐길 수 있는 일을 해야 합니다. 그걸 갈고 닦아 더 잘하게 만드세요. 그래야 일가(一家)를 이룰 수 있습니다. 최고가 될 수 있습니다.

남이 잘할 수 있는 일과

내가 잘할 수 있는 일은 다릅니다.

내가 잘할 수 있는 일을 선택해야 합니다.

지금 인기 있는 직업은

한낱 신기루에 불과할지 모릅니다.

그런데 흔히들 자신의 것을 찾지 못하고 분위기에 휩쓸리고 맙니다. 결국 직업은 호구지책(糊口之策)으로 전락하고 맙니다. 그러고는 후회하고 남을 원망합니다. 『연금술사』로 유명한 브라질 작가 파울루 코엘류의 지적이 적절합니다.

"흔히 꿈을 실현하는 데 따르는 위험과 꿈을 실현하지 못하는 데서 오는 욕구 불만 사이에서 망설이며 세월을 보낸다. 그리고 나이가 들면 다른 사람들을, 특히 부모와 배우자와 자식을 탓한다. 우리의 꿈을, 욕망을 실행에 옮기지 못하게 가로막은 죄인으로 삼는 것이다."

잘 생각해야 합니다. 지금 생각하고 결정하지 않으면 코엘류의 말대로 한 발짝 더 나가게 됩니다. 한 가지만 기억하세요. 꿈을 좇지 않으면 꿈은 이루어지지 않습니다.

고액 연봉을
경계하라?

●

　　　　　　　　　　　　"좋은 직장과 고액 연봉이 행복을 보
장하지는 않는다."

　속세를 등진 스님이나 신부님 말씀 같지요? 황금을 돌로 본다는
철학자 얘기 같기도 하고요. 아닙니다. 세계에서 가장 많은 돈을 주무
르는 사람의 말입니다. 벤 버냉키 전 미국 연방준비제도이사회 의장
이 사우스캐롤라이나 대학 졸업생들에게 한 축사였지요.

　버냉키는 말했습니다. "고액 연봉을 받아 보면 처음엔 흥분되지만
곧 익숙해지고, 비슷한 연봉을 받는 사람들과 어울리다 보면 그 흥분
은 금방 시들고 만다"고요. 인간의 욕심은 상대적이라는 뜻입니다.
칼 마르크스는 이를 집에 비유했습니다.

　"집은 클 수도, 작을 수도 있다. 주변의 집들이 똑같이 작다면 그것

은 거주에 대한 모든 사회적 수요를 충족시킨다. 만약 작은 집 옆에 큰 집이 솟아오르면 작은 집은 곧 오두막으로 전락한다."

헨리 루이스 멩켄이라는 미국의 문화 비평가는 더욱 신랄하게 정의합니다.

"부자란 그의 동서(同壻)보다 더 많이 버는 사람을 가리킨다."

상대적이란 것은 끝이 없다는 말입니다. 돈이 가져다주는 행복이란 잠시 머무는 손님일 뿐이라는 거지요. 그것도 아주 변덕스러운 손님입니다. 언제 불행의 사신으로 돌변할지 모릅니다. 과장이라고요? 천만에요. 실제로 "돈 때문에 불행해졌다"고 말한 사람이 있습니다. 복권 당첨으로 돈벼락 맞은 사람이 아닙니다. 칼 라베더라는 40대의 건실한 오스트리아 기업가 얘기입니다.

그는 2010년 5월 60여억 원의 전 재산을 사회에 환원해 화제가 되기도 했습니다. 살고 있던 집까지 넘기고 단칸 셋방으로 옮겼다지요. 그는 "더 많은 부와 사치가 더 많은 행복을 의미한다고 믿어 왔지만 부자로 살면서 (거짓 친절을 베푸는) 배우 같은 사람들만 만났지, 진짜 사람 같은 사람은 한 명도 만날 수 없었다"고 털어놓았습니다. "그런 영혼도 없고 감정도 없는 5성급 삶이 얼마나 끔찍한지 깨달았다"고 했습니다.

그렇다고 꼭 돈을 멀리해야 한다는 말이 아닙니다. 인생의 목표를 정하는 데 돈이 결정적 요소가 되어서는 안 된다는 얘기지요. 버냉키의 말도 그겁니다. "고액 연봉만을 이유로 직업을 선택하려는 유혹을 경계해야 한다"는 거지요.

그렇다면 어떻게 직업을 골라야 할까요? 버락 오바마 미국 대통령이 해답을 줍니다. 애리조나 주립 대학 졸업식에서 그는 사회에 나서는 초년병들에게 이렇게 축사를 했습니다.

"실체보다는 외형을, 항구적 의미보다는 눈앞의 이익을 소중히 여기는 통념을 깨십시오."

"인생의 원동력은 돈이나 명성, 권력이 아니라 보다 값지고 의미 있는 소명의식이어야 한다"고도 했지요. 교훈적 수사로 가득한 전형적인 축사로 들릴지도 모르겠습니다. 하지만 바보는 황금 위에 내려앉은 먼지를 타박하고, 똑똑한 사람은 진흙 속에서도 진주를 찾아내는 법입니다. 미국의 정치와 경제를 책임지고 있는 두 사람이 왜 비슷한 시기에 비슷한 이야기를 했는지 생각해 보았으면 합니다.

전 세계적인 경제적 불확실성의 시대입니다. 일자리 창출 없는 성장이 이미 보편적 현상이 되었습니다. 앞으로는 더욱 어려운 상황이 될지도 모릅니다. 이럴 때일수록 눈앞의 이익만 좇다가는 발을 헛디딜 가능성이 큽니다. 과거처럼 거품이 가득할 때는 넘어져도 다치지 않지만 지금은 다릅니다. 한 걸음 한 걸음을 확실히 딛지 않으면 안 됩니다.

그러려면 부단한 자기 성찰이 필요합니다. 자신의 적성과 자질, 능력을 냉철하게 돌아봐야 합니다. 그래서 나를 가장 잘 표현하고 최고의 능력을 발휘할 수 있는 직업을 찾아야 합니다. 당장은 성에 안 차는 일일지 모릅니다. 하지만 그 일이 얼마나 중요한 일이 될지는 스스로 하기 나름입니다. 구태의연한 인습을 깨고 정열을 불태운다면

"고액 연봉을 받아 보면

처음엔 흥분되지만 곧 익숙해지고,

비슷한 연봉을 받는 사람들과

어울리다 보면 그 흥분은 금방 시들고 만다."

벤 버냉키 미국 연방준비제도이사회 의장의 말입니다.

인생의 목표를 정할 때 기준으로

삼아야 할 것은 따로 있습니다.

그 일의 주역이 되었을 때 잠시 미루어 두었던 돈도 눈덩이가 되어 굴러 들어올지 모릅니다.

물론 그런다고 행복이 꼭 보장되는 건 아닙니다. 노벨상을 탄 미국의 경제학자 폴 크루그먼은 자신의 불행을 이렇게 말합니다.

"나는 보수가 매우 좋은 일자리를 갖고 있다. 99%의 인류와 비교해도 불만스러운 게 없다. 하지만 나의 정서적 전거 그룹은 내 세대의 성공적인 경제학자들로 이루어져 있고 나는 그 소수 안에 들어 있지 않다."

욕심은 상대적이고 끝이 없다고 했지요. 그래도 크루그먼의 불행은 멋지지 않나요? 끊임없는 자기 성장의 원동력이 될 겁니다. 누구나 그렇게 될 수 있습니다.

가슴을 따르면
'알리즈 웰!'

영화 두 편을 봤습니다. 「세 얼간이」라는 인도 영화가 하나입니다. 2009년 개봉되어 인도에서 사상 최고의 흥행 성적을 기록했다지요. 국내에서는 개봉도 안 했을 때인데도 어지간한 영화광들은 안 본 사람이 없을 정도로 열풍이 불었답니다. '인도 영화가 하면 얼마나' 하고 봤다가 배를 잡고 쓰러지고 말았습니다. 경쾌한 코미디이면서도 짙은 페이소스로 간을 봐 쉬이 까불리지 않는 여운이 있었지요.

세 얼간이들은 인도 최고의 명문 공대생들입니다. 영화이니만큼 과장도 있겠지만 인도에서 공대 진학은 집안을 일으키는 출세길인 모양입니다. 과거 우리 사회에서 고시 패스가 그랬듯 말이지요. 학부모들의 극성도 우리와 비슷합니다. 학생들의 목표는 오로지 미국 회사에 들어가 돈을 버는 겁니다. 학교도 부추깁니다. 대학 생활이 끝없는 레이스가 되어 버릴 수밖에요. 세 얼간이 중 둘은 등 떠밀려 레이스에 참여한 경우입니다. 하나는 사진 작가가 꿈인데 하나뿐인 에어컨을 자기 방에 달아주며 독려하는 부친의 기대를 꺾지 못해 말조차 못 꺼내고, 하나는 몰락한 집안을 일으키고 가족을 부양할 의무의 무게를 느끼며 고액연봉에 목을 매지요.

예상대로 우리의 주인공인 세 번째 얼간이가 이 사슬을 깹니다. 창의성 대신 틀에 맞춘 모범 답안을 요구하는 학교와 그걸 비판 없이 받아들이는 학생들에게 통렬한 펀치를 날립니다. 머리보다 가슴이 가리키는 방향을 따라야 한다고 그는 말합니다. 남들이 좋다는 일보다 자기가 좋아하는 일을 해야 하며, 성공이란 좇는다고 이루어지는 게 아니라 좋아하는 일을 하다 보면 자연히 성공에 이르게 된다는 말이지요.

그런데 문제는 가슴이 생각보다 겁쟁이라는 겁니다. 그래서 쉽게 결단을 못 내리고 이리저리 흔들린다는 거죠. 따라서 때때로 가슴을 안심시켜 줘야 한다는 게 주인공 얼간이의 지론입니다. 곤경에 처하거나 어려운 결정을 내릴 때마다 그는 가슴을 두드리며 주문처럼 외웁니다. "알리즈 웰('All is well'의 인도식 발음)!" 영화 「라이온 킹」에 나오는 스와힐리어 "하쿠나 마타타!"처럼 "괜찮아, 다 잘될 거야!"라고 자기 확신을 다지는 거지요.

영화는 주문처럼 모든 게 다 잘되는 것으로 끝납니다. 영화이니 그렇다고 치부할 수도 있겠습니다. 하지만 꼭 그렇지만은 않을 겁니다.

영화나 소설보다 더 드라마틱한 게 현실이니까요. 실제로 대부분의 위대한 리더들은 머리보다 가슴을 따라간 사람들입니다. 석가가 머리를 따랐더라면 그저 그런 소왕국의 임금으로 삶을 마쳤을 겁니다. 누구도 그 이름을 기억하지 못했을 테고요. 예수처럼 정규 교육도 못 받고, 태어난 곳에서 100킬로미터 밖을 벗어나지 못한 사람이 지구상 거의 모든 나라의 문화에 2,000년 이상 영향을 미치고 있는 것은 그가 가슴을 따랐기 때문입니다.

물론 가슴을 따르는 게 쉬운 길은 아닙니다. 오히려 험난한 길입니다. 하지만 힘들게 올라야만 장엄한 경관을 볼 수 있습니다. 평지만 걸어서는 늘 보던 것만 보일 뿐이지요. 경험이라는 단어 'experience'는 라틴어 'ex pericolo'에서 유래했습니다. 이는 '위험으로부터(from danger)'란 뜻입니다. 위험을 감내해야 경험이 쌓이고, 성공에 보다 가깝게 다가갈 수 있다는 말입니다. '어릴 적 고생은 사서도 한다'는 우리 속담도 다른 의미가 아닙니다.

가슴을 따른다고 꼭 성공이 보장되는 건 아닙니다. 그런데도 이런 얘기를 하는 건 주위에서 머리를 따른 결과 편안한 삶을 살고 있지만 결코 행복해하지 못하는 사람들을 많이 보기 때문입니다.

또 다른 한 영화, 줄리아 로버츠 주연의 「먹고 기도하고 사랑하라」도 그런 얘기입니다. 부와 명예, 사랑을 다 가진 주인공이 어느 날 '이것이 과연 내가 원한 삶인가?'라는 의문을 품고 모든 걸 다 버리고 새 삶을 찾는다는 실화를 바탕으로 한 영화지요.

주인공은 발리에서 만난 주술사한테서 원하는 삶을 얻기 위한 부

가슴은 겁쟁이입니다.

가슴이 원하는 길을 따르기가 쉽지 않습니다.

하지만 세 얼간이들은 과감히 그 길을 따라갑니다.

세상의 위대한 리더들이 그랬던 것처럼 말이지요.

적을 받습니다. 거기에는 다리가 네 개며 머리는 없고 가슴에 눈이 달린 사람의 그림이 그려져 있지요. 머리가 아니라 가슴으로 보며 네 다리로 흔들리지 말고 확고하게 서라는 뜻입니다. 얼간이들하고 비슷하지요? 이 주인공도 주문처럼 외는 말이 있습니다. '아트라베르시아모(Attraversiamo)!' 이탈리아어로 단순히 '길을 건너자'라는 뜻이지요. 별 의미 없는 그 말이 주인공의 주문이 될 수 있었던 건 머리에서 가슴으로 건너는 결단을 의미하기 때문입니다.

어때요, 할 수 있겠습니까? 아트라베르시아모!

하고 싶은 일보다
잘할 수 있는 일을

●

젊은 독자의 메일을 받았습니다. 스물한 살 대학생이라고 했습니다. 진로 문제에 관한 고민을 털어놓았습니다. 개인 사연을 들추는 게 썩 내키진 않지만, 같은 고민을 하고 있을 젊은이들이 많겠기에 소개하려 합니다.

그는 전공과 다른 길을 가고 싶다고 했습니다. 전공을 선택하는 게 보다 안정된 길일 테지만, 힘들어도 해야겠다는 확고한 신념이 있었다고 했습니다. 그런데 갈수록 그 믿음이 흔들린답니다. 여러 가지 현실적 문제를 생각하면, 하고 싶다는 이유만으로 그 일을 선택할 자신이 점점 없어진다는 거지요.

정당한 고민입니다. 요즘 젊은이들뿐 아니라 저희 때도 그랬고, 이전 세대들도 한 번쯤은 다 했을 고민이지요. 모험 대신 안정을 택하고 싶은 건 인지상정입니다. 그러면서도 미련과 회한이 남을까 두려운 거지요. 제 대답은 이랬습니다. 하고 싶은 일을 하지 않으면 평생 후회할지 모른다고요. 안정적인 길을 택한다고 꼭 성공이 보장되는 것도 아니라고요. 그것이 무엇이든 꼭 하고 싶은 일을 하라고 말이지요.

단, 하나의 조건을 달았습니다. 먼저 냉철하게 판단해야 할 게 있는 까닭입니다. 흔히 하고 싶은 일과 제일 잘할 수 있는 일을 혼동하는 경우가 많지요. 둘이 같다면 좋지만, 하고 싶은 일이라고 꼭 잘할 수 있는 건 아닙니다. 하고 싶은 일이라도 잘하지 못하면 아니함만 못할 수도 있는 거잖아요.

자신을 냉정하게 평가해야 합니다. 그리고 가장 잘할 수 있는 걸 선택하는 게 좋습니다. 또한 잘할 수 있는 일을 열심히 하면, 하고 싶은 일에 다가설 기회도 생깁니다. 처칠의 경우가 그랬습니다.

처칠의 꿈은 정치가였습니다. 하지만 학창 시절 처칠은 크게 두각을 나타내지 못했지요. 이튼스쿨을 포기하고 들어간 해로스쿨에서도 3년 내내 낙제를 거듭해 1학년에 머물다 결국 군사반으로 옮겼습니다. 3수 끝에 샌드허스트 육군 사관 학교에 진학하지만 성적이 좋아야 하는 보병대 대신 그가 선택한 건 기병대였습니다. 하지만 처칠은 자신이 가장 잘할 수 있는 게 뭔지 알았습니다. 그건 '글쓰기'였습니다. 남들 1년 하는 영어 수업을 3년이나 한 덕분이기도 하지만, 그는 영문을 자유자재로 주물러 원하는 걸 만들어 낼 줄 알았습니다. 그리고는 기회가 찾아오길 기다리지 않지요. 적극적으로 찾아 나섭니다.

장교로 임관하자마자 처칠은 온갖 수단을 총동원해 전쟁터로 달려갑니다. 일간지에 르포(현장 보고) 기사를 싣는 계약도 잊지 않지요. 처칠은 1895~1899년 사이 쿠바와 인도, 수단, 남아공화국에서 싸우며 글을 씁니다. 신문에 썼던 기사를 바탕으로 책도 여러 권 내 돈도 벌었습니다. 물론 비난도 많이 받았지요. "영국군 장교와 저널리스트라는 지위를 남용했다"는 거였습니다. 하지만 그는 자신의 주특기인 글쓰기를 통해 동시대 젊은이들 중 가장 유명한 인물이 되었습니다. 여세를 몰아 1900년 하원 선거에서 당선됩니다. 자신의 꿈을 이루는 데 성큼 다가선 거지요. 그의 나이 스물다섯이었습니다.

처칠이 무작정 정치판에 뛰어들었다면 건방지고 허풍 심한 그의 성격상 사람들의 반감만 샀을지도 모릅니다. 꿈에서는 더욱 멀어졌을 테고요. 냉정한 눈으로 자신을 들여다보는 게, 그래서 가장 잘할 수 있는 일을 하는 게 그만큼 중요한 겁니다. 거기서 그치는 게 아니지요. 당연히 전력을 다해야 합니다. 처칠은 말했답니다.

"이 책으로 내게 우호적인 사람들이 많이 생기진 않겠지만, 글을 쓰는 데서 가장 중요한 건 솔직하게 쓰는 거야."

전쟁터에서 솔직한 글을 쓰기란 쉬운 일이 아닙니다. 조국의 치부를 드러내야 할 수도 있으니까요. 하지만 그 앞에서 눈을 감으면 전력을 다하는 게 아니죠. 이슬람군에 대한 영국군의 가혹 행위에 대해 처칠은 이렇게 쓴 적도 있습니다.

"사령관의 무자비한 영혼에 부대원들이 감염되고 말았다."

잘할 수 있는 걸 열심히 하려면 그만큼 흔들리지 않아야 합니다. 일제 강점기 시절 유명한 미술품 수집가였던 야나기 무네요시는 다

잘할 수 있는 걸

선택하는 것이 현명합니다.

흔들림 없이 열심히 하다 보면

하고 싶은 일에 다가설 기회도 생깁니다.

른 전문가들이 비싼 중국의 도자기나 서화를 모을 때 값싼 조선의 민화와 민예품을 수집했습니다. 전문가들이 "돈이 없으니 그런 거나 모으지"라고 조롱하자 그는 이렇게 대꾸합니다.

"돈만 있으니 이런 걸 못 모으지."

승부는 돈의 문제가 아닌 겁니다. 보는 눈의 문제요, 곧 잘할 수 있는 것의 문제입니다. 그리고 흔들리지 않고 열심히 하느냐의 문제인 것입니다. 그러다 보면 뜻하지 않은 보너스도 얻게 됩니다. 평화상이 아니어서 실망했지만 처칠이 그의 회고록 『제2차 세계 대전』으로 노벨문학상을 받게 된 것처럼 말입니다.

스마트폰을 쓰는 사람은
스마트한가?

쉴 새 없이 손가락을 놀립니다. 엄지만 바쁘던 것이 이제는 다른 손가락들까지 군무를 춥니다. 그 리듬에 맞춰 다채로운 화면이 물 흐르듯 변해 갑니다. 아이 손바닥만 하던 화면은 어느덧 문고본 책이나 노트 크기로 자랐습니다. 그만큼 더 화려해진 화면에서 인터넷이나 동영상, 각종 도구들이 제 잘남을 뽐냅니다. 영화를 보거나 음악을 듣다가 전화를 받기도 하고 문자를 보내기도 합니다. 결코 멈춤이 없습니다. 이것저것 하다가 더 이상 할 게 없을 때는 그저 두드리고 문질러 봅니다.

스마트폰이나 태블릿 PC가 없으면 한시도 못 견디는 이른바 '스마트 세대'의 모습입니다. 스마트 세대란 디지털 기기를 자유자재로 활용하는 'N 세대'의 특징에 모바일이라는 날개를 달아 더 '빠르고 똑똑해진' 세대를 일컫는다지요. 요즘 어디서나 쉽게 볼 수 있는 이들인데, 문제는 대부분 썩 스마트해 보이지 않는다는 겁니다. 빠를진 몰라도 똑똑해지진 않았거든요. 오히려 바보 같아 보인다는 게 솔직한 느낌입니다. 말 나온 김에 옛날 바보 얘기 하나 할까요?

"남산 아래 한 어리석은 사람이 살았는데, 말도 어눌하고 성격도 졸렬해 급한 일을 알지 못했다. 오직 책 보는 걸 즐거움 삼아 추위나 더위, 배고픔을 알지 못했다. 그의 방은 작았지만 동쪽과 남쪽, 서쪽에 창이 있어 해를 따라 움직여 가며 밝은 데서 책을 읽었다. 처음 보는 책을 보면 문득 기뻐서 웃으니, 집안사람들은 그가 웃으면 기서(奇書)를 구한 걸 알았다."

조선 후기 실학자 이덕무가 스스로 평한 자신입니다. 그는 남들이 '간서치(看書痴, 책만 보는 바보)'라 놀리는 걸 오히려 기뻐했다지요. 서얼 출신이라 벼슬길도 막히고 집도 찢어지게 가난했지만 오직 책에 미쳐 살았습니다. 그의 시문집 『아정유고』에는 이런 얘기도 나옵니다.

"글을 읽다 밤이면 추워서 잠을 이루지 못하므로 『논어』한 질은 바람이 드는 곳에 쌓아 놓고 『한서』를 나란히 잇대 이불로 덮으니 친구들이 "누가 형암(炯庵, 이덕무의 호)을 가난하다 하랴"며 놀렸다. '논어 병풍과 한서 이불을 비단 장막과 비취 이불이 당할 수 없다'는 것이었다."

이 정도이다 보니 아무리 귀한 책이라도 이덕무가 빌려 달라면 거절하는 사람이 없었다고 하지요. "그의 눈을 거치지 않은 책이 어찌 책 구실을 하랴" 하면서 좋은 책이 있으면 먼저 보내주기까지 했답니다. 하지만 그러면 뭐합니까? 당장 끼니도 때우지 못할 처지에 책만 붙들고 있어서 어쩌겠어요. 결국 아끼던 책을 저당 잡혀 식구들의 굶주린 배를 채우기도 합니다. 그리고는 가슴이 아파 친구에게 편지를 씁니다.

"여보게, 오늘은 맹자가 밥을 지어 주네 그려."

바보 같으요? 하지만 제 눈에는 스마트하지 않은 스마트 세대가 더 바보 같아 보입니다. 모바일 인터넷으로 순간순간 원하는 정보를 얻어 변화와 혁신을 추구하는 게 스마트 세대의 특징이라는데, 말만 좋지 그런 사람 눈을 씻고 봐도 찾기가 어렵습니다. 연예계 뒷얘기 뒤지고 게임하며 미국 드라마 보는 게 변화와 혁신이라면 할 말이 없습니다. 모바일과 SNS의 결합으로 여론을 형성해 사회를 주도적으로 이끈다지만, 시시풍덩한 얘기나 늘어놓고 남 욕하는 거나 퍼 나르는 게 그걸 의미한다면 참으로 슬픈 일입니다.

그건 정보를 이용하고 소비하는 게 아니라 정보에 휘둘리고 소비되는 겁니다. 통신사들 배나 불려 주는 짓이지요. 돈을 잃을 뿐 아니라 몸까지 상합니다. 잠깐 쉴 자투리 시간에도 마냥 스마트폰에 매달리다 보니 뇌에 과부하가 걸려 기억력에 문제가 생기는 디지털 치매가 올 수도 있다고 하지요. 간서치가 아니라 '수마치(數碼痴, 디지털 바보)'가 되는 셈입니다.

간서치는 그래도 낫습니다. 이덕무는 책 덕에 학문에 일가를 이루어 중용될 수 있었습니다. 각종 서적 편찬에 공을 세웠지요. 정조의 사랑이 극진해 벼슬한 15년 동안 왕한테서 책과 옷감, 음식을 비롯한

영화를 보거나 음악을 듣다가

전화를 받고 문자를 보내기도 합니다.

결코 멈춤이 없습니다.

스마트 세대의 모습입니다.

스스로 정보를 이용하는 것이 아니라

정보에 소비되고 있는 건 아닌지 돌아볼 일입니다.

139종의 물품을 520번이나 하사받았다고 연암 박지원은 증언합니다. 출신을 극복하고 그 영광을 손자 대까지 물려줄 수 있었지요.

공연히 옛사람을 빌어 요즘 세대를 비웃자는 게 아닙니다. 없는 것도 찾아서 자기 것으로 만든 옛사람을 본받아, 이 시대의 풍요로움을 내 귀중한 자산으로 만들려고 노력하자는 말입니다. 이덕무는 벼슬을 얻은 뒤 노래했습니다.

"이 내 한 몸 쓰일 곳 얻었으니 책 더미 속에 좀벌레로 늙어감이 달갑도다."

스마트한 기기를 가지고 내가 어떻게 스마트하게 쓰일 수 있도록 만들지 고민해 보시기 바랍니다.

충성과
아첨의 차이

시라쿠사에 히에론이란 왕이 있었습니다. 시라쿠사는 이탈리아 시칠리아 섬에 있던 도시 국가로 고대에는 그리스의 일부였지요. 히에론은 장인이 만든 왕관의 금 함량을 의심해 수학자 아르키메데스에게 확인을 의뢰한 그 사람입니다. "유레카(알았다)!"를 외치며 알몸으로 목욕탕을 뛰쳐나간 아르키메데스의 스트리킹은 유명한 일화죠.

히에론이 어느 날 경쟁 도시의 왕과 회담을 하게 되었습니다. 대화가 무르익어 담판이 지어지려고 하는데 갑자기 상대 왕이 얼굴을 찌푸리면서 말했습니다.

"더 이상 당신의 입 냄새를 참을 수 없소."

망신을 당한 히에론은 성으로 돌아와 왕비를 야단쳤습니다.

"왜 지금까지 내게 주의를 주지 않았소?"

그러자 왕비의 대답이 이랬습니다.

"남자들은 다 입에서 냄새가 나는 줄 알았어요."

왕비는 정숙했을지는 몰라도 현명하진 못했던 거지요. 현명한 왕비였다면 왕이 체면을 구기는 일이 없도록 미리 구취를 없앨 방안을 마련했을 겁니다. 신하들도 마찬가집니다. 왕의 입 냄새까지 말하기는 어려울지 몰라도 평소 왕의 단점을 지적해 무결한 존재로 만드는 것이 현명한 신하의 도리지요. 그런 신하들이 없다면 왕은 친구가 아닌 적의 입으로부터 자신의 결점을 듣게 되는 겁니다. 결과는 치명적일 수 있습니다. 그렇진 않더라도 권위에 금이 가는 걸 막을 수 없겠지요.

이쯤 해서 떠오르는 게 있습니다. 몇 해 전 감사원장 인사 때의 일입니다. 대통령이 지명한 후보자가 여당한테도 등돌림을 당하고 청문회도 못해 본 채 자진 사퇴하는 지경에 이르렀습니다. 법무법인에 근무한 7개월 동안 보수로 7억여 원을 받은 게 문제가 되었지요. 궁극적으로 인사권자인 대통령의 책임이 되겠지만 정말 한심한 건 청와대 참모들입니다. 돈을 어떻게 얼마나 벌었다는 전관예우 문제도 그렇지만, 무엇보다 대통령의 심복이었기에 그는 독립성이 요구되는 감사원장에는 자격이 없는 인물이었습니다. 나중에 대통령을 향해 날아올 부메랑을 생각해서라도 그런 사람 시키겠다는 대통령을 말렸어야 했던 게 아닐까요? 그걸 몰랐다면 무능한 거고, 알고도 놔두었다면 직무 유기를 한 겁니다. 사퇴한 감사원장 후보자를 따라 모두 사표를 썼어야 한다는 말입니다.

물론 권력자에게 바른 소리를 하는 게 쉬운 일은 아닙니다. 고양이 목에 방울을 달려다 자기 목이 날아가기 십상이지요. 하지만 할 소리는 못하고 반대 여론이 들끓자 "합법적으로 돈 벌고 세금도 냈으니 문제없다"고 우기는 게 의무라고 생각하는 참모들이라면 하루라도 빨리 물러나는 게 백성의 걱정을 더는 일일 겁니다.

중국 전국 시대의 사상가인 순자는 '신하의 길'을 다섯 가지로 나누어 설명합니다. 첫째, 명령을 따르고 군주를 이롭게 하는 걸 순(順)이라 합니다. 가장 이상적인 경우입니다. 현명한 군주의 현명한 지시를 잘 따르니 모든 게 순조롭습니다. 둘째, 명령을 거스르며 군주를 이롭게 하면 충(忠)입니다. 무조건 따른다고 충성하는 게 아니란 얘깁니다. 셋째, 명령을 따르는데 군주를 이롭지 못하게 하면 첨(諂)입니다. 군주의 잘못을 지적하지 않는 건 아첨에 불과하다는 거지요. 넷째, 명령을 거스르고 군주를 이롭지 못하게 하면 그건 찬(簒)입니다. 이건 반역이니 말할 것도 없습니다.

우리의 청와대 참모들이 해야 했던 것은 둘째입니다. 그런데 그들이 한 짓은 셋째였지요. 하지만 그보다 더 가까운 게 순자가 말한 다섯 번째 길입니다.

"군주의 명예나 치욕, 그리고 나라의 흥망을 돌보지 않고 구차하게 영합해서 녹봉만 받으며 사교에만 힘쓰는 것을 국적(國賊)이라 한다."

도둑이라고까지 말한다면 지나친 걸까요? 그렇게 생각한다면 절

명령을 따르는데

군주를 이롭지 못하게 하면

첨(諂)입니다.

명령을 거스르더라도

군주를 이롭게 한다면

그것이 바로 충(忠)입니다.

대로 공직을 가질 생각을 하지 마세요. 국가의 녹을 먹으며 자신의 영달만 추구하는 게 어찌 도둑이 아니란 말입니까. 국민뿐 아니라 본인을 위해서도 하면 안 됩니다. 그런 생각 가진 공직자치고 말로가 좋은 사람은 못 봤으니까요.

춘추 시대 진(晉)나라 평공이 신하들과 술을 마시다가 말했습니다.

"왕이 되어 좋은 점은 무슨 말을 해도 거역하는 사람이 없다는 것이다."

그러자 옆에서 연주하던 장님 악사 사광이 거문고를 들어 왕을 내리치려 했습니다. 그게 어디 왕이 할 말이냐는 거지요.

그런 기개는 하루아침에 생겨나는 게 아닙니다. 지금부터 사광의 거문고를 가슴속에 새기십시오. 항상 줄을 팽팽하게 당겨 놓으시기 바랍니다. 그리고 거문고로 내려치진 않더라도 언제든 경고음을 울리세요. 그런 마음가짐이 큰일을 하기 위한 첫걸음이고, 자신을 지키는 일이며, 도적이 되지 않는 길입니다. 대문호인 괴테도 같은 말을 합니다.

"좋은 충고로써 잘못을 돌이킬 수 있다면 그것은 곧 자기 자신이 한 것과 다름없다."

효율성을 따질 것인가, 이상을 추구할 것인가

트위터나 페이스북을 즐기지는 않지만 가끔 '관전자'로서 들여다봅니다. 새삼스러운 관전평을 굳이 하자면, 페이스북은 사교 공간의 성격이 짙은 반면 미디어적 특성은 트위터가 훨씬 강한 것 같더군요. 잘나간다는 사람들의 자기 광고, 어떠한 이념 또는 주장들의 프로파간다(어떤 존재나 효능, 주장을 남에게 설명하여 동의를 구하는 일이나 활동)가 트위터에 두드러지더란 얘기입니다. 그래서인지 트위터에 더 눈이 갑니다. 일종의 직업병입니다.

그렇게 눈동냥하는 트위터에서 몇 가지 흐름을 본 적이 있습니다. 한진중공업 크레인 점거 농성과 제주도 강정마을 해군 기지 건설, 반값 등록금에 대한 언급들이 특히 눈에 띄더란 말입니다. 점거 농성을 실시간 중계하고 지지와 관심을 호소하는 글들, 기지 건설 시공사와 주민들 사이의 마찰을 중계하고 입지의 부당함을 역설하는 글들, 반값 등록금 시위를 중계하고 실현을 촉구하는 글들이 좁은 스마트폰 화면에 차고 넘쳤습니다. 개중에는 포털 사이트의 실시간 검색 순위를 올리려고 독려하는 모습도 있더군요. 구체적 방법까지 알려 주면서 말이지요.

뭐, 그럴 수 있다고 생각했습니다. 흥미로운 점은 따로 있었지요. 각기 다른 공간에서 서로 무관한 사람들에 의해 독립적으로 벌어지고 있는 일들인데도 지지자들끼리 서로 연대가 형성되더란 말입니다. 점거 농성을 지지하는 사람들이 해군 기지 건설도 반대하고, 또한 반값 등록금 실현을 목청껏 외치는 식이었지요. 현장에서 사진을 찍고 팩트(fact)를 공급하는 적극적 주체들뿐 아니라 그저 트위터 안에서 의견을 표명하는 소극적 지지자들까지 하나로 묶는 단단한 끈이 보였습니다.

트위터 사용자들이 주로 젊은 층이라는 점을 감안하면 그리 놀라운 일도 아닐지 모릅니다. 그들이 지지하고 '리트윗'을 해대는 이슈들이 이른바 좌파 진영에서 추구하고 있는 가치들이니까요. 일방적 정리 해고 반대, 환경 파괴 반대, 무상 급식과 반값 등록금 실현 같은 것들 말입니다.

일반적으로 좌파는 이상을 수호하려고 합니다. 우파는 효율성을 최고의 가치로 여기지요. 젊은 나이에는 이상 쪽으로 쏠리기 마련입니다. 또 그래야 합니다. 뜨거운 젊은 피가 계산기만 두드리고 있다면 혁신과 개혁을 기대하기 어렵겠지요. 좌파에 '진보'란 멋진 타이틀이 수식어로 따라붙는 것도 다른 이유가 아닙니다.

　그렇지요. 대책 없는 실업은 자칫 삶의 파괴로 이어질 수 있습니다. 환경 파괴는 좌우를 떠나 인류의 재앙입니다. 값싼 등록금으로 배우고 싶은 만큼 누구나 배울 수 있는 세상을 만들어야 합니다. 그렇다고 좌파가 늘 옳은 영역에 있는 건 아닙니다. 일감이 없어도 근로자를 줄일 수 없다면 결국 전체 근로자들이 일자리를 잃는 사태가 벌어질 수 있습니다. 환경 보호를 위해 댐을 건설하지 않았을 때 수재를 입는 건 저지대의 서민들입니다. 허울뿐인 대학을 국민 세금으로 연명시킨다면 결국 피해를 입는 건 학생들입니다.

　이처럼 좌파와 우파의 대립은 곧 선과 악의 대립이 아닙니다. 진실과 거짓의 대립도 아닙니다. 그것은 각기 다른 역사와 다른 이해관계를 가진 양쪽 진영의 정치적 견해가 충돌하는 것뿐입니다. 이상이냐 효율이냐 무엇을 우선하느냐의 문제인 겁니다. 서로 조금씩만 양보하면 함께 갈 수 있다는 말입니다. 좌파의 국가 사회주의, 우파의 극단적 자유주의, 이런 걸 내려놓으면 됩니다. 그런 양보와 타협을 딛고 민주주의는 발전하는 겁니다.

　좌파는 이상, 우파는 효율성을 추구한다고 했지만 항상 그런 것도 아닙니다. 좀 더 정확하게 말하자면 권력을 쥔 쪽은 필연적으로 효율성을 추구하지 않을 수 없습니다. 이제는 국가 경영의 문제이기 때문입니다. 반면 권력에서 밀려난 쪽은 아무래도 이상 또는 이타심에 호소를 하지 않을 수 없게 됩니다. 자신들이 하던 주장을 여야 입장이 바뀌었다고 눈 하나 깜박하지 않고 뒤집는 우리네 정치 현실이 이런

좌파는 이상을 수호하려고 합니다.

우파는 효율성을 최고의 가치로 여깁니다.

둘의 대립은 선과 악의 대립이 아닙니다.

조금씩만 양보하면 얼마든지 함께 갈 수 있습니다.

불편한 진실을 잘 말해 줍니다.

　이런 걸 생각한다면 우리 젊은이들이 한쪽으로 쏠릴 이유가 없습니다. 진리가 좌우 어느 한쪽에만 있는 게 아니기 때문입니다. 교육부 장관까지 지낸 프랑스 철학자 뤽 페리는 "인심이 후한 우파 인간과 머리가 영리한 좌파 인간 사이에는 차이가 없다"고 말합니다. 이 말이 전적으로 옳다고는 할 수 없겠지만 한 가지만은 분명합니다. 뜨거운 가슴과 차가운 머리가 항상 따로 노는 것만은 아니란 사실 말입니다. 한 몸에서도 가능한 겁니다. 또한 그래야 합니다.

　가슴은 한없이 달구되 냉철한 눈을 감지 마세요. 한쪽으로 쏠리지 말아야 똑바로 설 수 있습니다.

사람을 바로 보는
두 개의 잣대

●

　　　　　　　　　　　　조조만큼 평가가 엇갈리는 인물도 없을 겁니다. 국권을 농락한 간신의 전형에서부터 혼란기에 국가의 중심을 지킨 영웅에 이르기까지 극과 극을 달립니다. 시대에 따라서도 평가가 달라집니다. 아마도 조조에 가장 적대적이었던 건 송나라 때가 아닌가 싶습니다. 그중에서도 당대 최고의 시인 소동파의 평가는 잔인하기까지 합니다.

　"평생을 간사함과 거짓으로 살더니, 죽을 때가 되어서야 진심을 보였다."

　그 진심이란 조조가 말년 병석에서 틈틈이 써둔 유언집 격인 『유령(遺令)』을 두고 한 말입니다. 이 노회한 정치인은 유언에서 결코 정치 얘기를 하지 않습니다. 비슷한 것이라 봐야 한 구절 밖에 없습니다.

"나는 대체로 군중(軍中)에서 올바로 법을 집행했지만, 화를 내거나 실수를 한 점들도 있으니 이는 본받을 필요가 없다."

나머지는 모두 소소한 일상 애기입니다.

"첩과 기생들은 평소 고생했으니 내가 죽더라도 동작대에서 살게 해줘라." "남은 향은 사람들에게 나눠 주어 낭비를 줄여라." "여자들은 새끼 꼬는 법을 배워야 짚신이라도 팔 수 있을 것이다."

한갓 촌부의 유언도 이럴 것 같지 않지요? 후세의 비웃음을 사는 이유입니다. 소동파 역시 마찬가지입니다. 살아서 영웅호걸을 자칭하더니 죽음 앞에서는 소인배의 본성을 숨길 수 없었다고 경멸합니다.

하지만 근대 사상가 루쉰은 조조를 영웅으로 대해 존경까지 표합니다. 『삼국지 강의』로 명성을 얻은 이중톈 교수 같은 이도 후한 평을 하지요.

"조조가 비록 정의를 위해 죽지는 않았지만 의연하게 죽었으며, 시시콜콜 후사를 배려한 것도 의연함의 표현이다."

사실 조조는 문장가로도 유명합니다. 그런 사람이 유언집을 남긴다면 나라와 백성 운운하며 좀 더 멋진 말을 하고 싶었을 법도 한데 조조는 그렇지 않았습니다. 좀스럽고 간사한 부분도 있지만, 정이 많고 진솔한 부분도 틀림없이 있는 거지요.

이렇기 때문에 인물을 평가하는 잣대는 위쪽에 공(功)의 눈금이, 아래쪽에는 과(過)의 눈금이 있습니다. 양쪽 눈금을 합쳐야만 올바르게 잴 수가 있는 겁니다. 좀 더 재 볼까요? 내친김에 대륙으로 죽 달리겠습니다.

명 태조 주원장은 조세와 부역 제도를 개혁해 사회 생산력을 크게 높였지만, 이상하리만큼 사대부와 관료들을 질투했습니다. 독재 권력을 세우기 위해 2만 명을 숙청하는 공포 정치를 편 것도 그런 성격과 무관하지 않습니다. 그래도 따져 보면 과실보다 공적이 많습니다.

청나라 건륭제도 그렇습니다. 그는 국가를 더 강대하게 하고, 국고를 가득 채웠으며, 문화를 발달시켜 최고 전성기를 구가했습니다. 하지만 말년에 간신을 총애하는 바람에 부패가 가속되고 탐관오리가 들끓어 국력 쇠퇴의 길을 열었습니다. 그렇다 해도 과실이 공적을 다 가릴 수 없습니다.

현대 중국의 마오쩌둥도 무에 다르겠습니까? 인민공화국 초기의 경제 발전과 사회주의 개조를 이룩한 탁월한 영도자였지만, 말년에 추진한 대약진운동과 문화혁명은 재앙에 가까웠습니다. 그래도 중국인들은 "마오쩌둥에게는 7의 공과 3의 과가 있다"는 말로 과거사 문제를 정리했습니다.

굳이 중국의 경우를 예로 든 건 가까우면서도 객관성을 확보하려는 전략이었습니다. 우리나라 사람을 거론하면 아무래도 보다 논쟁적이 될 테니까요. 그래도 이제 우리 현실로 돌아올 시간입니다. 전에 이승만 전 대통령의 유족과 4·19 혁명 희생자 유족들의 화해가 무산된 적이 있습니다. 이 전 대통령의 유족 측이 사죄의 뜻을 표하려 했지만 희생자 유족 측에서 그 진의를 의심해 거부했지요. 잘되었으면 좋았겠지만, 어찌 보면 시작부터 어긋난 일이었습니다. 화해란 게 가해자가 손을 내민다고 되는 게 아니니까요. 직·간접적인 당사자와 모든 것에는 명(明)과 암(暗)이 있습니다.

인물을 볼 때도 위쪽에 공(功)의 눈금이,

아래쪽엔 과(過)의 눈금이 있는 잣대를 써야 합니다.

그래야 올바로 평가할 수 있습니다.

소신 있는 관전자가 많은 역사적 화해란 더욱 그렇습니다.

대한민국 사람이라면 누구나 어느 한 편에 나뉘어 서 있을 겁니다. 어느 편에 서건 중요한 건, 눈금이 양쪽에 있는 잣대를 가지고 있어야 한다는 겁니다. 위쪽 눈금으로 독립운동과 국제 정세에 대한 냉철한 분석, 민주주의에 대한 확신을 쟀다면, 아래쪽 눈금으로는 친일 잔재 미청산, 부패와 부정 선거를 재야 합니다. 양쪽을 정확하게 쟀다면 어떻게 해야 화해에 이를 수 있을지 길이 보일 겁니다. 어쩌면 처음부터 필요 이상의 애정이나 미움이 싹트지 않았을지도 모르지요.

매사에 양쪽 눈금의 자를 잊지 마세요. 그것은 지도자를 평가할 때만이 아니라, 내가 지도자가 되었을 때도 필요한 겁니다. 『채근담』의 말이 그겁니다.

"공로와 과실은 혼동하지 말라. 혼동하면 사람들이 태만한 마음을 품으리라. 은의(恩義)와 구원(舊怨)은 크게 밝히지 말라. 밝히면 사람들이 배반의 뜻을 일으키리라."

주장은 많아도
대의(大義)는 하나다

●

주장 과잉의 시대입니다. 여기저기
서 각지고 날 선 주장들이 쇳소리를 내고 불꽃을 튀깁니다. 연평도 앞
바다에서 천안함이 두 동강 났을 때도 그랬습니다. 북한을 보복 공격
해야 한다는 목소리가 있는가 하면, 한국 정부의 자작극이라는 음모
론도 나왔습니다. 4대강 사업이 환경을 살린다고도 하고 생태계를
죽인다고도 합니다. 무상 급식을 놓고도 찬성과 반대의 목청들이 행
여 질세라 핏대를 세웠습니다.

민주 사회에 다양한 견해가 공존하는 게 무에 나쁘겠습니까? 서로
방향 다른 생각들이 대화와 타협의 램프웨이(rampway. 고속도로의 인
터체인지에서 교차하는 2개 이상의 도로를 연결하는 비스듬한 도로)를 거쳐 발
전을 향한 한 길로 모아지는 게 민주주의 아니겠어요? 그런데 그 램

프가 막힌 게 문제입니다. 우리 사회가 그렇습니다. 대화와 타협은 보이지 않고 설득과 양보도 병목에 걸렸습니다. 오로지 주장과 반대만 새치기해 들어옵니다.

조선 선비 홍길주가 개탄한 19세기 지식인 사회의 병폐가 사회 전반으로 확대된 모양새입니다.

"나와 같으면 칭찬하고 받들며, 나와 다르면 천하게 여기고 욕한다."

욕되게 하려고 없는 사실을 꾸며내기도 합니다. 천안함 사태 때 "남한이 북한을 선제공격한다"는 문서도 돌고, "17세 이상의 남자를 강제 징집한다"는 문자도 날아다녔습니다. "빨리 퍼뜨려 주세요"라는 당부도 있었다지요. 2008년 미국산 쇠고기 수입 조건을 둘러싸고 벌어진 광우병 파동 때도 그랬지만 오직 목표는 증오의 증폭과 확산입니다.

그런 볼품없는 문서나 문자에 휘둘리지 않으리라 믿어 의심치 않습니다. 하지만 증오의 거품을 걷어 내고도 엇갈린 주장 중 무엇이 옳은지 헷갈릴 때가 많을 겁니다. 여기서 제 의견을 말하진 않겠습니다. 사실 저도 헷갈리는 게 있고 제 견해를 강요하려는 생각은 조금도 없으니까요. 판단은 각자의 몫입니다. 단지 옳은 판단을 할 수 있도록 조금이나마 돕고 싶은 게 제 바람이지요.

『채근담』에 이런 말이 있습니다.

"많은 사람이 의심한다고 자신의 견해를 버려서는 안 되고, 자신의 생각만 옳다고 남의 말을 물리쳐서도 안 된다. 작은 은혜를 사사로이 베풀어 대의를 상해서는 안 되고 공론을 빌려 사사로운 감정을 해결해서는 안 된다."

앞 문장은 쉽게 이해될 겁니다. 줏대 없이 흔들려서도 안 되지만 나만 옳다는 독선도 곤란하다는 말입니다. 동서고금을 막론하고 젊을 때는 기성 권위에 반감을 갖기 쉽습니다. 기존 질서에 대한 거부가 인류 발전의 원동력이 된 것도 사실이고요. 그렇다고 젊은 세대가 늘 옳았던 것은 아닙니다.

혁명가를 자처했지만 결국은 중국 사회를 퇴보시키고 만 홍위병(문화혁명 당시 투쟁의 선봉에 선 집단)들은 바로 고교생과 대학생들이었습니다. 서양의 뿌리 깊은 반유대주의의 선봉에도 고교생과 대학생들이 서 있었습니다. 과거 이탈리아에서는 첫눈이 오면 대학생들이 눈뭉치로 유대인을 공격할 수 있는 권리를 가지고 있었다지요. 유대인들이 이를 피하려면 대가를 치러야만 했습니다. 토리노에서는 25 듀카트를 내야 했고, 만투아에서는 사탕절임, 파두아에서는 살찐 수탉 한 마리를 내놓았답니다. 사회적 약자를 괴롭히는 그릇된 관행이었지만 젊은이들이 즐겼던 거지요. 독일 나치에서도 히틀러의 전위대는 고교생과 대학생들이었습니다. 나치가 구호를 외칠 때마다 주요 지지 세력으로 앞장섰지요.

이성보다는 격정에 쉽게 사로잡히고, 그래서 섣부른 판단을 할 수 있음을 인정하면 훨씬 유연한 사고를 할 수 있습니다. 그런 마음가짐으로 뒤의 문장을 볼까요? 앞 문장에서 나를 성찰했다면 뒤의 것은 남에 대한 판단 기준으로 삼아도 될 듯합니다. 좀 어렵긴 해도 뜻은

주장이 난무하여

무엇이 옳은지 헷갈릴 때가 많습니다.

그럴 때는 대의가 무엇인지,

그것으로 이득을 보는 사람이

누구인지를 살펴야 합니다.

명확합니다. 당리당략이나 정파 이익 같은 사감(私感)을 버리고, 이 나라 이 땅을 위하는 대의(大義)를 세웠느냐가 그 주장의 옳고 그름을 가리는 준거가 된다는 말입니다.

물론 어떤 주장이든 대의로 포장하고 있기 마련입니다. 하지만 한 꺼풀 벗겨 보면 그런 주장으로 이득을 얻는 사람이 보일 겁니다. 그런 주장일수록 상황 변화에 따라 여러 색깔로 된 '대의의 옷'을 갈아입기 쉽지요. 그러한 변신을 파악하기 위해서는 관련 기사를 날짜를 거슬러 역순으로 읽어 보는 것도 한 방법입니다.

미국의 국장(國章. 한 나라를 상징하는 공식적 표식을 통틀어 이르는 말)에는 '여럿에서 하나로(E pluribus unum)'라는 라틴어 문구가 있습니다. 그것이 오늘날 초강대국 미국을 만들어 낸 힘입니다. 대의를 생각하는 주장은 그렇게 '여럿에서 하나'로 나아갑니다. 대의란 여럿 있는 게 아니니까요. 사감 낀 주장은 반대로 움직입니다. 그 이유는 설명이 따로 필요 없을 겁니다.

진리의 차는
어느 주전자에
담겨 있을까?

●

놀라운 사실 하나 알려드리겠습니다. 지구와 화성 사이에 타원형 궤도를 따라 태양 주위를 돌고 있는 물체가 있습니다. 다름 아닌 중국제 찻주전자입니다. 아주 작아서 지구상에 존재하는 가장 강력한 망원경으로도 보이지 않을 뿐입니다….

농담이었습니다. 설마 믿으신 분은 없었겠지요? 하지만 제가 그렇게 주장한다 해도 어떤 학자도 우주에 찻주전자가 없다고 반증할 수 없을 겁니다. 우기면 그만인 거죠. 하지만 거기까지입니다. 반증할 수 없다고 해서 제 주장이 진리가 되고, 그 주장을 의심하는 것까지 인간 이성에 비추어 용납할 수 없다고 주장한다면 그건 헛소리에 불과한 겁니다.

그럼에도 이 사회는 그런 헛소리 담긴 찻주전자들이 돌고 돌아 어지럽습니다. 그것에 박자 맞춰 수많은 편견과 억측, 우격다짐들이 위성처럼 따라 돌며 춤을 춥니다. 필연적인 불신과 증오의 합창이 뒤를 잇지요. 광우병 파동의 촛불 속에서 그것을 보았고, 타블로 학력 소동(스탠포드대학 석사 출신 가수 타블로의 학력을 둘러싼 진위 여부 논란)에서도 같은 걸 보았습니다. 가격 폭락이 우려되는 반전으로 금방 식었지만 배추 값 파동 역시 다름없는 데자뷔였습니다.

이슬람 이민자들 때문에 한국 사회가 망할 거라는 황당한 찻주전자까지 등장하기도 했지요. 그 살기 좋던 스웨덴이 이슬람 이민을 허용한 뒤 심하게 망가졌으며 그것이 곧 우리의 미래라는 주장이 인터넷을 통해 확산되었던 겁니다. 저도 봤지만 스웨덴의 한 인종 차별주의자가 만들었을 법한 과장 일색의 선정적 주장에 우리의 다문화 정책에 대한 반대를 슬쩍 끼워 넣은 누더기였습니다. 그럼에도 걱정스러운 것은 자라 보고 놀란 가슴이 여전히 진정되고 있지 않기 때문입니다. 특정한 목적을 가진 무리들이 곳곳에서 솥뚜껑을 들이대고 있기 때문입니다. '삼인성호(三人成虎)'의 고사를 떨칠 수 없는 까닭입니다.

삼인성호란 『전국책(중국 한나라의 유향이라는 사람이 전국 시대 각 나라의 책략들을 정리한 책)』에 나오고 『한비자(전국 시대 법가의 대표자인 한비자의 사상과 이론을 담은 책)』에도 나오는 말입니다. 춘추 전국 시대 위나라는 강대국인 조나라에 태자를 볼모로 보내야 했습니다. 태자의 수행원으로 방총이란 신하가 뽑혔지요. 떠나기 앞서 방총이 혜왕에게 묻습니다.

"왕께서는 시장에 호랑이가 나타났다고 누가 말하면 믿으시겠습니까?"

"그렇지 않소."

"두 번째 사람이 와서 말한다면 믿겠습니까?"

"아니오."

"세 번째 사람이 호랑이를 봤다고 얘기하면 어떠시겠습니까?"

"그땐 믿을 것이오."

"그처럼 사람 셋이 모이면 없는 호랑이도 만들어 낼 수 있는 것입니다."

방총은 자신이 떠나면 터무니없는 비방이 쏟아질 텐데 귀담아 듣지 말라고 신신당부했습니다. 왕은 웃으며 걱정 말라고 대답했지요. 하지만 방총의 예언은 적중했습니다. 방총이 떠나자마자 그에 대한 중상이 난무했고, 몇 년 뒤 태자가 풀려났지만 왕의 의심을 받은 방총은 끝내 돌아올 수 없었습니다.

앞서 말한 찻주전자는 영국의 철학자 버트런드 러셀이 쓴 '신은 존재하는가?'라는 글에 등장하는 비유입니다. 그것 역시 삼인성호의 서양식 버전과 다름 아니지요. 틀렸다고 반증할 수 없고 여러 사람이 말한다고 해서 무조건 믿고 휩쓸려서는 안 된다는 교훈이 담겨 있습니다. 그렇다면 어떻게 해야 할까요? 정신없이 돌고 도는 찻주전자들 중에서 어떻게 진리의 차를 찾아내 음미할 수 있을까요?

가장 완전한 방법은 지식과 지혜로 무장하는 겁니다. 헛소리들이

진리가 무엇인지
알 수 있는 방법은
'회의의 갑옷'을
입는 것입니다.
한발 물러나
의심해 보는 거지요.

비집고 들어올 틈이 없습니다. 하지만 그런 경지에 오르려면 오랜 세월의 정진이 필요하겠지요. 그때까지는 다른 무기가 있어야 합니다. 바로 '회의의 갑옷'입니다. 어떤 주장을 들었을 때 흥분부터 할 게 아니라 한발 물러나 우선 의심해 보는 것이 자신을 지키는 방법이란 말입니다. 특히 그 주장이 익명성의 그늘에 숨어 있는지 봐야 합니다. 사람이 서로를 알아볼 수 없도록 가면을 쓰고 똑같은 옷을 입으면 훨씬 더 공격적으로 행동한다는 건 이미 증명된 사실입니다. 익명의 그늘에 숨는다는 것은 그들에게 감추어 둬야 할 자기들만의 이익이 있다는 겁니다. 그들이 이익을 지키기 위해 만들어 내는 호랑이는 그 어떤 살아 있는 호환(虎患)보다 더 무서운 것일 수 있습니다. 그렇지 않다면, 등 뒤에 감춘 게 없다면 그늘에서 못 나올 이유가 없습니다.

여기에서 제가 즐겨 쓰는 구별법이 나옵니다. '선의의 법칙'이란 겁니다. 어떤 주장의 출발점이 선의냐 악의냐를 따져 보는 거지요. 선의에서 나왔다고 모두 옳은 건 아니지만 선의는 언제나 자신의 오류를 인정할 준비가 되어 있습니다. 그러니 해롭지 않습니다. 악의도 그럴까요?

캐나다의 소설가 얀 마텔이 쓴 『파이 이야기』를 보면 이런 명문이 나옵니다.

"선함이 없으면 위대함도 없다."

멋진 패배 그리고
아름다운 승리

•

중국 광저우에서 열린 2010 아시안
게임에서 유도의 왕기춘 선수가 보여 준 스포츠맨십이 화제가 된 적
이 있습니다. 상대 선수의 부상 부위를 공격하지 않고도 시종 우세한
경기를 벌이다 막판 역습을 당해 아깝게 패했지요. 그러고도 아무 말
않고 있었는데 금메달을 딴 일본 선수가 나중에 "경의를 표한다"고
말해 알려졌습니다. 참 장하고 늠름합니다. 일본 선수 말마따나 상대
의 부상을 이용하고 싶었을 텐데, 그런 유혹을 물리쳤으니 말이지요.
달리 말하는 사람도 있습니다. 승부에서 상대의 약점을 파고드는
게 뭐가 나쁘냐는 거지요. 하지만 스포츠는 전쟁이 아닙니다. 무슨 수
를 써서라도 이겨야 하는 전쟁과 달리 스포츠에는 페어플레이라는
게 있고, 아름다운 패배라는 것도 있습니다. 그것은 그 승부가 끝이

아니기 때문입니다. 선수들이 한 번 경기하고 마는 거 아니잖아요. 경기가 끝나고 상대편과 악수를 하고 옷을 바꿔 입을 수 있는 것도 그래서입니다. 부상 부위를 집중 공략해서 자칫 상대의 선수 생명을 빼앗을 수 있는 짓은 서로 피하는 게 곧 스포츠인 겁니다.

스포츠뿐만이 아닙니다. 우리의 삶이 모두 그렇습니다. 삶이란 곧 승부의 연속이니까요. 그 원리는 『주역』에 잘 설명되어 있습니다. 『주역』은 흔히 생각하듯 점 보는 책만이 아닙니다. 인간사의 진리가 담긴 지혜서지요. 한번 펼쳐 볼까요?

주역 64괘(卦) 중 8괘 '비(比)' 편을 보면 됩니다. '比'는 견주는 것입니다. 바로 경쟁이자 승부지요. 주역은 그 비를 길(吉)하다고 풉니다. 인간이건 사회건 경쟁이 없으면 발전이 없습니다. 인류의 문명이란 결국 끊임없는 경쟁의 결과인 겁니다. 그러니 경쟁이 길하지 않을 수 없지요.

하지만 모든 경쟁이 다 그런 건 아닙니다. 정당하고 공정해야 합니다. 주역은 이를 '녕(寧)'이라 이릅니다. 정당하고 공정해야만 게임의 참가자들이 서로 편안할 수 있습니다. 그래서 '불녕방래 후부흉(不寧方來 後夫凶)', 즉 경쟁에서 편안함이 있지 못하면 후에 승리자가 된다 하더라도 결국 흉하다고 경고합니다. 너무나 많이 보아 온 일 아닌가요? 온갖 소소한 편법과 탈법, 불법을 이용해 승리를 쟁취한 것 같았지만 끝내 그것이 꼬투리가 되어 파멸에 이른 사례들 말이지요.

그렇다면 정당하고 공정하게 이기려면 어찌해야 할까요? 『주역』은 앞서 말했듯 상대를 배려하는 마음을 먼저 꼽습니다. 종래유타(終

來有他)란 '승부가 끝나고 나면 상대와 다시 하나가 되어야 함'을 말합니다. 전쟁에서처럼 패자의 모든 것을 전리품으로 빼앗는 게 아니지요. 더불어 살아야 하는 겁니다. 더불어 살아야 할 상대와의 승부에서 상대를 초토화시킬 수는 없겠지요. 결국 '너 죽고 나 살자'식의 극한 경쟁이 아니라 상생을 추구하는 선의의 경쟁이 되어야 승리하는 데 길한 겁니다.

이어 주역은 '비지자내(比之自內)', 즉 경쟁은 자기 안에 있다고 말합니다. 자신과의 싸움에서 먼저 이겨야 한다는 말이지요. 더 이상 설명이 필요 없지요. 남을 공격하기에 앞서 자기 스스로를 먼저 담금질하고 강하게 무장시켜야 한다는 겁니다. 궁극적으로 『주역』은 비지비인(比之匪人), 즉 경쟁이란 사람의 일이 아니라고 말합니다.

경쟁을 해서는 안 된다는 얘기가 아니라 승패의 결과는 곧 신의 섭리이며 자연의 질서에 따른 것이라는 겁니다. 거기서 '진인사대천명(盡人事待天命)'이란 말이 나오는 겁니다. 최선을 다해 승부에 임하고, 결과가 어쨌든 깨끗하게 승복해야 한다는 것입니다. 그래야 길한 것이지요. 아까도 말했지만 인생의 승부는 한판으로 끝나는 게 아니니까요.

지금까지 돌팔이 점쟁이의 시답잖은 해석이었습니다만, 우리 사회에서 이런 자명한 원리를 거스르다 흉한 꼴 당하고 마는 예가 눈 무르고 귀 닳도록 많은 걸 봐도 과히 그릇된 건 아닐 겁니다. 한 가지 더 분명한 게 있습니다. 큰 승부일수록 더욱더 도리를 지켜야 한다는 겁니다. 그래서 『주역』도 한 줄 더 보태고 있습니다. "어진 임금은 사

유도의 왕기춘 선수는
상대 선수의 부상 부위를 공격하지 않았습니다.
그런데 우세한 경기를 펼치다
막판에 역습을 당해 패하고 말았습니다.
상대 선수는 그에게 "경의를 표한다"고 말했습니다.

냥을 하면서 삼면을 몰아가되 한 방향은 터놓는다"는 겁니다. 설사 눈앞의 사냥감은 잃더라도 그래야만 몰이꾼으로 동원된 백성들이 두려워하지 않기 때문이지요.

그렇게 어진 경쟁이어야 길한 겁니다. 자신에게만 길한 게 아니라 그를 믿고 따르는 백성들에게도 길한 것입니다. 백성들의 지지가 거기서 나옵니다. 진정한 승리자가 되는 겁니다. 나중을 위해 꼭 기억해 두세요.

현명한 사람은 내면을 중시하고, 말이 무겁고, 준비에 최선을 다한다.

무엇보다 그는 '우리'를 위해 행동한다.

Chapter 6

❋

분노하기 전에
준비하라

우상을 부술 때가
되었다

●

　"모든 상급 학교의 사명은 무엇인가?
인간을 기계로 만드는 것이다. 그렇게 하기 위한 수단은 어떤 것인
가? 지쳐서 맥 풀리는 것을 배우지 않으면 안 된다. 그 모범이 되는 것
은 누군가? 학자들이다. 덮어놓고 공부하는 것을 가르치니까."

　독일 철학자 프리드리히 니체가 『우상의 황혼』에서 한 말입니다.
19세기 독일 고등교육에 대한 신랄한 비판이지만, 21세기를 여는 시
점에서의 우리 교육을 두고 한 말처럼 폐부를 찌릅니다.

　미국 심리학자 에리히 프롬은 또 『소유냐 삶이냐』에서 이렇게 말
합니다.

　"학교는 늘 학생들을 인간 정신의 가장 높은 위업에 이르게 하려
한다고 주장한다. 하지만 학교는 반대로 종합적인 지식 상자를 생산

하는 공장일 뿐이다. 그럼에도 수많은 대학들이 이런 환상을 만들어 내는 데 탁월한 솜씨를 발휘하고 있다."

20세기 미국 대학에 대한 조소지만 오늘 우리 대학들이 더 제 발 저릴 것 같습니다. 여기에 한 지인이 혀를 차며 들려준 얘기가 겹칩니다. 고교생 딸이 선언하더랍니다.

"대학에만 들어가면 공부 끝이니까 딴소리하지 말아요."

하지만 지인의 딸은 대학 가서 공부는 하지 않을 수 있어도, 불행 하게도 취업을 위한 '스펙' 쌓기에서 자유로울 수는 없을 겁니다.

니체가 말하는 '우상'이란 지금까지 진리라고 여겨져 온, 그래서 사람들이 맹목적으로 믿는, 그러나 더 이상 옳지 않기에 뒤집혀야 할 가치들을 일컫습니다. 프롬의 '환상'도 다르지 않습니다. 오늘날 그 것의 대한민국적 발현이 바로 지인 딸내미의 선언인 거죠.

이제 그런 우상을 부술 때가 되었다고 봅니다. 대학 들어가느라 지 치고 맥 풀려서 정작 학문을 시작해야 할 대학에서는 의욕을 잃어버 리는 웃지 못할 현실과는 이제 결별해야 할 때가 되었다는 겁니다. 그 래서 사교육 시장만 배 불려 주고 학생들은 대학을 졸업하고도 갈 길 을 못 찾으며 부모들은 대책 없이 황량한 노후로 내몰리는 블랙 코미 디를 끝내야 한다는 거지요.

그러던 차에 반가운 소식이 있었습니다. 대한민국 젊은이들이 가 장 들어가고 싶어 하는 직장인 삼성에서 고졸자를 우대하기로 했다 지요. "고학력이 아니더라도 사회에서 톱클래스로 대접받을 수 있도 록 삼성이 분위기를 만들어 가겠다"고 말이지요. 말만 들어도 반갑고 고마운 일입니다. 기업이 나서지 않으면 말짱 헛일이니까요. 우상을 파괴하자, 대학 졸업장이 스펙 중 하나 말고는 다른 게 아닌 현실에서 벗어나자고 백날 떠들어 봐야 황야에서 홀로 외치는 소리밖에 되지 않기 때문입니다. 그것도 삼성 같은 초일류 기업에서 앞장서 줘야만 다른 많은 기업으로 확산될 수 있지 않겠습니까?

사실 그것은 삼성 스스로를 위한 것이기도 합니다. 대학이라는 공장에서 생산된 판 박힌 지식 상자들로만 충원해서는 미래가 없는 까닭입니다. 삼성 제품이 최고의 품질을 자랑하지만, 삼성이 여태껏 아이폰이나 윈도우, 워크맨처럼 시대를 앞서는 창조적 제품을 만들어 본 적이 없다는 사실도 다른 원인이 있는 게 아니지요. 삼성의 약속이 상생을 외치는 정부의 압력에 등 떠밀려 나온 허울 좋은 구두선이 아니라고 확신하는 이유이기도 합니다.

이제 우리 젊은이들이 화답할 차례입니다. 무조건 대학에 가지 말란 말이 아닙니다. 분명한 목표를 세우고 그것을 실현시킬 수 있는 대학과 학과를 찾으란 말입니다. 그것을 발견할 수 없다면 대학 밖에서 찾는 게 낫습니다. 무슨 분야건 실력만 있다면 가방 끈이 길지 않아도 톱클래스로 대접받을 수 있는 날이 분명 옵니다. 믿기지 않을지 몰라도 그날이 멀지 않았습니다.

로마 제국의 지도층 가운데 그리스 아테네나 이집트 알렉산드리아의 최고 학부에서 공부한 사람은 거의 없었습니다. 지도자에게 요구된 덕목이 학교에서 가르치는 고상한 이론이 아니라 현실과 맞닥뜨리며 배운 구체적 체험이었기 때문입니다. 따라서 로마의 명문가

대학에 들어가기 위해 모두가 난리입니다.

또 스펙을 쌓기 위해 쉴 틈이 없습니다.

이 물결을 어떻게 건너야 할까요?

자제들은 군단의 하위 장교나 말단 행정직 업무를 수행하면서 경험을 쌓았습니다.

로마 시대만 그런 게 아닙니다. 오늘날 스티브 잡스나 빌 게이츠, 그리고 트위터를 만든 비즈 스톤 같은 이들도 대학을 때려 치고 나와서 신화를 창조하지 않았습니까? 남들 대학 가니까 나도 가고, 유망 학과라니까 나도 가야 안심이라는 식으로는 얻을 것도 이룰 것도 없습니다. 로마 시대 철학자 세네카는 그런 이들을 일컬어 이렇게 말했습니다.

"그들은 강에서 표류하는 사람과 같다. 자신의 진로를 스스로 정하는 게 아니라 강물에 떠맡긴다."

물살을 거스를 때는 거스르고, 강을 건너야 할 때는 과감히 건너세요. 남이 아닌 바로 나 자신의 삶입니다.

젊음은 홀로
빛나지 않는다

얼마 전 트위터에서 이런 문장을 봤습니다.

"젊음은 젊은이들에게 주기 아깝다."

영국 작가 조지 버나드 쇼의 말이랍니다. 그답지요? 젊음의 소중함을 모르고 젊음을 낭비하는 젊은이들에 대한 따끔한 경고입니다. 이런 말을 들어도 깨닫기는 쉽지 않습니다. 뭔가 느꼈을 땐 이미 젊음이 저만치 멀어진 뒤일 공산이 크지요. 그래서 옛 시인 도연명은 이렇게 노래합니다.

"젊은 시절은 거듭 오지 않으며 하루에 아침을 두 번 맞지 못한다."

다시 오지 않기에 더 귀하고, 있을 땐 보이지 않기에 더 속절없는 게 젊음입니다. 젊음은 그 자체로 신이 내린 축복이지만 홀로 빛을 발하지는 않습니다. 무언가와 동행할 때만 찬란하게 빛납니다. 그게 무엇인지는 조선 전기의 명신 김정이 말해 줍니다.

김정은 중종 때 장원 급제하고 대사헌, 형조 판서를 지낸 인물입니다. 조광조와 함께 개혁을 추진하다가 뜻을 못 이루고 기묘사화 때 제주도로 귀양을 갔다가 끝내 사약을 받고 맙니다. 불과 서른네 살 때입니다. 죽음을 눈앞에 두고도 낯빛 하나 변하지 않고 형제들에게 노모를 잘 봉양하라고 당부하는 편지를 썼다고 하지요. 그리고는 술을 가져오라 해서 실컷 마신 뒤 시를 한 수 읊습니다.

> 절도에 버려져 외로운 넋이 되매
> 사랑하는 어머니 버리고 천륜을 끊었도다.
> 이런 세상 만나 내 몸을 죽이니
> 구름을 타고 천제의 궁궐 지나
> 굴원을 좇아 높이 소요하려는데
> 어둡고 긴긴 밤은 언제 새려나
> 사무치는 붉은 마음 풀숲에 묻히었네.
> 당당한 큰 뜻 중도에 꺾이었으니
> 천추만세에 응당 나를 슬퍼하리라.

기개가 넘치지 않습니까? 이익 좇아 잔머리나 굴리고 책임 피해 핑곗거리나 찾는 요즘 위정자들과는 사뭇 다릅니다. 그는 대과에 합격하기 두 해 전인 스무 살에 열한 가지 잠언을 짓습니다. 말과 행실,

뜻, 용기, 생각, 쾌락, 근심, 욕망, 외모, 분노, 호오(好惡)에 대해 스스로를 경계하기 위함이지요. 그『십일잠(十一箴)』의 서문에서 그는 이렇게 말합니다.

"젊었을 때 앞날이 먼 것을 믿고 일생을 향락으로 지내다가 늘그막에 이르러 그 이룩한 바 없음을 뉘우치는 것은, 마치 달아나는 뱀이 구멍에 들어갔으나 꼬리를 감추지 못해 잡히고 마는 것처럼 한탄해도 늦고 말 것이다."

섬뜩한 얘기입니다. 스무 살짜리의 생각이라고는 믿어지지 않지요. 하지만 범상한 사람들은 대부분 그렇지 못합니다. 앞날이 먼 줄만 알다가 꼬리를 들리고 나서야 뒤늦은 후회를 하고 말지요. 그래서 김정은『십일잠』중 하나인「일락잠(逸樂箴)」에서 다시 한 번 강조합니다.

"한창 때에 힘쓰지 않으면 썩은 풀과 함께 사라져 버린다. 하루살이가 아침저녁으로 들끓지마는 세찬 바람이 한 번 지나가면 자취도 보이지 않는다."

젊음은 아름답습니다. 하지만 갈고 닦음이 없이 내세우는 아름다움은 하루살이 허세에 불과하다는 겁니다. 아무리 치장하고 꾸며도 달라지지 않습니다.

"칠보(七寶)로 장식한 옷을 입었어도 똥통에 누워 있다면 사람들은 누구나 코를 막고 피할 것이다."「행잠(行箴)」

외모보다는 내면을 채우는 데 애를 써야 합니다. 아름나운 입에서 나오는 멍청한 소리만큼 '깨는' 것도 없는 거지요.

젊음은 아름답습니다.

하지만 갈고 닦음이 없는 아름다움은

하루살이 허세에 불과합니다.

"경솔하고 부박한 무리가 덕(德)에 들어가기를 구하는 것은 바다를 건너는데 가마를 타고, 날개를 바라면서 양을 기르는 것과 같다." 「의용잠(儀容箴)」

내면을 채우는 데 지름길은 없습니다. 스펙 학원도 없습니다. 벽돌 쌓듯 차근차근 다져가는 수밖에 없습니다. 서두르고 잔꾀를 부리다 간 돌부리에 걸려 넘어질 수도 있습니다. 넘어지고 후회해 봐야 또한 소용이 없습니다.

"명예에는 바라지 않아도 비방이 절로 따르고, 이익에는 기다리지 않아도 다툼질이 미치는 법이며, 부유함에는 생각하지 않아도 원망이 좇아오게 마련이다. 욕망이라는 것은 불이 처음 일어날 때와 같다. 시초에는 기세가 작으므로 사람들이 구경하며 쉽게 여기나 불꽃이 튀기게 되면 두들겨도 꺼지지 않아 호수의 물결을 기울여도 쉽게 끌 수 없게 된다." 「욕잠(欲箴)」

대신 확고한 신념을 가져야 합니다. 어떤 외풍이나 유혹에도 흔들리지 말아야 합니다. 그런 신념을 가지려면 용기가 필요합니다.

"세상에 큰 용기를 가진 사람은 헐뜯어도 성내지 않고 공격받아도 놀라지 않으며 욕해도 싫어하지 않는다. 그것은 의(義)를 행함에 용감하므로 분하고 노여운 일들이 마음속에 들어오지 않기 때문이다." 「용잠(勇箴)」

열한 가지 모두는 아니더라도 이 몇 가지는 가슴에 새겨 두세요. 그것들과 동행함으로써 아름다운 젊음을 마음껏 빛내 보시기 바랍니다.

boy는 보이는데
man은 안 보이는,
어른 없는 세상

●

『삼국지』 이야기를 하나 해 볼까요?

조충이란 사람 이야기입니다. 조조의 여덟째 아들이지요. 조조는 스물세 명의 아들을 두었는데, 그중에서 위나라의 첫 황제가 되는 조비와 동생 조식이 잘 알려져 있습니다. 혹시나 황위를 노릴까 우려한 조비가 동생 조식에게 일곱 발짝을 걸을 때까지 시를 짓지 못하면 내란 음모 죄로 처벌하겠다고 했을 때 조식이 지은 「칠보시(七步詩)」가 유명하지요. 말이 나온 김에 감상해 보겠습니다.

콩 줄기 태워 콩을 삶으니
가마솥 속의 콩이 우누나.
본디 같은 뿌리에서 태어났건만

어찌 이리 모질게 끓여대는가.

한 어머니한테서 태어난 형제끼리 너무한다는 얘기지요. 이런 기
막힌 은유를 일곱 걸음 만에 지어냈으니 참으로 대단한 문재(文才)
입니다. 조비 역시 조식 못지않은 문장가였습니다. 하지만 총명하고
사리 밝기로는 두 사람을 합쳐도 조충을 따르지 못합니다.

어느 날 오나라의 손권이 코끼리를 조조에게 선물로 보냈습니다.
조조는 코끼리 무게가 얼마나 나가는지 알고 싶었지요. 신하들에게
물었지만 누구도 그 무게를 잴 방법을 생각해 내는 사람이 없었습니
다. 그때 열 살도 못된 충이 말합니다.

"코끼리를 배에 태워 배가 가라앉은 위치를 표시한 뒤 따로 무게를
잰 돌을 실어 비교해 보면 알 수 있을 것입니다."

조충이 단지 총명하기만 했던 게 아닙니다. 주위 사람을 이해하고
배려하는 인품도 지니고 있었습니다. 하루는 조조가 아끼는 안장을
쥐가 갉아먹은 일이 있었습니다. 안장을 보관하던 창고지기는 목이
떨어질까 두려워 벌벌 떨었습니다. 충은 그에게 "사흘만 기다리라"
고 말한 뒤 자신의 옷에 송곳으로 구멍을 뚫어 쥐가 갉아먹은 것처럼
보이게 했습니다. 그리고는 조조 앞에 가서 근심 어린 표정을 짓습니
다. 무슨 일이 있느냐고 조조가 물었겠지요.

"쥐가 옷을 갉아먹으면 옷 주인에게 불길한 일이 생긴다고 합니다.
이제 제 옷을 갉았으니 걱정입니다."

조조는 웃으며 터무니없는 말이니 걱정 말라고 위로합니다. 이후

창고지기가 쥐가 안장을 갉았다고 보고했습니다. 조조는 "몸 가까이 있는 옷도 갉아먹었는데 하물며 기둥에 걸린 안장이야 오죽하겠느냐"며 웃어넘겼습니다.

당시에는 전쟁이 계속되는 상황이어서 형벌이 엄중했습니다. 그런데 사형에 처해질 사람을 충이 무죄를 입증해 구제한 경우가 수십 명에 이르렀다고 하지요. 이는 재치로만 설명될 게 아닙니다. 세상 돌아가는 이치에 깨달음이 있다는 얘기지요. 쉬운 말로 철들고 어른스럽다는 얘기입니다. 열 몇 살짜리가 말이지요. 조조는 그런 충에게 권좌를 물려줄 생각을 합니다. 하지만 열세 살에 그만 병으로 세상을 떠나고 말지요. 조조의 슬픔은 이루 말할 수가 없었습니다. 위로하는 다른 아들들에게 "이것은 나의 불행이지만 너희들에게는 행운이로구나"라고 말할 정도였지요. 만약 충이 권좌를 물려받았다면 위나라가 삼국을 통일했을지도 모를 일입니다.

아이만도 못한 것 같아서 부끄럽다고요? 그렇습니다. 부끄러워해야 합니다. 그러라고 뜻도 못 펴 보고 간 1,800년 전 아이 이야기를 길게 늘어놓은 겁니다. 물론 조충 같은 인물이 많은 건 아닙니다. 그래도 그것이 오늘날 이 땅에 애 같은 어른들이 넘쳐나는 현상의 변명이 될 수는 없습니다.

세상에 보이(boy)만 있지, 맨(man)이 보이지 않습니다. 뭐하나 '엄마'한테 묻지 않고는 갈 길을 찾지 못합니다. 자의식이 밭으니 쏠림은 깊을 수밖에 없지요. 그저 남 따라 우르르 몰려다니기만 합니다. 말은 가벼워 흩날리고, 행동은 거칠어 쉬이 상처를 냅니다. 내면을 채

어린 조충이 무죄를 입증하여

목숨을 구해 준 이가

수십 명이었다고 합니다.

돌아가는 세상의 이치를

깨닫고 있었기 때문이지요.

그가 아버지 조조의 뒤를

이었다면 어땠을까요?

울 생각이 없으니 겉모습에 치중하는 건 필연입니다. 서점에는 파리가 날리는데, 피부과·성형외과에는 줄이 줄지 않습니다. 부모 지갑은 비고 스펙은 높이 쌓이지만, 카드로 만든 성만큼이나 허술합니다.

누가 그러냐고 따질 것도 없습니다. 거반 다 그렇습니다. 어른스럽지 못한 어른들을 본받지 말고 진짜 어른이 되어야 합니다. 조충 앞에서 부끄러웠다면, 지금이라도 자신을 돌아보세요.

반딧불을 잡아 책을 읽었던 '형설지공'의 주인공 손강은 독서에만 열심이었던 게 아닙니다. 어려서부터 자신에게 엄격했습니다. 학문은 말할 것도 없고 청렴을 잃지 않았으며 거짓을 입에 담지 않았습니다. 힘 있는 사람을 좇지 않고 착한 사람을 가려서 사귀었습니다. 내면을 다지는 그런 노력이 후일 그를 어사대부 자리에까지 올려놓습니다. 오늘날 감사원장에 해당하는 자리지요.

오늘날은 어떻습니까? 마땅한 감사원장 후보자 찾기도 쉽지 않습니다. 그런 현실이 더 이상 반복되지 말아야겠습니다.

안에 있으면 노예, 밖으로 나오면 주인이 되는 것은?

●

옛날 중국 북주에 하돈이라는 대장군이 있었습니다. 큰 공을 세웠는데 받은 상이 작다고 불만이었지요. 그래서 조정을 원망하는 말을 하고 다녔습니다. 그러다가 결국 권신 우문호의 미움을 사 자살을 강요받는 상황에 몰렸습니다. 후회했지만 돌이킬 수 없는 일이었지요. 목숨을 끊기 전 그는 아들 하약필을 불러 말합니다.

"나는 혀 때문에 죽는 것이다. 잘 기억해 두어라."

말을 마친 하돈은 송곳으로 아들의 혀를 찔렀습니다. 그 아픔과 상처를 간직해 평생 혀를 함부로 놀리지 말라는 권계를 준 것이지요. 약필은 "군주가 신중하지 못하면 신하를 잃고, 신하가 신중하지 못하면 목숨을 잃는다"는 아버지의 유훈을 가슴에 새겨 늘 말을 삼갔습니다.

그런데 수 왕조로 바뀌고 벼슬이 날로 높아지면서 교만해졌습니다. 수 문제로부터 "너는 세 가지 지나침이 있다. 질투가 지나치고 자만이 지나치며 군주를 무시하는 게 지나치다"고 경고까지 받았지만 깨닫지 못했습니다. 자신을 더욱 중용하지 않는다고 불평을 늘어놓다가 결국 수 양제의 손에 처형을 당하지요. 끝내 아버지의 전철을 밟고 만 겁니다.

송곳으로 찔러 경계해도 허사였을 만큼 혀는 함부로 놀려지기 쉬운 구조로 되어 있습니다. 만져 보면 생각보다 크고 두껍고 근육이 발달한 걸 알 수 있을 겁니다. 옛사람들이 "입은 화를 부르는 문이며, 혀는 몸을 베는 칼"이라고 경계한 것도 그래서입니다.

퍼스트레이디의 로비 의혹을 발설한 야당 의원이 있었습니다. 알고 보니 허술하기 짝이 없는 문제 제기였습니다. 세간에서 그런 의혹이 제기되고 있는 것도 아니고, 별다른 증거도 없이, 예전에 증권가에서 나돌던 얘기를, 상관없는 대정부 질문 자리를 빌려 끄집어냈던 겁니다. 다른 정치적 노림수가 없었다면 나올 수 없는 행동입니다. 또 그걸 '아니면 말고' 식으로 두둔하는 그 당의 원내 대표도 있었습니다. 더욱 한심한 건 그런 저열한 정치를 바꿔 보겠다고 나선 386 정치인들조차 선배들의 낡은 매뉴얼이나 베끼더라는 겁니다. 유권자를 우습게 여기는 처사가 아니고 뭐겠습니까.

하지만 면책 특권이라는 갑옷이 얼마나 튼튼할지 몰라도 제 스스로 깨무는 혀까지 보호할 수는 없는 노릇입니다. 엽기적인 하씨 부자가 아니더라도 세 치 혀를 잘못 놀려 화를 자초한 사람은 동서고금을 통틀어 무수하게 많습니다. 그러다 보니 말함에 신중을 기해야 한다는 격언이 없는 나라가 없을 정도입니다. 찾아보니 다 좋은 말들 중에서 페르시아의 금언이 가장 겁이 납니다.

"입이 가벼울수록 수명은 줄어든다."

요즘처럼 얼굴을 맞댄 대화보다 문자나 블로그, 트위터 같은 원거리 디지털 대화가 더 많아진 시대에는 이런 금언도 하나 보태져야 할 겁니다.

"손가락이 과속할수록 수명은 줄어든다."

사실 손가락은 혀보다 훨씬 더 위험합니다. 멀리 떨어져 있으니 입으로는 못할 말도 쉬이 할 수 있고, 익명의 그늘에 숨으면 과격한 욕설이나 거짓도 거리낄 게 없습니다. 게다가 말은 사라지지만 글은 영원히 남습니다. '엔터' 키를 떠난 글은 시위를 떠난 화살처럼 지울 수 있는 게 아닙니다. 아무 생각 없이 또는 장난으로 놀린 손가락이 언제 어디서 부메랑이 되어 날아와 내 뒤통수를 칠지 모른다는 말입니다. 조심하고 또 조심해야 할 일입니다.

유대인들의 가르침 중에 참으로 울림이 있는 말이 있습니다.

"네 입 안에 있는 말은 너의 노예지만, 그것이 입 밖에 나오면 곧 너의 주인이 된다."

말이건 글이건 다를 게 없습니다. 홧김에 던진 말이, 기분 상해 두드린 글이 내 발목을 잡고 나를 구렁텅이에 빠뜨릴 수 있습니다. "한마디 말 잘못으로 평생 쌓은 선(善)을 무너뜨린다"는 공자님 말씀이 바로 그것이지요. 얼마나 억울하고 분한 일입니까?

세 치 혀를 잘못 놀려

화를 당한 사람은 수없이 많습니다.

입이 가벼울수록

수명은 줄어드는 법입니다.

말을 할 때는

돌다리를 두드리고 건너듯 해야 합니다.

그렇다고 입을 봉할 수도, 손가락을 묶을 수도 없고 어떻게 하면 좋지요? 오랜 박해를 겪으며 지혜를 터득한 유대인들이 해답까지 줍니다. 주문처럼 외우면 호신부적이 따로 없을 말입니다.

"내 말을 내가 건너는 다리라고 생각하라. 단단한 다리가 아니라면 너는 건너려 하지 않을 테니까."

기왕이면 하돈의 송곳으로 두드려 보고 건너면 좋을 겁니다.

바보는 화를 내고
똑똑한 사람은 준비한다

‘와신상담(臥薪嘗膽)’ 고사를 모르는 사람은 없을 겁니다. 그렇습니다. 춘추 시대 말기 오나라 왕 부차와 월나라 왕 구천의 복수혈전 이야기지요. 원수를 갚기 위해 온갖 고난을 참고 견뎌 끝내 뜻을 이룬 두 사람입니다. 『사기』「월세가편」에 전하는 이야기인데, 와신상담이 강조되다 보니 더 중요한 교훈이 묻히고 맙니다. 그 이야기를 해 보겠습니다.

아시다시피 오왕 합려는 월왕 구천과 싸워 대패하고 전사합니다. 합려의 아들 부차가 아버지의 복수를 다짐하지요. 불편한 장작더미 위에서 잠을 자면서(臥薪) 꾸준히 힘을 키웁니다. 구천도 바보가 아니지요. 그걸 알고 오나라를 먼저 치고 나섭니다. 하지만 참패하고 항복하고 맙니다. 구천도 쓰디쓴 쓸개를 씹으며(嘗膽) 복수의 날을 기다립니다. 결국 오나라를 멸하고 패자(覇者)가 되지요.

언제 들어도 감동적입니다. 부차는 2년 동안 장작을 깔고 잤고, 구천은 22년이나 쓸개를 씹었습니다. 그리고는 목적을 달성하지요. 하지만 한풀 걷고 보면 쓸개를 씹을 필요도 없었고, 장작 위에서 잔 보람도 없었던 겁니다. 왜냐 하면 이렇습니다.

구천이 오나라를 치려 할 때 명신 범려가 말리거든요.

"병(兵)을 흉기라 하고 싸움은 역덕(逆德)이라 하며 다툼은 말사(末事)라 합니다. 즐겨 흉기를 들고 도리에 어긋나는 일을 행하며 하찮은 일에 손을 대는 것은 천도에 어긋납니다."

때가 아니고 준비도 안 되었다는 경고인데 구천이 이를 무시했다가 낭패를 보고만 거지요. 구천이 범려의 말을 들어 무리하게 거병하지 않고 방어에 충실했다면 부차는 죽을 때까지 장작 위에서 내려오지 못했을지도 모릅니다.

부차도 마찬가지입니다. 구천과 싸워 이긴 뒤 그를 죽여 후환을 남기지 말라는 명신 오자서의 충고를 무시합니다. 게다가 바른 소리를 자꾸 하는 오자서를 멀리하다가 모함을 듣고 끝내 자결하도록 명하지요. 오자서가 죽기 전에 "오나라가 월나라에 멸망하는 모습을 지켜볼 수 있도록 눈알을 도려내 동문 위에 걸어 달라"고 했다는 건 유명한 일화입니다. 얼마나 억울했으면 그랬을까요. 결국 준비를 소홀히 한 부차는 구천에게 패하고 후회의 눈물을 떨구며 자결하고 맙니다. 부차가 오자서의 말을 잘 새겼더라면 구천은 겨우 목숨은 부지했더라도 평생 쓸개 반찬을 먹어야 했을 겁니다.

2010년 11월 23일, 대한민국 땅 연평도가 북한의 해안포 포탄에 유린되는 모습을 보며 부차와 구천, 두 사람을 생각했습니다. 와신상담해서 복수를 하자는 게 아닙니다. 와신상담은 차라리 쉽습니다. 치욕이 푹신한 요가 되어 주고 분노가 고소한 조미료가 되어 줄 테니까요. 오히려 분노가 스러지고 치욕이 가라앉았을 때 위기가 시작되는 겁니다. 그때 더욱 마음 다잡고 철저하게 대비해야 하는 겁니다. '유비무환(有備無患)'이란 말을 처음 사용한 진(晉)나라의 명신 사마위강이 그보다 앞서 말한 것이 "편안할 때 위기를 생각하라(居安思危)"였습니다. 유비무환의 방법으로 이만한 것이 따로 없지요.

우리가 평소에 그런 몸가짐 마음가짐이 되어 있었다면 북한이 민간인 마을에 대포를 쏘는 무도한 짓을 할 수 있었을까요? 여행객에게 총질(2008년 7월 11일 금강산 관광객이 북한군 총격으로 사망함)을 하고, 물속에 숨어서 우리 함정에 어뢰를 쏠 수 있었을까요? 아닐 겁니다. 국군 통수권자가 북한의 계획적 도발을 막다 전사한 병사들의 영결식은 외면하고 축구나 보러 가니(2002년 6월 29일 서해 북방한계선NLL을 침범한 북한 전함을 격퇴시키기 위해 교전하다 남한 경비정 참수리호가 침몰하면서 함장 윤영하 소령을 비롯한 장병 6명이 순국했을 당시, 김대중 대통령은 이들의 영결식에 참석하는 대신 일본 도쿄에서 열린 월드컵 결승전 경기를 관전함), 그런 안이한 남한 정부를 보고 온갖 도발을 감행하는 것 아닐까요?

와신상담의 고사에 덜 알려진 교훈이 있다고 했지요? 바로 '지만(持滿)'이라는 겁니다. 활을 끝까지 당긴 채 화살을 쏘지 않은 형상을

활을 당긴 채

화살을 쏘지 않을 때

하늘의 도움을 받을 수 있습니다.

만반의 준비를 하고

기다려야 한다는 말입니다.

월왕 구천은 22년을 기다려

오왕 부차를 이길 수 있었습니다.

지만이라고 합니다. 만반의 준비를 다하고 대기하고 있는 상황을 일컫지요. 부차에게 패한 구천이 계책을 묻자 범려가 말합니다.

"위난을 견디는 사람은 사람의 도움을 받습니다. 행동을 절제하는 사람은 땅의 도움을 얻지요. 그리고 지만하는 사람은 하늘의 도움을 입습니다."

그제서야 구천은 준비가 얼마나 중요한지 깨닫습니다. 그래서 22년 동안이나 준비하는 겁니다. 연평도 피격 사태는 분명 우리에게 지만의 교훈을 일깨워 줍니다.

바보는 당하고 화만 냅니다. 그리곤 곧 잊어버리지요. 똑똑한 사람들은 준비를 합니다. 활시위를 힘껏 당겨야 합니다. 언제든 화살을 가장 멀리까지 날릴 수 있도록 힘을 비축해야 합니다. 그 활줄처럼 마음가짐도 늘 팽팽하게 유지해야 합니다. 힘들긴 해도 나중에 장작 위에서 자고 쓸개를 씹는 것보다는 분명 나을 겁니다.

'영국의 케네디' 블레어의 추락

이 땅의 백성들은 주기적으로 씁쓸함을 맛봐야 합니다. 저 높은 곳에서 잘나가는 사람들의 도덕성이 저 밑바닥 시궁창을 기고 있다는 사실을 잊을 만하기도 전에 또 확인해야 하니까요. 낮은 곳에서 하루하루 바듯한 삶을 살면서도 행여 구정물 묻을까 몸 사리던 소시민들은 배신감보다 더 큰 좌절감을 느껴야 합니다. 이유도 여럿이지만 무엇보다 그들의 '거짓말'이 그렇게 만듭니다.

그들 본인은 좀 억울할는지도 모르겠습니다. 본의가 아닐 수도 있고 착각을 일으켰을 수도 있습니다. 하지만 누굴 탓할 것도 없겠습니다. 고대 그리스 시인 호메로스의 말대로 "죄악에는 허다한 도구가 있지만, 그 모든 것에 공통적으로 적용되는 게 거짓말"이니까요. 뭔가 숨기고 싶은 사실이 있으니 거짓말도 나온 게 아니겠느냔 말입니다. 아니면 17세기 프랑스 극작가 피에르 코르네이유가 훈수한 것처럼 "거짓말쟁이가 되려면 좋은 기억력을 가져야 한다"는 진리를 염두에 두었던가요. 자꾸만 말이 바뀌면 별것 아닌 거라도 별것처럼 보이지 않겠습니까?

코흘리개 아이가 거짓말을 해도 회초리를 드는데, 한 나라의 동량이 되겠다는 사람의 거짓말을 허투루 넘길 수는 없겠지요. 영국의 토니 블레어 전 총리의 말년 운에 망신살이 끼인 것도 다른 이유가 아닙니다. 블레어 총리가 어떤 사람입니까? 마흔한 살에 최연소 노동당 당수가 되고, 마흔네 살에 20세기 최연소 총리가 된 인물입니다. 이후 총선에서 세 번 연속 승리해 10년이나 다우닝가 10번지에 살았습니다. 지하철 타고 출근하는 참신함으로 기대를 모았고, 좌우를 모두 아우르는 '제3의 길'을 주창해 비전과 결단력을 가진 '영국의 케네디'란 찬사를 받았지요.

하지만 거짓말 하나가 모든 걸 산산조각 냈습니다. 2002년 「이라크 대량파괴무기(WMD)에 관한 영국 정부의 판단」이란 보고서가 문제가 되었지요. 거기에는 나중에 주워 담을 수 없는 거짓말이 들어 있었습니다. 블레어가 보고서 머리말에 "이라크가 명령 하달 후 45분 내에 사용 가능한 WMD를 가졌다"고 했던 거지요. 이 문장은 결국 거짓으로 판명이 났고, 사람들이 블레어를 신뢰할 수 없는 증거가 되었으며, 블레어(Blair)를 '블라이어(Bliar)'라고 놀리는 구실이 되었습니다. 블레어의 전기 작가 앤서니 셀던은 이렇게 쓰기까지 했지요.

"블레어는 모든 사람과 친구인 지도자로 시작해, 영국에서는 거의 아무런 친구도 없는 사람으로 끝났다."

거짓말이란 게 그만큼 치명적인 겁니다. 커다란 코를 가졌기에 쉽게 눈에 띌 수밖에 없고, 짧은 다리를 가졌기에 멀리 달아날 수 없는 게 거짓말입니다. 아무리 좋은 기억력을 가졌더라도 거짓을 숨겨서 멀리 도피시킬 수는 없을 겁니다. 높은 곳에서 떨어질수록 부상이 심하듯, 지위가 높을수록 거짓말의 대가는 클 수밖에 없는 겁니다.

하지만 거짓말이 더 위험한 것은 다른 이유에서입니다. 정신분석학자 프로이트가 재미있는 예를 들어 설명합니다.

두 유대인이 거리에서 만났습니다. 한 사람이 묻습니다.

"어디 가니?"

다른 사람이 대답합니다.

"크라코비아."

그러자 질문한 사람이 버럭 화를 냅니다.

"이런 거짓말쟁이! 너는 지금 크라코비아에 가면서 나로 하여금 람부르크에 간다고 믿게 하기 위해서 크라코비아에 간다고 하는구나. 왜 그런 거짓말을 하지?"

거짓말을 하는 사람은 남들도 자신처럼 거짓말을 한다고 생각합니다. 그래서 남들을 믿을 수 없게 되지요. 지도자가 아랫사람을 믿지 못한다면 어떻게 되겠습니까? 어떠한 현명한 조언도 귀에 들어오지 않겠지요. 히틀러가 그랬잖아요. 자신이 거짓말쟁이다 보니 주위 사람을 믿지 못했습니다.

블레어는 마흔 살에 노동당 당수,
마흔네 살에 최연소 총리가 됩니다.
세 번 연속 총선에 승리하면서
'영국의 케네디'란 찬사를 받았지요.
그런 그가 하루아침에
'모든 이의 친구'에서
'아무도 없는 친구'로 전락했습니다.
거짓말 하나 때문이었습니다.

1940년 5월 히틀러는 폭풍처럼 전진하던 전차 부대의 진격을 멈추라는 명령을 내립니다. 부하 장군을 믿지 못했던 거지요. '전격전'의 창시자로 일컬어지는 구데리안 장군은 섬멸을 눈앞에 두었던 영·불 연합군이 덩케르크 항구를 탈출하는 기적을 닭 쫓던 개처럼 바라봐야 했습니다.

그래서 18세기 프랑스 작가 앙투안 드 리바롤 같은 사람은 "신뢰하는 사람에겐 절대로 거짓말을 하지 말라"고 경고합니다. "그에게 거짓말을 하는 순간 그를 믿지 못하게 된다"고 말이지요. 하물며 백성들에게 거짓말을 하다니. 절대 그래선 안 되지요.

당장 아플 수는 있어도 정직 이후의 길은 평탄합니다. 달콤한 거짓말은 하는 순간이 절정이지요. 이후에는 추락하는 일만 남아 있습니다. 성경 말씀 한마디 외워 두시면 도움이 될 겁니다.

"속임수로 얻어먹은 빵에 맛들이면 입에 모래가 가득 들어갈 날이 오고야 만다."

어찌하여 당신을
미워하는 사람이 없나요?

●

언젠가 39세 판사가 69세 소송 당사자를 "버릇없다"고 꾸짖어 입방아에 오른 적이 있습니다. 길거리에서 사소한 시비가 붙어도 "몇 살이나 먹었냐?"는 연장자 확인 작업이 우선일 만큼(때로는 주민등록증 대조까지 벌어지는 중요한 의식입니다) 경로사상 투철한 동방예의지국에서, 서른 살이나 더 먹은 사람에게 버릇 운운한 것은 아무리 판사님이라도 '버릇 있는' 행동이라 할 수 없겠죠.

물론 그 말이 괜히 나온 건 아닐 겁니다. 법정 질서를 무시하고 자꾸 끼어드니까 경고 차원에서 한 말 아니겠어요? 하지만 사건이 기사화되자 여기저기서 "나도 당했다"는 제보가 꼬리를 문 것만 봐도 평소 판사님들의 말 품새가 꼭 우아하지만은 않은가 봅니다. 모르긴 해도 범죄자들 자주 만나는 검사님들의 입 역시 더 나을 거라고 생각되지는 않는군요.

그 어렵다는 사법시험 합격하고도 사법연수원에서 밤잠 안 자고 경쟁해 판·검사로 임용된 훌륭한 사람들이 왜 그럴까요? 답은 너무 훌륭하기 때문입니다. 남들 놀 때 열심히 공부했으니까 보답을 받아야 하는 거지요. 내가 공부할 때 논 사람들은 좀 무시해도 되는 거고요. 내가 잘나서 높은 자리에 올랐으니 못난 사람들은 내 판단에 따라야 하겠지요. 못난 사람들이 잘난 사람한테 밥 한번 사는 게 무에 그리 눈 흘길 일일까요…. 이런 자만과 오만, 교만이 머릿속에 차 있으니 막말 판사가 나오고 스폰서 검사(각종 금품이나 접대를 받은 검사를 일컬음)가 나오는 겁니다. 많은 사람들이 수긍하지 못하는 튀는 판결도 거기서 나오고, 맘먹은 대로 될 때까지 하는 별건 수사(경미한 사안으로 사람을 소환하여 더 큰 잘못에 대한 혐의를 밝혀내는 수사 방식)도 다 거기서 나오는 거지요.

그런 걸 보면 화가 나지요? 그 마음 간직하세요. 출세한 다음에도 오만 대신 겸손을 가지세요. 없다면 억지로라도 만드세요. 그 겸손이 자신의 가장 강력한 무기가 될 겁니다. 고대 중국의 사상가 순자도 말했습니다. "아무리 날카로운 무기라도 예의 바르고 겸손한 태도만큼 이익이 되는 건 없다"고 말이지요. 그가 겸손의 최고봉으로 꼽은 사람이 춘추 시대 초나라의 명재상 손숙오였습니다.

어느 날 누가 손숙오에게 물었지요.

"관직에 오래 있으면 선비들이 질투하고, 봉록이 많아지면 백성들이 원망하며, 벼슬이 높아지면 군왕이 미워한다고 들었습니다. 지금 대인은 관직에 오른 지 오래되었을 뿐 아니라 봉록도 많고 자리도 높습니다. 세 가지를 모두 갖췄으나 초나라 임금과 선비, 백성 중 대인을 미워하는 자가 없습니다. 어찌 그렇습니까?"

손숙오의 대답은 이랬지요.

"나는 지금 초나라 재상 자리를 세 번째 하고 있지만 더욱 겸손하려고 노력하네. 봉록이 높아질 때마다 더 많이 베풀고, 지위가 높아질수록 주변 사람들에게 더 예의 바르게 행동했네. 내가 초나라 선비와 백성들에게 죄를 짓지 않을 수 있던 이유가 바로 그것이네."

'죄'라는 표현에 주목하세요. 겸손하지 않으면 그저 "버릇없다"고 욕먹는 걸로 끝나는 게 아니란 말입니다. 겸손이 없는 자리는 필히 오만이 차지하게 되고, 그건 곧 오만한 판단이나 결정으로 이어지게 마련이지요. 그 결과는 안 봐도 뻔한 일 아니겠어요? 여러 사람들 마음에 상처를 남겨 죄를 짓게 되는 겁니다. 『주역』에도 그런 경고가 있습니다.

"하늘의 도는 찬(滿) 것을 일그러뜨려 겸손한 자를 보태주고, 땅의 도는 찬 것을 변화시켜 겸손으로 흐르게 하며, 귀신은 찬 것을 해치고 겸손한 자를 복 주고, 사람은 찬 것을 싫어하고 겸손한 자를 좋아한다."

하늘이나 땅이나, 귀신이건 사람이건 스스로 꽉 찼다고 여기는 오만한 사람을 싫어한다는 얘기입니다. 죄를 받을 수밖에 없겠죠. 그러니 겸손해야 복을 받는 겁니다. 주역의 64괘 중에 겸괘(謙卦) 하나만

손숙오가 말했습니다.

"봉록이 높아질 때마다 더 많이 베풀고,

지위가 높아질수록 주변 사람들에게

더 예의 바르게 행동했네.

내가 초나라 선비와 백성들에게

죄를 짓지 않을 수 있던 이유가

바로 그것이네."

이 유일하게 여섯 효사(爻辭)가 모두 길한 것도 그런 까닭이지요.

너무 겁을 주었나요? 하지만 오만을 겁내는 건 아무리 해도 지나치지 않습니다. 설령 죄까지는 안 가더라도 자신의 발목을 붙들어 맬 장애물이 될 테니까요. 마오쩌둥도 "겸손은 사람을 발전시키고 교만은 사람을 낙후시킨다"고 말했습니다.

여간 다부지게 마음먹지 않으면 실천하기 어려운 게 겸손입니다. 그런 어록을 남긴 마오쩌둥 자신도 말년에 교만에 빠져 이성을 잃고 말았으니까요. 홍위병을 이용한 문화혁명도 자신의 과오를 인정하기 싫어한 지도자의 잘못된 선택 탓이었습니다.

다시 한 번 말하지만 겸손은 나를 지키고 발전시킬 가장 강력한 무기입니다. 러시아 소설가 막심 고리키의 말을 기억하세요. 발밑을 비출 등불이 될 수 있을 겁니다.

"지혜의 보석에 겸손의 테를 두른다면, 그 사람의 인격은 더욱더 찬란하게 보일 것이다."

도덕은 '우리'를 생각한다

●

　　　　　　　　　대한민국 참 많이 발전했습니다. 그
래서인지 세계 최강국 미국과 닮은꼴이 참 많습니다. 대학 등록금 비
싼 것도 그렇고, 귀 막고 입만 연 정쟁(政爭) 또한 그렇습니다. 「뉴욕
타임스」를 읽다 또 한 가지 공통점을 발견했습니다. 칼럼니스트 데
이비드 브룩스가 미국 젊은이들의 도덕관에 대해 쓴 흥미로운 글에
서였습니다.

　그는 미국 전역의 18~23세 사이 미국 젊은이 230명을 심층 면접
하여 조사한 결과를 인용합니다. 그런데 그 내용이 놀랍습니다. 결론
부터 말하자면 응답자의 3분의 2가 도덕적인 행위와 비도덕적인 행
위를 제대로 구분하지 못하더란 겁니다. 물론 살인이나 강간 같은 중
범죄는 잘못이라고 대답했지요. 하지만 극단적 상황을 조금만 벗어

나도 그게 비도덕적인 행동인지 인식하지 못했습니다. 음주운전이나 학교에서의 커닝, 배우자를 속이는 짓 같은 게 잘못인지 모르더란 말이지요.

더 기가 막힌 건 많은 젊은이들이 살아가는 데 "도덕적 선택은 개인적 취향 문제일 뿐"이라고 생각하고 있다는 거였습니다. "나는 (누가 뭐래도) 나를 행복하게 만든다고 생각되는 행동을 할 것"이라고 말입니다. 심지어 이렇게 말하는 사람도 있었답니다.

"무엇이 옳으냐는 내가 그것을 어떻게 느끼느냐에 달렸다. 하지만 다른 사람들은 다른 방식으로 느낀다. 따라서 나는 무엇이 옳고 그르냐에 대해서 남들을 대표해서 말할 수 없다."

나에 맞는 도덕과 남에 맞는 도덕이 따로 있다는 겁니다. 브룩스는 "많은 젊은이들이 권위에 대한 맹목적인 복종을 거부하면서 또 다른 극단으로 빠져들고 있다"고 개탄합니다. 바로 극단적 도덕 개인주의입니다. 그렇다고 이들이 비도덕적이라는 얘기는 아닙니다. 상대적이고 판단 유보적인 도덕주의라서 문제인 거지요.

오늘날 미국 젊은이들이 자신의 범주에서만 옳고 그름을 판단하고, 그것을 벗어나 조금 더 넓은 사회 영역이 되면 도덕적 판단을 하지 못하는 이유가 뭘까요? 조사를 실시한 사회학자들의 결론은 교육 문제로 귀결됩니다. 학교나 학원 또는 가정 어디에서도 젊은이들이 도덕적 직관을 계발하거나, 도덕적 의무에 대해 폭넓게 생각해 보고, 잘못된 행동을 경계할 수 있는 기회를 주지 않았다는 거지요.

정말 우리네 현실과 비슷하지요? 현상도, 원인도 다 들어맞습니다.

극단적 사례이지만 술 취한 동료 여학생을 집단 성추행했다가 출교된 의학도들이 그렇습니다. 조금이라도 도덕을 생각하는 사람이라면 동료에게 못된 짓을 한다는 것조차 상상하기 힘들 겁니다. 더군다나 사건이 터지고 나서도 비상식적인 행동이 이어졌습니다. 피해 여학생의 사생활이 문란했다는 진술을 수집하려 했다지요. 여전히 뭐가 잘못되었는지 모르고 있다는 얘기입니다. 옳고 그름의 판단을 유보한 채 자신에게 유리한 정황만을 추구한 거지요. 학생들도 그렇지만 학교와 가정에서 도덕적 책무에 대해 조금만 생각했어도 가능한 행동이 아니었습니다.

물론 이것이 일반적 사례는 아닙니다. 하지만 조사를 해 보면 우리 젊은이들도 미국의 경우에 비해 크게 나을 거라 여겨지지 않습니다. 나만 재미있으면 그만이고, 내 이익만 중요하고, 나만 옳은 젊음들을 현실 공간에서, 사이버 공간에서 하루에도 수없이 마주치며 드는 생각이 그렇습니다.

도덕은 가까이 하기에 그토록 어려운 용어가 아닙니다. 미국 소설가 어니스트 헤밍웨이가 간단하게 정리합니다.

"도덕적이라는 것은 우리가 그것에 대해 좋게 느끼는 것이요, 부도덕이라는 것은 우리가 그것에 대해 나쁘게 느끼는 것이다."

'나'가 아니라 '우리'인 겁니다. 여기서 우리는 내 가족, 내 친구, 내 편만을 일컫는 게 아닙니다. 사회를 구성하는 모든 사람을 말하는 겁니다.

우리가 아닌 나를 앞세우는 사람은 커다란 이익을 얻었다 할지라

도덕적 선택을 개인의 취향이라고

생각하는 젊은이들이 있습니다.

지극히 자기 편의적인 발상이지요.

우리가 좋게 느끼는 것이 도덕이고,

우리가 나쁘게 느끼는 것이 부도덕입니다.

도 그것을 오래 간직할 수 없습니다. 젊은 시절의 잔머리로 늙어서 망신하는 사람들을 우리는 수없이 보아 왔지요. 그래서 『채근담』도 이렇게 경계합니다.

"부귀와 명예가 도덕에서 나온 것은 수풀 속의 꽃과 같아 절로 잎이 피고 뿌리가 뻗을 것이요, (…) 부도덕함에서 얻은 것이라면 화병 속의 꽃과 같아 그 시듦을 서서 기다릴 수 있다."

도덕이란 곧 '우리를 생각한다'는 말과 동의어입니다. 우리를 늘 염두에 둔다면 도덕을 따로 생각할 필요가 없다는 얘기지요. 프랑스의 사상가 파스칼이 『팡세』에서 "진정한 도덕은 도덕을 비웃는다"고 한 말도 다른 뜻이 아닙니다. 굳이 해석하자면 "우리를 먼저 생각한다면 우리가 만들어낸 도덕은 필요 없다"쯤 되겠습니다.

우리는 그것을
'행복'이라 부른다

●

　　　　　　　　참 궁금한 게 있습니다. 미국이란 나라 말입니다. 초절정 자본주의의 나라 아닙니까? 돈 되는 일이라면 추호도 거리낄 게 없습니다. 서브프라임 모기지(저소득층에게 주택 자금을 빌려주는 미국의 주택담보대출 상품)나 선물(先物. 미래의 특정 시기에 현품을 넘겨준다는 조건으로 매매 계약을 맺는 거래 종목)은 말할 것도 없고 날씨마저도 거래 대상이 됩니다. 특정 일자의 기온이 평균 기온보다 높거나 낮으면 돈을 버는 파생 상품이지요. 투자 위험을 줄이기 위한 게 원래 목적이지만 도박처럼 투기 목적으로 변질된 지 오랩니다. 심지어 사람 목숨을 담보로 한 상품도 있다고 합니다. 생명 보험을 기초 자산으로 하는 파생 상품 말이지요. 이를테면 급전이 필요한 사람의 생명보험 계약을 투자 회사가 대신 사들이는 겁니다. 원 계약자가 일

찍 사망할수록 투자 회사의 이익은 늘어나겠죠.

이쯤 되면 유황불 심판을 받아야 하는 거 아닌가요? 하지만 세계의 많은 다른 나라들을 힘들게 할 뿐 손톱만큼도 더 힘들어 보이지 않습니다. 카를 마르크스의 사회주의 이론에 따르면 프롤레타리아 혁명이 일어나도 열 번은 났을 텐데, 혁명은커녕 변변한 사회주의 정당 하나도 없습니다. 마르크스가 오늘의 미국을 본다면 거품 물고 까무러쳤겠지만, 그는 생전에도 이 점을 도저히 이해할 수 없어 괴로워했지요.

충직한 동료 프리드리히 엥겔스가 원인을 파악합니다. "봉건 시대를 경험한 적이 없고 따라서 순수한 부르주아 제도를 자랑으로 여기고 있기 때문에" 미국의 사회주의가 취약하다는 겁니다. 그래서 레닌은 "우리 시대(100년 전을 말합니다만) 부르주아 문명의 전형인 미국에서는 더없이 강력하게 확립된 민주주의 조직과 상대해야 하기 때문에 프롤레타리아 계급이 완전한 사회주의 임무에 매진해야 한다"고 독려했습니다.

제가 궁금한 건 마르크스나 엥겔스의 궁금증이 아닙니다. 자신의 이익을 추구하는 데 거의 절대적인 자유를 누리면서도, 남을 생각하는 기부가 미국만큼 보편적으로 뿌리내린 나라도 없다는 거지요. 억만장자가 재산의 대부분을 사회에 헌납하는 경우를 미국 말고는 알지 못하겠습니다. 유럽의 부자들이 마지못해 세금을 더 내겠다고 나서기도 했지만 워런 버핏이나 빌 게이츠처럼 '기꺼운 큰 손'들은 찾아보기 어렵습니다. 왜 그럴까요? 어째서 '개처럼 벌어서 정승처럼 쓰라'는 우리 금언을, 찔러도 피 한 방울 안 나올 것 같은 저네들이 더 잘 실천하는 걸까요?

미국의 부자들 중 유대인이 많은 것만큼 유대인들의 철학이 영향을 미친 게 아닌가 생각됩니다. 유대 법률에 따르면 자선은 강제적인 것이었습니다. 기부를 하지 않는 사람들한테서 물건을 압류할 수도 있었지요. '쿠파(Kuppah)'라 불린 모금함이 성전 시대 때부터 유대인 복지 공동체의 구심점이었습니다. 능력이 있는 유대인은 그가 거주하는 지역 사회의 쿠파에 한 달에 한 번 기부해야 했습니다. 뿐만 아닙니다. 세 달마다 음식 기금에, 6개월마다 의복 기금, 9개월마다 장례 기금에 기부해야 했지요. 그래도 남을 돕는 게 하나님한테 감사를 표하는 방법이었기에 신실한 유대인들은 의무량보다 더 많이 기부하곤 했습니다. 그래서 가난한 유대인들은 매주 금요일마다 가족의 열네 끼 식사를 충당할 수 있는 돈을 받을 수 있었다지요.

우리는 그런 문화가 아니었지요. 부자가 되려고 노력하기보다는, 가장 쉬운 방법을 택했습니다. 부를 경멸하는 것 말이지요. 연암 박지원처럼 깨인 사람조차 다르지 않습니다. 연암이 친구인 박제가(『북학의』를 지은 조선 후기 실학자)에게 보낸 편지입니다.

"진채 땅에 재액이 심하니 (…) 이 무릎을 굽히지 않은 지 오래이니 어떤 좋은 벼슬도 나만 못할 걸세. 내 급히 절하네. 많으면 많을수록 좋으이."

진, 채 두 나라에서 일주일을 굶은 공자 같은 신세이니 돈 좀 꿔 달라는 얘기입니다. 그러면서도 벼슬에는 뜻이 없고 가난을 즐긴다는

사회를 건강하게 지탱하는 힘은
'기부 문화' 입니다.
그것은 기부 받은 사람의 빵 때문이 아니라
기부한 사람의 행복감 때문입니다.

거지요. 결국 사회적 부가 창출되지 못했고, 자선은 엄두도 못 낼 밖에요.

물론 지금은 그렇지 않습니다. 돈이 판단의 기준이 된 지 오래지요. 돈 버는 기술도 유대인 뺨을 칠 정돕니다. 하지만 안타깝게도 기부의 의무는 따라 배우지 못한 것 같습니다. 미국 사회가 유대인의 자선 철학을 배웠다고 단언할 수는 없어도 기부 문화가 미국 사회를 지탱하는 힘이라는 건 분명한 사실입니다. 그것은 기부받은 사람의 빵 때문이 아니라, 기부한 사람의 행복감 때문입니다. 18세기 프랑스 작가 니콜라 샹포르의 말이 그겁니다.

"받는 것보다 주는 것이 더 오래가는 즐거움이다. 받은 기억보다 준 기억이 더 오래 남기 때문이다."

지금부터라도 기부하기 위해 돈을 번다고 생각해 보세요. 가슴속에 오랫동안 사라지지 않는 무언가를 느낄 겁니다. 우리는 그것을 '행복'이라 부릅니다.

팔십 먹은 늙은이도
행하기는 어렵다

'글쎄, 옳은 얘기긴 한데, 당신은 늘 그렇게 살았단 말인가?'

저의 글을 읽고 이런 반응을 보이는 분들이 있습니다. 정당한 의문입니다. 제가 글을 쓸 때마다 고민하는 이유도 그런 것입니다. '과연 나는 쓰는 글에 부끄럽지 않은 삶을 살고 있는가?'

맞습니다. 저도 늘 그렇게 살지는 못했습니다. 젊었을 때 할 만한 크고 작은 일탈도 많이 해 봤고요. '노블레스 오블리주' 같은 말은 뜻도 몰랐었지요. 그러면서도 겉모습에만 잔뜩 힘주고 '세상에서 내가 제일 잘난 사람'이라고 생각한 적도 있었습니다.

당나라 때 유명한 시인이자 정치가인 백낙천이 항주 자사로 부임했을 때의 일입니다. 그곳에는 도림선사라는 고승이 수행을 하고 있었지요. 선사는 늘 나무 위에 자리를 펴놓고 참선을 했기 때문에 '새 둥지 스님'이라고 불렸습니다.

하루는 백낙천이 선사를 찾아갔습니다. 선사는 수령이 왔는데도 내려오지 않았습니다. 백낙천이 나무 위를 쳐다보며 선사에게 청했습니다.

"삶의 가르침을 주십시오."

"나쁜 짓 하지 말고 착하게 살아라."

고상한 법문을 기대했던 백낙천은 실망했습니다.

"그깟 것은 세 살 먹은 아이도 알 수 있는 것 아닙니까?"

선사는 돌아보지도 않으며 말했습니다.

"세 살 먹은 어린애도 알기는 쉽지만 팔십 먹은 늙은이도 행하기는 어려우니라."

백낙천은 한방 얻어맞은 것 같았지요. 진리는 그런 겁니다. 늘 우리 앞에 있는데 어두운 우리 눈이 등잔 밑을 못 보는 거지요.

저도 그런 충격을 받은 기억이 있습니다. 겉멋 잔뜩 든 껍데기 속에 가려진 초라하고 볼품없는 제 모습을 발견하게 된 거지요. 한동안 고민을 했습니다. 그리고 몇 차례 시행착오를 겪었습니다. 그러다 보니 도림선사처럼 도가 트인 정도는 아니어도 어렴풋이 잡히는 감이 있더라고요. 찬물과 뜨거운 물을 번갈아 틀며 "앗 뜨거워!", "앗 차가워!"를 반복하는 '바보의 목욕'을 언제까지나 계속할 수는 없잖아요. 적어도 지난 내 허물이 무엇이었는지, 먼 길 가는데 주머니에 채워야 할 것과 버려야 할 것은 뭔지 희미하게나마 느껴지더란 말입니다.

그 감에 따라 제가 도림선사였다면 이렇게 말했을 겁니다.

"범절 있게 살아라."

이 말은 제가 평소 입버릇처럼 하는 말입니다만, 요즘 말로 "간지 나게 살라"는 뜻입니다. 겉모습만 번지르르하다고 간지가 나는 게 아닙니다. 외양에 걸맞은 내면이 있어야 하는 거지요. 값비싼 외제 차 타고 다닌다 해서 간지 나는 게 아니란 말입니다. 외제 차가 신호 위반하고 과속하며 다른 차들에 피해를 준다면 오히려 '싼 티'가 나는 겁니다. 그런 차에서 범절 있는 사람이 내리는 걸 본 적이 없습니다.

범절이 있다는 건 한마디로 부끄러울 게 없다는 뜻입니다. 모든 일에서 다 그렇습니다. 부끄럽지 않게 행동하면 후회할 일이 없습니다. 많은 사람들이 그렇지 못하고 팔자에도 없는 욕심을 내다가 나중에 땅을 칩니다. 연암 박지원은 『열하일기』에서 돈대(墩臺. 평지보다 높직하게 두드러진 평평한 땅)에 오르는 사람들을 보며 그런 모습을 묘사합니다.

"오를 땐 앞만 보고 올라갔기 때문에 위험을 몰랐는데 내려오려고 밑을 보니 현기증이 절로 난다. 벼슬살이도 이와 같아서 위로 올라갈 때는 한 계단이라도 뒤질세라 남을 밀어젖히며 앞을 다툰다. 그러다가 마침내 몸이 높은 곳에 이르면 그제야 두려운 마음이 생긴다. 앞으로 한 발자국도 나아갈 수 없고 뒤로도 천길 낭떠러지여서 올라가지도 못하고 내려오지도 못하게 된다."

늘 내려갈 때를 생각하고 올라가야 합니다. '밤에 편히 잘 수 있을 만큼만 걸으라'는 미국 속담도 있습니다. 늘 삼가고 지나치지 말아야

"나쁜 짓 하지 말고 착하게 살아라."

"그깟 것은 세 살 먹은 아이도 알 수 있는 것 아닙니까?"

"세 살 먹은 어린애도 알기는 쉽지만

팔십 먹은 늙은이도 행하기는 어려우니라."

한다는 말입니다. 잘나가려고 남을 밀어젖히는 것도, 잘나간다고 남을 짓밟는 것도 범절 없는 짓입니다. 부끄러운 행동입니다. 그러고도 남 탓만 하는 건 더욱 범절 없는 일입니다.

　잘 생각해 보세요. 매사 범절 있게 하세요. 간지나게 하세요. 더디간다고 느낄 수 있습니다. 당연합니다. 거저 얻을 수 있는 게 아닙니다. 간지란 비용이 드는 겁니다. 하지만 나중에 보면 누구보다 멀리와 있음을 알게 될 겁니다. 그게 범절의 힘입니다.